讀小說

Reading Novel

異聞之家

每個家都有駭人之物

三津田信三 著

卡歐鹿 譯

瑞昇文化

目錄

致讀者朋友

關於收錄於本書的五篇體驗談，如果您知道執筆者本人或是當事人家族是誰的話，還請務必撥冗聯繫中央公論新社編輯部。感謝各位。

序章

一

「明明就是完全不同的兩個故事，可是總讓人覺得存在某些奇特的相似之處……老師，您有過被這種詭異的不快感受給束縛的經驗嗎？」

在神保町的咖啡廳「ＥＲＩＫＡ」一角的座位，河漢社的三間坂秋藏這麼問我。記得那是距今三年前早春時候的事了。

「如果是這種情形，無疑就是怪談了吧。」

「當然。」

看他一臉理所當然、認真地用力點頭，我不禁露出了微笑。一般來說應該會苦笑才對，但面對同樣喜愛怪談異聞的同好，親切的笑容就不經意地真情流露了。

我在這理想先告訴大家，不管是河漢社這個出版社的名稱還是三間坂秋藏這號人物的名字全都是假名。在本書中登場的特定名詞，其中也有很多都是杜撰出來的。不過真要說的話，神保町就是實際存在的地名，那裡也確實有間名為「ＥＲＩＫＡ」的店家，所以也不能說全部都是架空的。唯有在我判斷後，認為要是亮出真實的名稱就會造成麻煩的案例才會取一個假名。

雖然我自認為已經非常謹慎了，但萬一還是發生了什麼問題，我希望先在這裡寫清楚，一切的責任都由我這個本書的撰寫者來負責。

不過，在那些假名裡面也有不少是盡可能以原本的名字為基礎來構思的。話是這麼說，其實也沒有什麼特別的決定法則就是了。其中有平假名閱讀順序的錯位，也有利用暗號置換法的例子。此外還有刻意去找一些意思跟原本的漢字相同，或者是相反的字來建構名稱。然而我最為重視的，就是盡可能留意，要在不損害原本名稱所擁有的氣氛這個前提下去改名。

因此，如果各位打算只將這本書裡面出現的名字當成線索，以此來查清楚原本的名稱，希望大家能放棄無謂的探索與努力、直接享受接下來由我記錄的毛骨悚然故事。

由我記錄——這個說法感覺很自以為是，其實最初的開端就是本文一開始那位編輯所說的話，而且在這之後收錄的故事也幾乎都是由他所蒐集來的。雖然我說希望諸位能去享受，然而在大家閱讀本書故事的過程中，那些無法用享受來形容的現象，或許就會在讀者朋友們的身邊發生也說不定。我並沒有要嚇唬各位的意思，只是想預先提出一個警示而已。

我和三間坂秋藏的初次見面，是在這間咖啡廳舉行「頭三會」的約十一個月前左右。至於什麼是頭三會，大家很快就會明白了，還請稍安勿躁。

記得當時是四月中旬吧，我在某一天收到了不認識的人所寄來的信。正確來說，是經由責任編輯之手轉交了講談社文庫編輯部要轉給我的信件。我想應該是喜歡拙作的那些稀有支持者寄來的信吧，拆開一讀就知道猜對了一半。

他在中學時期讀了我的出道作品《恐怖作家的棲身之處》（文庫版更名為《忌館 恐怖作家的棲身之處》），好像從此就成了我的書迷。據說從那時開始，他總是會第一時間就閱讀我的每一本作品。今年春天他從大學畢業，進入出版社工作，也幸運地被分發到編輯部。信中用秀麗的文字寫下希望之後能和我見個面、好好聊一聊。

秋藏這個老派的名字，起初還讓我想像是一個頗有年紀的人，所以一知道對方才剛從大學畢業沒多久時，我也著實吃了一驚。不過這封信真的讓我相當開心，因為從字裡行間之中就能深刻地感受到他對拙作的喜愛。只不過，因為我對河漢社這個出版社名稱毫無印象，所以同時也感到困惑。

我在成為作家之前也當過編輯，因此對大部分的出版社還是有所了解的。就算不是出版文藝類書籍的出版社，對社名什麼的應該也會有點記憶。至少涉獵人文相關書籍的出版社，我相信應該也不會有從未聽過的公司才對。假設這樣的出版社真的存在，想必就是專攻非我興趣領域的出版社吧。

我抱持疑惑在網路上搜尋了河漢社後也有些驚訝，因為事情正如同我的預料。這時才知道這間出版社專攻的領域，是我即便踏進書店，也絕對不會站到那個分類書架前的類型。這種出版社的編輯找我究竟有什麼事呢？再怎麼想都不可能是邀稿吧。雖然或許有可能是要委託我寫同公司推出的專門誌專欄之類的，不過這也太隔行如隔山了。比起向我這種恐怖推理作家邀稿，委託該領域的執筆者無疑是更好的選擇。就算是新人編輯，也應該很清楚這點才對。

如此一來，我能想到的理由還有一個。利用他身為出版社編輯的立場，來找自己從中學時期就熱中閱讀的小說作者見面聊聊——就是這樣的意圖吧。

我煩惱了一陣子，最後還是答應碰面了。關鍵就在於他在信件裡寫下對拙作的滿滿想法以及理解。他不僅僅是喜歡而已，對拙作也有相當敏銳的分析。雖然其中也有過度解釋和誤解的部分，但是我絕對沒有因此感到不悅。反倒應該說這樣還加深了我的興趣。

我想和這個擁有這般見解與思考能力的人物談談。

不知不覺間，我的想法就變得如此純粹了。因此我把答應碰面的回覆寄到信中留下的電子信箱。回信很快就來了，於是我迅速敲定了時間和地點，準備和三間坂秋藏碰面。

這個男人給別人的第一印象相當好。過去會說是儀表堂堂，現在的用語會稱之為俊俏吧。不光是如此，他的言談舉止都令人感受到自然的氣質。即便他好像非常緊張，但是就連那種拘謹僵硬的感覺放到他的身上都能算是加分。突然浮現在我腦海中的詞彙，就是現在搞不好已經沒什麼人在用的「好青年」。

「我和老師一樣，姓氏裡面都有一個『三』，名字部分的『藏』雖然漢字不同，但讀音都是『ZOU』[1]，實在太令人開心了。」

結束初次見面的招呼寒暄後，臉上掛著靦腆笑容的三間坂這麼說道。這讓我突然想起一件將近二十年前的往事。

「那好像是我二十五歲以後的事吧。我在京都的D出版社當編輯的時候，當地的一間大學有位叫平松令三的教授。我曾負責這位教授的作品《真宗史論攷》，然後第一次見面的時候，他就說了『我是尻三會的人』這句話。」

「尻、三、會?喔喔!因為兩位名字的最後一個字都是漢字的『三』對吧。如果我不是『藏』而是『三』的話就能加入尻三會了，真是遺憾啊。」

「不不，我沒有入會啦。而且對方其實也沒有邀請我。」

雖然我邊笑邊回話，但是也由衷佩服他腦筋轉得這麼快。

「那麼，我跟老師就來組成一個頭三會吧。」

「是可以啦，不過老師這種稱呼就……」

「啊!刀城言耶對吧。」

當下我還沒有理解他的意思是什麼，不過凝視著滿面笑意的三間坂，我才終於恍然大悟。

在拙作之中有一個以《如厭魅附身之物》為首部曲、被稱為「刀城言耶系列」的作品群。那是時代背景從戰前跨越到戰後、舞台設於各地鄉野的農山村或孤島等處，描寫前往當地進行民俗田野調查的怪奇幻想作家兼業餘偵探刀城言耶被捲入各種奇怪事件的故事，姑且可以算是

1　三津田信三的最後一個字「三」與三間坂秋藏的「藏」都是讀成「ぞう」（zou）。

我的代表作吧。這個刀城言耶只要被所到之處的人喊他「老師」就會感到很難為情，書中經常出現這樣的場面。三間坂肯定是想起這件事了，而且他可能還誤以為我是在模仿刀城言耶吧。

雖然我趕緊想解開他的誤會，可是三間坂已經開始熱烈地聊起刀城言耶系列了。結果那一天除了尻三會的話題之外，其餘的時間都是在談論我的作品。

下一次碰面，就是將近一個月以後的事了。對方寄來電子郵件邀約，結果又是在神保町的咖啡廳裡聊我寫的書。第三次也是、第四次也是，說真的根本沒有什麼分別。到了第五次碰面就不是在咖啡廳喝咖啡，而是改成去啤酒吧喝啤酒，但是談話的內容都跟先前一樣，還是我的作品。這其實就是作者和忠實讀者和樂融融地針對每本作品來討論交流罷了。順帶一提，他將我們兩人的聚會冠上了「頭三會」這個名稱。

話說回來，我現在這樣到底是在做什麼呢？

如果是關於工作的討論會議，一般來說責任編輯會前來拜訪我，場所約在咖啡廳也好、喝酒的地方也罷，費用都是由對方來支付的。但現在的情況是三間坂秋藏非但不是來洽談工作的，我還得特地去到某個地方，而且啤酒吧等費用還是由我來付。為了三間坂的名譽，我必須在這裡聲明，是我制止想均攤費用的他、自願要全額買單的。畢竟怎麼樣都不能讓才剛畢業一年的社會新鮮人去付這種不可能報公帳核銷的聚會費用吧。

那一年的四月起，我開始著手撰寫刀城言耶系列的最新作品《如幽女怨懟之物》。這本作品是把戰前、戰時、戰後三個時代的遊廓設定為舞台，以擁有相同源氏名的三位遊女為主題所創作的恐怖懸疑故事。資料的蒐集和閱讀都非常花時間，而且完全想不到能作為核心的點子，所以當時我正因為寫不出東西而發愁。不過終究是要開始寫的，所以其實我應該要限制自己的外出行程才對。

然而，雖說一個月只有一次而已，但我還是若無其事地前往神保町——還是應該說是歡欣雀躍呢——所以我肯定是把跟三間坂的短暫聚會當成稍微喘口氣的時刻吧。也就是說，我非常享受跟三間坂談話這件事。超出年紀的龐大閱讀量和優秀的閱讀理解能力，再加上犀利的評論眼光，和擁有這般才能的他交流，無疑比起什麼都還更能帶給我刺激。

頭三會就這麼持續下去，可是差不多過了半年就快要拿不出作品討論了。當時我的著作只有十九本，每次聚會都討論三本，最後就只剩下一本而已。

不過，似乎是預先準備了因應這種情況的題材吧，三間坂秋藏在第七次的頭三會時緩緩地切入了主題。

「您喜歡怪談對吧。」

包含出道作在內的初期四部作品，在拙作之中也算是後設要素較強的，並且冠上了「作家三部曲」這個名稱。這是因為《忌館 恐怖作家的棲身之處》是以怪奇小說作為主軸，《作者不詳 推理作家的讀本》是偵探小說，《蛇棺葬》和《百蛇堂 怪談作家述說的故事》則是以怪談為主題，然後又用副標題加以強調。在其中的《百蛇堂　怪談作家述說的故事》裡，我公開談及了自己對怪談的愛好。除此之外，刀城言耶系列以外的短篇作品，也幾乎都是實話怪談[2]風格的怪奇小說。這件事三間坂不可能不清楚。

「嗯，喜歡啊。」

我立刻回答，接著三間坂的雙眼卻開始閃爍著不可思議的光芒。

「其實我高中的時候也有在蒐集怪談。我看了《赫眼》裡面收錄的《怪談奇談・四題》，得知當時還在關西那邊當編輯的老師基於興趣而開始蒐集實話怪談。知道這件事以後我就覺得很開心，心裡還想著『喔喔，跟我一樣』呢。」

「不一樣啦。你從高中時代就開始了吧，經驗應該要比我豐富多了。」

順帶一提，《赫眼》是我的第一本恐怖短篇集，而〈怪談奇談・四題〉並不是小說，而是為了這本作品集而新寫的專欄。我在內容中介紹了四篇過去蒐集到的實話怪談。

「就算這樣也只有七年的經歷而已。老師的蒐集資歷應該還更長吧？」

「欸，這個嘛……」

老實說我已經記不得了。蒐集到的故事不是寫在筆記本、就是用電腦建檔資料。不過很遺憾，我對蒐集的熱情已經冷卻下來了。回顧當時的情況，或許我是因為創作無法照自己的預期順利推進，才會以蒐集怪談的形式來顯露那種反動吧。

「先不提我的事了，三間坂你蒐集到的都是些什麼樣的恐怖故事啊？」

話是這麼說，我還是非常喜歡聽別人分享怪談。於是我趕緊問了三間坂，結果他的雙眼又再次綻放出神祕的光采——

聚會在那之後就變成怪談大會。拜從高中時期就開始蒐集怪談所賜，三間坂的敘事堪稱爐火純青。他分享的故事每一則都恐怖至極。如果你稍有鬆懈、心想「這種內容還滿常聽到的嘛」，故事就會出現難以置信的展開，令人聽得膽戰心驚；一旦浮現「這樣喔」之類的念頭，接著就可能突然竄出前所未聞的嶄新內容。簡直可以說是優異的敘事技巧和高品質的話題完美地融為一體，讓恐懼朝著聽者這邊襲來。這真的是相當寶貴的體驗。

因為過去我也在蒐集怪談，所以心裡非常清楚，其實原因並不只是恰好讓他碰上了「高品質的怪談」。從好幾個人那邊聽了幾十個故事，裡面有沒有辦法出現一篇優秀的故事呢？只要考量到這個現實問題，就會知道三間坂說怪談故事的技巧非常高明。

然而，只要聽他說了一會兒以後，就能大概了解理由何在了。因為那些直接經歷異常現象的體驗者，或者是從體驗者當事人那邊聽來故事的人，似乎大多數都是他生活周遭的人士。從以祖父母為首的家族親戚，到附近的居民、高中時代的老師或同學、打工結識的朋友們、大學專題研究會的同儕、社團的前輩或後輩、在旅行地遇見的人們等，總之就是受惠於和「敘事者」的相遇。

2　以發生在現實、向經歷詭異事件的當事人或周遭人士取材而來的內容為核心的文藝創作或紀實類恐怖文學。

「你自己有類似的經驗嗎？」

我在三間坂中途喘口氣的時候問他，但是他卻換上一臉遺憾的表情。

「幾乎沒有可以拿出來跟人分享的故事呢。」

即便如此，依然有不少驚人的怪談聚集到了他的身邊。這應該只能認為三間坂擁有那方面的體質吧，實在叫人羨慕至極。

不過，怪談這種東西就是這麼奇妙，聽著聽著，自己也會變得想要說給別人聽。雖然無論什麼話題好像都會出現這種情況，但應該沒有其他類別的話題能像怪談這樣讓人擁有如此強烈的欲求吧。

那個時候的我也是一樣。等到三間坂的分享告一段落後，我就有如堤防潰堤般開始滔滔不絕，連珠炮似地講起一個又一個的怪談。

之後就開始循環。等我講到累的時候，就輪到三間坂開始說話，換他休息的時候，我又再度開啟話匣子。自然不用多說，從今以後的頭三會就時常演變成怪談大會。雖然當我有新作發表的時候情況就會有所不同，但除此之外的場合幾乎都是在談論怪談。

只不過，從過了新年後舉辦的那場不能說是新年聚會的怪談會開始，我們兩個人都沒有什麼話題可用了。雖說一個月只碰面一次，但是每次都會聊上三、四個小時，所以這也是沒辦法的事。或許大家會覺得難以置信，但我們在頭三會真的不會談到怪談之外的內容。

一直到認識都過了十個月左右，那種初次見面的人應該要有的對話——關於彼此的簡歷介紹——才開始在我們之間出現。明明先前已經相談甚歡了，所以現場突然洋溢著宛如陌生人初次互動的氣氛，也讓我印象很深刻。

應該不至於是我的誤解，當時我感覺自己對三間坂秋藏的第一印象，大概是他有意識地去表現出來的吧……內心突然萌生這樣的感覺。或許他實際上是那種會被稱為「特殊興趣愛好者」的類型。當然，三間坂本人的好青年形象也是事實，兩者並非不能同時成立。不過，倒也不能說我們相當投緣。說到底，我認為自己對他的這種印象轉變是抱持正面觀感的。這或許是我感受到近似同伴意識的情感所導致的吧。

以怪談話題的甕盡杯乾為契機，談論的內容也開始轉向古今東西的恐怖小說。三間坂秋藏也是在這個時候說出了這篇記述開頭的那段話。

在確認話題的重點是怪談之後，我開玩笑似地回應。

「不管是哪篇故事裡登場的幽靈，幾乎都會發出像是拖著沉重鐵鍊移動的聲響之類的，不就是類似這樣的橋段嗎？」

「那種是哥德小說吧。」

以中世紀城堡為舞台，裡面會出現地下迷宮或牢獄，描寫少女、孤兒、惡徒之類的人物，以及圍繞著近親相姦或身世祕密等盤根錯節的人際關係，最後亡靈也登場了——以霍勒斯・沃波爾的《奧托蘭多城堡》為開端的哥德小說之中，有許多作品都具備了非常相似的要素。

被三間坂這麼一問，突然在腦海中浮現的就是這類哥德小說特有的老派類型幽靈。

「說正經的，談到類似的詭異話題，我就會先聯想到林肯和甘迺迪這兩位被暗殺的總統之間那些奇特的相似點呢。」

「那真的很讓人毛骨悚然。」

因為這件事非常有名，對於喜歡奇聞怪談的人來說也是理所當然的常識，不過他果然知道這個呢。但慎重起見，我還是把和那兩位總統相關的詭異相似性整理一下，如下所示。

被選為美國總統的年份。林肯是一八六〇年；甘迺迪是一九六〇年。

被暗殺的地點。林肯是在福特劇場；甘迺迪是在福特汽車生產的林肯Continental車上。

暗殺的日子。兩個人都是星期五。

暗殺的手法。兩個人都是後頭部被槍擊，而且都是在妻子的面前發生。

暗殺當時的狀況。兩邊都有一對男女陪伴，而且都是男性負傷。

犯人的動向。在劇場射殺林肯的布思逃往了儲藏室（也就是倉庫）；從教科書倉庫大樓槍擊甘迺迪的奧斯華則是逃往了電影院（也可以說是劇場）。

犯人的逃亡。暗殺發生後，布思和奧斯華都曾接受過警方的盤查，但是都沒有被懷疑就放行了。

犯人的結局。兩個人都在接受審判之前就被殺害。而且兩人都出身於南方。總統的繼任者。兩邊都是姓詹森的副總統。其中安德魯·詹森副總統生於一八〇八年；林登·詹森副總統生於一九〇八年。

總統夫人。兩邊都是在二十四歲時結婚。雙方都有三個孩子，而且都有一人在丈夫擔任總統的期間過世。

如果連同其他細微末節的事實也都舉出來的話，就能列出更多的相似之處，不過就在這裡先打住吧。

「可是，像這種在雙方事件中找出相似之處的場合，不是會產生過度刻意強調那些地方的風險嗎？」

真不愧是三間坂，能夠對問題理解到這種程度，並且提出敏銳的指正。

「普遍的說法認為布思生於一八三九年、奧斯華則是一九三九年出生，這跟林肯和甘迺迪選上總統的時間剛好相距一百年的情況相同，因此便有人提出他們兩個的生日也差了一百年，但布思實際的出生年其實是一八三八年。」

「多一個是一個，要盡可能找出更多的類似點。這會不會是什麼人意圖性地去操作這些數字呢？」

「為了讓讀者接受，所以媒體——或許作家也是如此——才會做這些小動作吧。」

「雖然如果是小說的場合我就一點都不在意啦，不過若是以真實經歷為根本的怪談或奇談，我還是希望不要有這些改竄。」

看著認真表達不滿的三間坂，我心想這個男人果真是與眾不同啊。但是我對此不露聲色，接著說下去。

「兩位總統都致力於民眾的權利問題，而兩位詹森副總統都是出身於南方的民主黨員，也都是參議院的議員，那這些是不是也能列入相似之處呢。我覺得這也是個問題。因為像是政治背景的共通點什麼的，再怎麼樣都還是有辦法去合理說明吧。」

「因為和年代、場所、引發的現象等層面所帶來的衝擊相比，那種類型的共通點太過貧弱了吧。」

我把視線從表達贊同的三間坂身上移開，然後開口。

「說到由相似這個關鍵詞所聯想到的故事──發生了足以稱之為大事件的嚴重事件，然後它的細節又跟過去所寫下的創作內容非常相似……這種令人不寒而慄的事例應該也有不少吧。」

我的話剛說完，他的雙眼又在瞬間綻放了閃耀的光采。

二

「就像是《百蛇堂》裡面介紹的鐵達尼號的故事吧。」

就算是拙作的忠實讀者，三間坂的反應也太快了。

一九一二年四月十四日的深夜，號稱永不沉沒的豪華客船鐵達尼號撞擊了冰山，船身出現了大洞，僅僅三個小時左右就沉入海中。這是一起相當著名的海難事故。兩千兩百名的乘客，只有不到三分之一的七百零五人獲救，其中大多數是女性和孩童。

在這場悲劇發生的十四年前，有位叫做摩根‧羅伯森的作家寫了一部名為《徒勞》的小說。內容是關於一八九八年有艘從南安普敦展開首航的豪華客船因為撞擊冰山導致船體破洞，最後讓許多的乘務員和乘客一同葬身海底的故事。其中關於事故發生的月份、船隻的全長與噸數、救生艇的數量、乘務員和乘客的人數、以及撞擊冰山的速度、事發當時的狀況等，無論小說還是現實都出現了高度的雷同。順帶一提，故事裡這艘架空的客船也被稱為不沉之船，命名的名稱則是泰坦號[3]。

總之圍繞著這艘豪華客船的奇特傳聞不計其數。就像標榜以真實事件為基礎製作的美國電視節目《一步之遙[4]》（一九五九～六一）中也有〈四月十四日之夜〉這集以鐵達尼號為素材的單元。

3　鐵達尼號的原文「Titanic」即是源自希臘神話中登場的巨人神「泰坦」。

4　原名為《*One Step Beyond*》，後面提到的單元原名為《*Night of April 14th*》。

順帶一提，談到讓人不寒而慄的預言式小說，並不是只有羅伯森的這部長篇作品。一八九二年由前新聞記者威廉・湯瑪士・史泰德所發表的短篇小說也描述了跟鐵達尼號的悲劇相當類似的海難事故。而且，作者史泰德日後也成了登上鐵達尼號的乘客，最後與這艘不沉之船一起沉入海底。

「說到跟鐵達尼號一起共存亡的作家，傑克・福翠爾還更為出名吧。」

「這個人寫了什麼作品？」

對於怪奇幻想類型以外的小說並沒有太多涉獵的三間坂，這時也一臉興致盎然地詢問。他現在的模樣真的不愧對其編輯的身分。

「最有名的就是擁有奧古斯都・S・F・X・凡・杜森這個超長的名字和『思考機器』這個暱稱的偵探所活躍的短篇推理。其中《逃出十三號牢房》堪稱是他的代表作。」

「我有聽過作品名稱。」

「另外，彼得・拉佛西的短篇《十號艙房的問題[5]》就是描述福爾翠和史泰德在鐵達尼號上相遇的故事。」

「欸，這個設定很有意思呢。」

「福爾翠的作品中我最喜歡的，是他在幫妻子創作的怪奇短篇故事《暴風雨中的幽魂》寫了可稱之為解決篇的《那時的屋子》以後，才因此完成的中篇作品《嗤笑的神像[6]》。」

「真的是充滿企圖心的嘗試呢。」

「因為是很久以前讀的，所以記憶也有些模糊了。在妻子的作品中，開著車的主角在暴風雨的夜晚迷了路，最後抵達一處農家。他在那裡遭遇了奇怪的體驗，於是要從那個家逃出來。然而後來他想要再找到那處農家，卻怎麼也找不到了。那個家到底是怎麼回事呢……記得大概是這樣的故事。」

「我喜歡這種鬼屋類型的故事。不過，丈夫有幫妻子故事裡的謎團做出了一個合理的解釋吧。」

「而且據說他們夫妻倆在事前完全沒有討論過這件事。如果這個說法是真的話，那可真是不得了。」

「這可以說是推理作家大放異彩的時刻吧。話說福爾翠是幾歲過世的？」

「三十七歲。」

「欸欸，明明是正要以作家身分一展身手的時候呢……」

「他的妻子搭上了救生艇，而他自己則留在船上。許多讀者都深感遺憾，要是當時福爾翠有把東西託付給妻子就好了。」

「該不會……」

5 原名為《*The Problem of Stateroom 10*》。
6 兩篇作品的原名分別為《*Wraiths of the Storm*》與《*The House That Was*》，最後集結的作品原名為《*The Grinning God*》。

「搭乘鐵達尼號的福爾翠，手邊竟然帶了六篇原本預定要在雜誌發表的『思考機器』系列新作原稿。」

「但是，那些稿子全部都沉入海中了吧。」

三間坂的臉上滿滿的沮喪，就好像即便對那些原稿都不感興趣，卻依然被這樣的發展給動搖心境一般。

「還有其他作家與海這種組合的例子。」

「是哪位作者的作品呢？」

原本以為他無法這麼快就振作起來，結果馬上就對我投來充滿好奇心的眼神，於是我也接著說下去。

「一八八四年，有一艘名為木犀草號的船從南安普敦出發。成員包括英國籍的船長與兩名船員，還有船艙服務生理查・帕克共計四人。當時帕克十七歲，離家出走後就上了這艘船。木犀草號朝著目的地澳大利亞前進，但是船體在南太平洋遇上風暴而受損。雖然四個人靠著救生艇從船上逃離，但是卻來不及帶到食物和飲用水，因此陷入了沒得吃也沒得喝的漂流生活。最後船長提議抽籤選出犧牲者來作為其他人的食物，但是有人贊成、有人反對。然後到了漂流的第十九天，因為實在受不了而喝了海水的帕克陷入了神智錯亂狀態。船長判斷即使放著不管，這個船艙服務員也會死的，便決定拿他來當作食物。於是三人殺害了昏迷中的帕克，靠著食用他的遺體來延續生命。漂流生活來到第三十五天，他們終於被一艘名叫蒙特蘇馬號的船隻救起。順帶一提，蒙特蘇馬這個船名來自於相傳會吃人的阿茲特克國王。」

「再怎麼說是偶然，這也太諷刺了吧。獲救的那三個人後來有被問罪嗎？」

「嗯，不過只被判了半年的重勞役。」

「因為那是發生在緊急狀態下的事件，很難做出法律上的裁決吧。」

「聽了這個故事，你有想到什麼作品嗎？」

被我這麼一問，三間坂思考了一會兒後回答。

「老師會這麼問，就表示這應該是我讀過的作品囉？」

「我是這麼認為的。雖然也有可能還沒看過作品，但至少應該聽過作家。」

「唔嗯，我投降了。我想不出來。」

我把作家的名字和作品名稱告訴一臉遺憾的他。

「是埃德加・愛倫・坡的《南塔克特的亞瑟・高登・皮姆的故事[7]》喔。」

「啊，這本我不知道。愛倫・坡的作品我只看了《莫爾格街凶殺案》和《黑貓》這種代表作而已。」

那副因為沒讀過而感到羞愧的模樣真的很有他的風格。明明考量到年紀，他其實已經擁有相當值得誇耀的閱讀量了。

7　原名為《*The Narrative of Arthur Gordon Pym of Nantucket*》。

「關鍵在於愛倫‧坡寫出這部作品是在事件發生的四十七年前，也就是一八三七年的時候。小說中也有四個漂流的男人，在飽嚐飢餓之苦後，決定用抽籤來選出一個成為食物的人。而抽中籤的是一個船艙服務生……」

「該不會……」

「他的名字叫做理查‧帕克。」

「……真是詭異的偶然啊。」

「類似這種人名一致的情況，最讓人毛骨悚然的就是——」

「不好意思。」

三間坂突然像小學生一樣舉起了手。

「恕我失禮了，老師您是不是要閃躲那個話題呢？」

「欸，那個話題是指……」

「明明就是完全不同的兩個故事，可是總讓人覺得存在某些奇特的相似之處……被這種詭異的不快感受給束縛的話題。」

「不，說什麼閃躲，我……」

並沒有這麼想——雖然想這麼否定，但不知為何，我感受到些微的寒意。要問為什麼會這樣，我自己也不知道理由。對此一無所知的事實好像也讓寒意轉變為恐懼，背部也開始顫抖。

我說出這種難以用言語形容的奇特感受後，三間坂的臉色突然一沉。

「或許出現了什麼關聯。」

「嗯？」

「我要說的怪談跟老師之間……」

「就算根本什麼內容都還沒聽到？」

我的聲音流露出錯愕，他隨即換上聚精會神的表情。

「那些跟兩位美國總統、鐵達尼號、愛倫・坡的小說有關的故事，無論是哪一則都沒辦法只憑藉一句偶然就能說明，全都充斥著難以理解的吻合。可是，像這種令人難以置信的一致性，其實並不會只在歷史事件或重大事故中發生，應該也有可能會突然就造訪過著普通生活的一般大眾吧。」

「話是這麼說沒錯……」

從語氣就能明白三間坂不是在開玩笑。但即便如此，我當然也不會認為現在的我們已經被捲進類似的事態之中。說到底，我們就只是把怪談、奇談當成娛樂來享受罷了。光是這樣就會讓某些怪異現象降臨在現實中的我們身上，再怎麼說，未免都太過天馬行空了吧。

然而，他轉瞬之間就察覺到我的這種想法。

「您是覺得，每個月一次、在日本東京神保町的啤酒吧一角興高采烈地聊著怪談的作家跟編輯，和那樣的偶然性是無緣的嗎？」

「聽你的意思，好像是存在那種偶然性才是理所當然的。」

「跟下班後與同事一起來這裡喝啤酒、嘴裡說著上司壞話的上班族相比，您認為那種可能性不會更高嗎？」

「我覺得這不是比較的問題。」

「談論怪異，怪異就會到來……」

「總之你想說的是，我們之間正要發生什麼難以理解的巧合？」

「要確認這點很容易。」

「只要你把那個貌似有什麼隱情的故事告訴我就行了，對嗎？」

「沒錯。」

回答得很明確，但我總覺得三間坂似乎流露出困擾的神情。

「只不過，這些故事並沒有像是兩位美國總統那樣的巧合。倒不如說其中的差異性還更為明顯吧。可是，我就是覺得裡面有某些相似的地方。」

「林肯和甘迺迪的場合，他們都是總統、也都被暗殺了，這些較大的共通點從一開始就存在。兩個跟大海相關的悲劇和小說之間也存在各種相近的狀況。像是這些部分嗎？」

「完全沒有。時代也好、場所也好、人物也好，完全都沒有關係。一個是已經出現網路和手機的時代;另一個感覺是比較久遠的時代,至少可以確定是戰前的事情了。前者是關西某處——大阪、京都、奈良以外——的住宅區;後者的舞台則是關東某處的村落。一邊是普通家庭主婦的日記;另一邊是鄉下少年的敘述。就是這種截然不同的故事。我認為也是因為這個緣故,才會讓我格外介意。」

我被他說的話勾起濃厚的興趣,但相對來說,也對某種來路不明的存在感到些許恐懼。原本對於喜愛怪談的人來說,那種情感應該會讓人感到舒適暢快,但眼下卻是完全不同的情況。

這是忐忑不安的感受嗎?

當我浮現這個想法,才終於理解為什麼三間坂會問我「是不是要閃躲那個話題」了。因為如果是平時的話,光是稍微聽到一些故弄玄虛的話語,我肯定就會催促他快點告訴我的。但是,現在我卻自顧自地說自己想說的,無論過了多久都沒給三間坂講出口的機會。

這是為什麼呢?因為我下意識地啟動了「不想聽到那種故事」的防禦本能……

要是不這麼解釋的話,就沒辦法說明自己奇怪的言行舉止。雖然當下依然是處在搞不清楚狀況的狀態,但三間坂的說法或許也有一番道理。

只不過,如果他的想法和我的本能都是正確的,那不就更不該和那些話題扯上關係嗎?

我很想說出口,但徒勞無功。內心的某處正在吶喊著「不能放過這個絕妙的機會」。我也在瞬間深切地體認到自己是屬於獵奇之輩。

「我明白了，我聽看看吧。不對，是麻煩你說給我聽。」

我微微低頭，沒想到三間坂卻說他會把「實物」拿給我看，令我大吃一驚。

「一份是體驗者自己的日記、另一份是將速記的手稿再謄寫過的版本。」

「這些東西是從哪裡來的？」

「寫在市售筆記本上的日記是幾年前從姑姑那邊拿到的。日記的主人是一個姓大佐木的家庭主婦，她是姑姑的朋友認識的人的親戚的……總之就是關係相當遙遠的一個人，當然我也完全不認識她。至於姑姑是在什麼樣的情況下取得這本日記的，詳細經過我也不太清楚。問了姑姑也只得到不清不楚的答案。但是，那個人寫在筆記本上的日記有幾年份之多，也就是說應該會有好多本才對，結果好像就只有集中記述詭異事件的那一本輾轉漂流到了姑姑的手上。」

輾轉漂流……嗎，措辭實在精準。

「明明姑姑並沒有特別喜愛怪談，可是對那方面的事情卻知道得不少，所以那本日記才會自然而然地去到她那裡吧。」

而他也確確實實地承繼了那位姑姑的特質。

「速記手稿抄本是從祖父那邊來的。說是這麼說，也不是他本人拿給我的。幾天前，我在老家的倉庫裡翻閱祖父的藏書時，發現了一疊夾在某本外國書籍中的紙片。祖父的書裡面經常會夾進一些報紙剪報、筆記、還有信件之類的。因為偶爾會出現有趣的東西，所以我就把那疊紙片拿來看了……」

應該是察覺到這個和從姑姑那邊拿來的日記之間存在毛骨悚然的相符之處。順帶一提，那本外國書籍的書名是《*The spiritualism of Haunted Houses*》。

「我的祖父從以前就很喜歡接觸奇奇怪怪的事物，試膽大會和百物語聚會自然不用多說，他還會去探訪全國的鬼屋、實際召喚狐狗狸大人或使用降靈術、甚至嘗試拍攝靈異照片或靈異影片。所以大家都說他是個奇人，但我認為他就是個貨真價實的怪人。」

他那位姑姑的特質，看來也是從這位祖父傳承而來的。

「原本那篇速記手稿是把一個少年的敘述給記錄下來的東西，也就是所謂的當事人體驗談。但是光靠原來的內容只能寫成一篇欠缺解釋的文章，所以記錄時似乎還有經過加工修改。話是這麼說，好像還是有留意不要擅自調整內容。其實就是考量到易讀性所做的修飾而已。」

說到這裡，他意味深長地停頓了一下，然後才開口。

「從留下來的資料就能了解，為了從那個少年口中問出他經歷過的事情，好像花費了不少的時間。然而，那可以說是最原始的經過嗎？那篇速記手稿應該很多地方都被更動過了……不過，像這種故事，還是要看過實際的東西會比較妥當吧。」

我催促著裝模作樣的三間坂，但是他只是笑笑不回應。無可奈何，我也只好放棄，等著他把那兩樣東西送來給我。

三天後，三間坂寄來了郵件。但是等到我實際看了內容，竟然已經過了兩個月以上了。其中的原因我後面會談到。讀完之後，我也變得能夠對他所意識到詭異感受有所共感。不光是這樣，關於我為何會下意識地閃避那個話題，我覺得自己心裡也有底了。但跟這件事相關的說明也請容我後續再提。原因就是──不對，首先應該讓各位讀者也看過那本日記和速記手稿抄本會比較好吧。一切，都是從這裡開始的。

在刊載這兩個故事之前，我想先提出以下的聲明。

首先是關於那些寫在筆記本上的日記，這是一位母親在全家搬遷、一切終於安置妥當的那天以後的生活摘錄。不過，畢竟不是以讓第三者閱讀為前提而寫的，所以無論如何都會出現欠缺說明的地方。而且也因為是摘錄的關係，所以這種傾向又更加明顯。因此，為了方便讀者閱讀，我會在文章內進行補充，就是那些在（）裡面記述的部分。

話雖如此，對於筆記本日記所寫內容以外的事情，我當然一無所知。這本日記是在二月的某一天突然開始的。雖然能判斷這是接續了前一本筆記本，可是因為沒有寫上西曆或年號，所以沒辦法得知是哪個年代的事情。至少我認為有可能是二〇〇〇年以後，但其實我也沒有特別的根據就是了。

接著是那疊謄寫速記手稿的紙片，除了修改舊式假名、把部分的漢字改為假名之外，其他部分就照原本的內容刊載。裡面也會出現現今已經被列為歧視用語的詞彙，但考量到時代性，所以並沒有改寫異動。

這裡面也有訪問少年的人——不知道是不是三間坂的祖父——在關鍵的地方邊提出疑問邊推進話題、然後少年再回答的文章。儘管如此，也不能說是容易理解的程度。因為只要拿掉關鍵的提問，少年被捲入的狀況就變得難以釐清了。因此，特別是在後半的部分，感覺很像是在講述他做的一場惡夢。

但即便如此，我當然還是沒有動手補完這個部分。三間坂很明顯知道寫在紙片上的少年經歷以外的資訊，但就像我前面所說的，他並沒有告訴我。因為他並不是那種壞心眼的人，所以當時我也認為這其中肯定有什麼意義吧。希望各位讀者能夠理解。

那麼，接下來我就要揭露與三間坂討論後決定標題的〈從另一邊過來了　母親的日記〉的部分內容，以及〈異次元宅邸　少年的敘述〉的全文。

第一個故事　從另一邊過來了　母親的日記

——三月三十日——

果然還是獨棟的房子好。而且是新成屋，還很寬敞。

說到寬敞，庭院也是如此。另外，家的前面就是雜木林也很讓我中意。從窗子往外頭望去就能看到一整片的綠意，還真是奢侈啊。

這裡還能看到一部分原本應該是工廠的廢棄建築物。和這樣的住宅區顯得格格不入，實在令人遺憾，但總有一天會被拆掉的吧。就先忍耐一下吧。

搬家真的是傷神費勁，不過差不多已經整理完畢了，我也鬆了一口氣。

現在夏南也有了房間，真的太棒了。選用牧場圖案的壁紙果然是正確的。

「馬先生、牛先生、綿羊小姐、兔子小姐。」

她開心地用手指一個接著一個指著。壁紙上除了動物們以外，還有樹木、花草、小屋、柵欄、小路等圖案。這些風景和動物也很相襯，所以夏南好像也很滿意。

雖然覺得還太早了，但是總有一天夏南肯定會需要屬於自己的房間。或許她嫌棄那種壁紙「太幼稚了，我不喜歡」的日子很快就會到來了吧。

（由父親、母親、以及三歲的長女夏南組成的三人家庭）

雖然人生地不熟的讓我有些擔心。但幸好能在夏南上幼兒園之前就完成搬家。

待在飯廳的時候，突然覺得變得有點暗。是我頭暈目眩的關係嗎？

今天就早點睡覺吧。

——四月一日——

夏南在家裡面繞了一圈後，說了句有趣的話。

「祖母在哪裡呀？」

她好像覺得只要搬到獨棟建築的家，就能在那裡碰到我的母親。夏南應該是很難忘懷到優紀和樹理她們家玩的事情吧。

不過，我們沒有辦法把母親找來這裡。

（搬家前居住的集合式住宅附近，有因為媽媽友交情而結識的武內家和佐伯家。前者這戶人家的女兒是優紀，後者則是樹理。年紀應該和夏南差不多吧。這兩戶人家都是和父方或母方的祖母同住，不管是優紀還是樹理，跟祖母的關係就像是好朋友一樣，所以夏南很羨慕她們。作為搬家的餞別禮物，武內家的祖母送了新娘人偶、佐伯家的祖母則是送了手鏡和梳子給夏南）

——四月三日——

在這裡的古董店買下了很高的五斗櫃。

因為有很多小抽屜，原本我是覺得很適合用來擺日常用品，結果它卻和廚房很相襯。起先還認為擺到冰箱或餐具櫃附近的話肯定會很突兀呢，所以如果沒有實際去擺看看的話，真的是不會了解這點的。

可以用來放調味料，分門別類去收納義大利麵、乾燥海帶芽、年糕等便於保存的食材也很方便。買下這個東西果然是正確的。

——四月四日——

夏南一個人好像很寂寞的樣子。

「大大的房子、寬寬的房子。」

明明剛搬來的那幾天還說了這樣的話呢。

是因為和優紀她們分開的關係嗎？因為我也沒有像先前那樣一直陪伴她了，所以或許不必過度擔心。

雖然覺得她很可憐，但是在交到朋友之前要多多忍耐。

——四月七日——

町內會的會長黑田先生來打招呼。他好像從很久以前就住在這裡了。搞不好這一帶的土地就有不少是屬於他們家的。

所以我打算慎重地向他問候。

「我先生是大阪人，我自己是奈良出身，搬來這裡之前是住在京都。因為有很多不了解的地方，所以或許會給各位添麻煩，還請您多多指教。」

然而，黑田先生卻一直盯著我們家瞧，然後開口。

「這裡要說是近畿[8]，其實也算是近畿啦。」

彷彿是看著上方的天空說出這句話。不過黑田先生的視線確實還是盯著我們家這邊。感覺這個奇怪的回答不過就是隨口說說而已。雖然不知道原因，但黑田先生感興趣的東西好像是我們的家。

這塊土地可能原本也是黑田家的資產吧。雖然我有想過要不要問問他，可是卻不禁退縮了。如果是跟人租的房子，就有了解房東背景的必要性。但是，這裡是我們的家和土地。

——四月八日——

這個家的採光很棒。除了廚房以外，陽光可以照進所有的房間。可是，為什麼偶爾還是會

8　近畿地方。日本本州中西部的區域，主要意指大阪府、京都府、兵庫縣、奈良縣、和歌山縣、三重縣、滋賀縣。

覺得屋子裡有點昏暗呢？

今天待在夏南房間裡的時候也一樣，感覺太陽突然就被遮住了。往外面一看，天空明明就沒有什麼雲。太陽的周遭更是一朵雲也沒看到。

真是奇怪。

——四月十日——

當時我正在廚房裡做午餐。

突然響起了「啪啦啪啦」的奇怪聲響。

聽起來是從上面傳來的。不過並不是二樓，而是還要更上面的地方，是屋頂嗎？

我以為是雨聲，但是看看外面也沒有下雨的跡象。

好奇怪。

——四月十二日——

獨棟的房子好累人啊。很快就會積上一層灰。我明明昨天才剛打掃過的，是我沒打掃乾淨的關係嗎？

我在藤美公園和附近的野村太太聊了起來。

這位太太比我大兩歲，孩子悠斗今年三歲。希望他能和夏南變成要好的朋友。

「他的人不錯，但是有點奇怪。」

我婉轉地問起黑田先生的事，野村太太就這麼告訴我。

「先前我讓悠斗來這裡玩的時候，黑田先生突然靠了過來。當時他劈頭就開始說起什麼公園原本是英國國王的領地，後來成為開放給市民使用的場所什麼的。起初我還嚇了一跳，以為他是要抱怨這種地方不是給小孩玩耍的。」

但是，據說黑田先生把話說完後就立刻離開了。

搞不好這一帶的土地在以前真的是黑田家的地產也說不定。藤美公園會不會原本也是他們家的呢？

但不管怎麼說，這和我們家還是沒有關係。

——四月十三日——

夏南玩得很開心。我也放心了。

昨天碰到悠斗真的太好了。小孩子是不是很快就能適應環境啊？

好像很久沒有聽到夏南那麼開心的聲音了。她似乎又回到剛搬來那幾天那種興奮的情緒。

——四月十五日——

夏南最近經常說話。

可惜的是都不是在我的面前講話。突然意識到的瞬間，那孩子的聲音就從某個地方傳了過來。也就是所謂的自言自語。

大多是從小孩房那邊傳來的，她是在跟壁紙上的牛或羊說話嗎？不過，夏南在其他的地方好像也會小小聲地說話。

話說，這間房子也太容易積灰塵了吧，我明明已經徹底打掃過了。

——四月十七日——

又聽見聲音了。

那個「啪啦啪啦」作響的聲音。

聽到之後，我立刻就豎起了耳朵。然後又聽見了一次。我覺得那真的是屋頂上發出的聲音。可是，外頭並沒有下雨。

而且比起雨聲，那種感覺好像更接近冰霰打在屋頂上的聲響。就是比雨滴還要更重的東西。

當然，現在已經是四月了，而且今天還是晴天。

如果晴天下雨就是狐狸嫁女兒[9]的話，下冰霰的情況又該怎麼形容呢？

——四月十八日——

這次是家裡面響起了奇怪的聲音。一開始我並不在意，認為那不是什麼大不了的聲響。可是，後來那個聲音開始在耳際縈繞。

是一種類似「沙、沙」的怪聲。

是從哪裡傳來的呢？無論我再怎麼仔細去聽都還是不知所以然。總覺得是在家具的後面、感覺也很像是在牆壁裡面。

我們這個家是新蓋的，應該不會出現老鼠什麼的吧。雖然我也不清楚老鼠會發出怎樣的聲響，但我認為應該不是。像是洗米的那種聲音嗎？好像還要更沉重一點。

——四月二十日——

我重新讀了搬家後所寫的日記。

盡是在寫一些奇怪的內容。

是因為真的太忙碌了，所以身體狀況有些垮掉了嗎？

9 狐の嫁入り。流傳在日本各地的民間傳說。現象有大白天下起太陽雨，以及夜裡出現許多奇怪的火焰、宛如一群人手持燈籠般兩種類型。

——四月二十七日——

這一整個禮拜我都在觀察。

啪啦啪啦。

沙、沙。

果然又聽到了。不是聽錯，也不是我多慮。

還有，總覺得家裡面的某些地方有點暗暗的。如果能確定到底是哪個地方的話還能理解，但情況並非如此。日子不同、場所也會跟著變化。而且，不管我怎麼打掃，那些地方總是會積了一層灰。

那個「沙、沙」的聲音是從那些昏暗的地方傳來的嗎？不過「啪啦啪啦」就不一樣了，是在頭頂上響起的。

——四月二十八日——

「有聽見奇怪的聲音嗎？」我問了夏南。

雖然她搖搖頭，但我總覺得這孩子該不會知道些什麼吧。會知道什麼？

我是不是變得怪怪的？夏南她怎麼可能會知道呢。

可是……

——四月二十九日——

夏南一個人在廚房裡自言自語。

她好像在窺看冰箱和餐具櫃之間那個暗暗的地方。

那裡……

——四月三十日——

我把聲音的事情告訴老公，結果他笑著說：「那個『啪啦啪啦』是撒砂婆，然後『沙、沙』不就是小豆洗嗎？」

這兩個好像都是鬼太郎的動畫裡面有出現的妖怪。真是的，這個人也太悠哉了吧。而且他竟然還喜孜孜地開始說明撒砂婆和小豆洗是什麼。

只不過，這些關於妖怪的故事聽著聽著，也讓我覺得自己有些可笑。久違地想起老公有這樣的能力，心情也逐漸平復下來。

——五月六日——

聲音又出現了。

明明連假期間完全都沒發生。而且老公待在家裡的時候也都完全沒有聽見。

——五月九日——

客廳的窗簾在晃動。

雖然窗子開著，但那個時候應該沒有風才對。

——五月十日——

窗簾動了。

那個瞬間，我感覺有誰在偷看我。

不是從窗簾和窗簾之間的縫隙，而是越過窗簾看過來。

窗簾的另一邊當然是緊鄰著窗戶。它們之間的空間連個小孩都沒辦法站在那裡。如果真的有人站在那邊，絕對馬上就會被發現了。

我心想會不會是窗簾布圖案的關係，但上頭只有像是魚骨狀的設計。不論怎麼看，都不像是眼睛的感覺。

——五月十三日——

這是昨晚發生的事。我很難得在半夜醒來，就準備去趟廁所。我小心不要吵醒老公，走出了臥室。上廁所之前我想先去小孩房看看。悄悄地打開門進去後，就看到夏南睡得很熟。那張睡臉真是可愛。

當我要離開房間的時候，突然有種被什麼人盯著看的感覺。我立刻確認窗戶那邊的情況，但窗簾拉得好好的。戰戰兢兢地往外頭窺看，一個人也沒有。這是當然的，因為這裡是二樓啊。

就在我又準備踏出房間時，還是感受到了某種視線。不是窗戶，是牆壁那邊。但那邊還是沒有人。不，不是在這個房間裡。話是這麼說，但也不是牆壁裡面。大概是在中間的地方吧。

壁紙的另一邊。

突然意識到這點，我不禁打了個哆嗦。這時尿意突然變強了，於是我連忙去到一樓的廁所。從廁所出來以後，剛才已經適應黑暗的雙眼又變得不靈光了。就在我伸手摸索走廊電燈的開關時，又聽見了那個聲音。

沙、沙、沙。

總覺得跟先前相比又靠得更近了。而且，感覺是在朝著我這邊過來。

連開燈的時間都沒有，我就小跑步通過了漆黑的走廊。然後連樓梯的扶手都沒有抓，邊發出很大的聲響邊跑上樓去。

來到二樓的瞬間，那個聲音出現了。

啪啦啪啦。

很明顯，聲音是從屋頂上傳來的，而且跟之前相比更加激烈。如果先前像是冰霰的話，現在就是冰雹了。

我連忙回到臥室，爬回床鋪上、把棉被拉到頭部蓋住。

咚、咚。

我很害怕，心想現在這個不是敲門的聲音嗎？結果想著想著就睡著了。

像這樣把事情寫進日記裡，就覺得自己會不會是睡迷糊了呢？

可是……

——五月十五日——

夏南還是一樣，會一個人自言自語。

因為正是開口說話的年紀，所以我並不覺得這有什麼好奇怪的。可是，她真的不太會在我面前說話。我問了老公，他也是同樣的情況。這孩子好像只有自己獨處的時候才會說個不停。

「所以那不就是在自言自語而已嗎？」

雖然老公笑著說道，一副這沒什麼大不了的態度，但我還是很在意。

——五月十六日——

我打算今天一整天都要偷偷觀察夏南的情況。所以試著暗中跟在那孩子的後頭。

可是這種時候夏南就不開口了。該不會是注意到我了吧？但這也只是我的猜測而已。

——五月二十三日——

我終於看到夏南自言自語時的樣子了。

可是，應該不能說是看到了。

之所以會這麼說，是因為那孩子是面向小孩房的牆壁、感覺像是在跟什麼人說話的樣子。

看到那個情景的瞬間，我不禁打了個冷顫。

——五月二十四日——

我把夏南的狀況告訴老公，但是他很不以為然。

「人家不是說，年紀很小的孩子都會創造幻想中的朋友嗎？夏南一定也是這樣啦。她只是在跟那個朋友聊天吧。」

就算真是這樣，那種氛圍也太古怪了。最重要的是，小孩子在想像那種朋友的時候，一般不是都會拿玩偶什麼的來當作對象嗎？

因為我無法接受，所以老公就說他要找一天早點回家，然後去問問夏南。

——五月二十六日——

那是我在廚房做菜的時候。

咚、咚。地板下面傳出了聲音。

聲音突然響起時，我立刻往下方一看，就看到地下儲藏間的門。

腦海中頓時浮現了有什麼人從那扇門的另一頭敲打門板的畫面。

結果，那一天的晚餐我叫了外送。

——五月二十七日——

昨天晚上，老公和夏南聊過了。

夏南說她是在和那個武內家祖母送的新娘人偶說話。那個人偶的確是擺在小孩房當裝飾沒錯。可是，她在其他地方自言自語的時候，到底又是在跟誰交談呢？

「一定也是人偶啦。」

老公無法理解我的不安。

「夏南就是想像自己把人偶放進盒子裡帶在身邊，然後一邊和人偶聊天啦。」

可是我們都已經搬來將近兩個月了。但一聽到老公那完全沒有改變的關西腔，我也覺得好像真的就是這麼一回事。

或許是新家的生活讓我變得過於神經質了也說不定。

——五月二十八日——

我把在藤美公園認識的野村太太和悠斗請來家裡玩。

因為沒有特別準備，所以我只是把紅茶、果汁、還有餅乾端出來而已。

吃完點心之後，夏南就自己邀悠斗去小孩房玩。我也寬心不少。

「這個家真不錯呢。」

野村太太開始不停地稱讚我們的家。雖然肯定是場面話，但我還是很開心。心裡也得意了起來。

我是不是忘記了我們全家搬進來的是一個新蓋好的家呢?像這種嶄新的房子，怎麼可能發生什麼奇怪的事。一想到這裡，心情也變得更輕鬆了。

——五月二十九日——

老公又聊起了妖怪的話題。

「有一種叫做家鳴的妖怪。」

據說那種妖怪會在家裡面把門、窗、拉門和障子門搖得喀噠喀噠作響，嚇唬這一家的住戶。

「不是有種怪事叫做騷靈現象嗎？就像是那個的日本版。騷靈現象會移動家具、讓杯子或盤子到處飛，真的相當危險呢。可是家鳴主要就是發出聲音而已，幾乎不會造成什麼實際的危害。」

我問他這個家的奇怪聲音是不是因為家鳴的關係，老公就邊笑邊回答。

「房子這種東西，不管是老的也好、新蓋的也好，木材什麼的都可能會發出嘎吱嘎吱的聲響。依據當下的氣溫或濕度變化，就會出現各式各樣的聲音。當然這裡面也有土地的影響吧。所以過去人們就會認為這些都是家鳴這種妖怪引起的。」

他似乎想用家鳴來解釋我在這個家裡面所聽到的聲響。

因為是奇怪的狀況，所以就認定是家鳴這種妖怪造成的。雖然我當然不相信，但心裡的陰霾也多少消散了。感覺自己見識到了古人的智慧。

——五月三十一日——

傍晚，我要打開廁所門的時候，門突然從裡面被使勁地拉住。
「夏南，你在裡面嗎？」
我喊她，但是沒有回應。
就在我僵在門前的時候，從內側響起了像是在敲門的「咚咚」聲。
我把燈打開，戰戰兢兢地將手搭上門把，結果這次門開了。
廁所裡面一個人也沒有。

——六月一日——

我在網路上查了一下家鳴的資料。
就像老公說的那樣，那是一種會製造聲響的妖怪，可是無論我怎麼查，都完全沒有提到它們會讓門窗打不開。
所以那不是家鳴。而且說到底，家鳴之類的妖怪本來就不存在吧。

——六月二日——

洗澡的時候，夏南說了奇怪的話。

「這裡，也出不來呢。」
那孩子好像是望著貼了磁磚的牆壁。
又在自言自語了嗎？跟在小孩房對著牆壁說話的時候一樣嗎？
這句話是「在浴室這裡也沒辦法出來嗎？」的意思？但是，是誰、又要從哪邊出來呢？

——六月五日——

我又開始在意起夏南的自言自語了。
起初像是在跟誰搭話，後來感覺是在跟某個人交談，可是最近就有點不一樣了。
「過來這裡啦。」
「出不來嗎？」
就像是這樣的呼喊。她在浴室裡說的話，跟這件事有關聯嗎？

——六月七日——

野村太太和悠斗來玩了。
吃完點心後，夏南又邀請悠斗去小孩房裡玩，但不知道為什麼，悠斗並不想去。雖然他並沒有明確地說出「不要」，但感覺就是不太情願的樣子。

「這裡有很多我們家沒有的有趣玩具耶，快點，去跟夏南一起玩吧。」

結果野村太太推推悠斗的背，他才終於開始動作。

他們要回家的時候，我不動聲色地觀察悠斗的樣子，發現他好像有點不對勁。我沒辦法好好形容，總之氣氛就是很怪。而且，他還用手按著額頭。

「額頭在痛嗎？」

該不會是被夏南打的吧？我擔心地問他，結果悠斗卻搖了搖頭。然而，他隨即像是在說悄悄話那樣、低聲說道：

「從這裡，進得去嗎？」

雖然不明白他的意思，但是卻感受到一股寒氣。

可是野村太太好像完全沒發現的樣子，所以我也什麼都沒提。

——六月八日——

我趁著夏南在小孩房裡沉浸在自言自語時突然問她。

「你在和誰說話呀？」

然後夏南就相當自然地回答。

「小清。」

「是夏南的朋友嗎？」
夏南點了個頭。
「小清在哪裡呢？」
「那邊。」
夏南手指向的地方，是小孩房的牆壁。
「小清在牆壁的另一邊嗎？」
結果夏南搖搖頭。
「不是，在柵欄的另一邊。」
我花了一點時間，才意識到夏南口中的「柵欄」好像指的是壁紙上畫的牧場柵欄。
儘管如此，相較於在牆壁另一邊這個說法，在壁紙上的柵欄圖案另一邊這個答案，為什麼會讓我這麼害怕呢？

——六月十日——

今天，夏南對著電視機後面的縫隙說話。
我跟前天一樣問她是在跟誰說話，她又回答「小清」。我又問她們是在什麼時候成為朋友的，才知道是在搬到這裡後沒多久的事。該不會就是夏南一個人也能玩得很高興的那時候吧。

可是，當我問她小清是在電視機後面的哪裡，她卻告訴我：「暗暗的地方。」這時，我覺得自己能理解了。

之前夏南就曾經對著冰箱和餐具櫃中間的縫隙說話。那個時候，小清肯定就是待在那個昏暗的地方吧。

但為什麼會在那種地方呢？不對，當然不可能真的存在。不過就是夏南這麼幻想罷了。

然而，夏南為什麼要特地選擇那種昏暗的場所呢？

——六月十三日——

夏南對著窗簾說話。

我問她是不是小清，她理所當然地點了頭。

可是，窗簾那邊沒有陰暗的地方。我問她小清人在哪裡，結果她又一副理所當然地回答。

「柵欄的另一邊。」

雖然不懂她的意思，但是在我端詳窗簾的樣子後就恍然大悟了。那個感覺像是魚骨的圖案設計，從某些角度而言看上去也像是「柵欄」。

——六月十四日——

悠斗一個人來家裡玩了。

我有些驚訝，所以撥了電話給野村太太。當我得知她也知道這件事的時候又再次感到訝異。難道她不會擔心嗎？

就算是去自己家附近好了，但那應該是大人的感覺吧。至少在進入幼兒園、年紀再更大一點之前，我是不會讓小孩一個人出門的。

女孩子跟男孩子的養育方式果然不太一樣嗎？

——六月十五日——

我終於理解浴室裡那句話的意思了。應該沒有搞錯吧。

我發現牆壁磁磚的接縫，只要轉換一下觀察的方式，不也能看成「柵欄」嗎？

小孩房壁紙上畫的牧場柵欄、看上去很像柵欄的窗簾圖案設計、然後浴室磁磚的接縫也是一樣。

電視機後面的陰暗處，還有冰箱跟餐具櫃之間的陰暗處。

小清待的地方，或者說是出入的場所好像也存在著共通點。

——六月二十一日——

悠斗又一個人跑來玩了。

謹慎起見，我還是打了電話給野村太太，不過她們家裡的電話都沒人接，所以我也開始著急了。因為我認為她肯定是到處去找不見蹤影的悠斗吧。

然而，等到我撥通她的手機後，卻得到帶有「需要這麼大驚小怪嗎？」、「有必要這樣一一確認嗎？」這種意涵的拐彎抹角回應。她應該是放任悠斗去做自己想做的事吧。那孩子明明也才三歲而已。

還是說，其實是我太過神經質了嗎？

——六月二十二日——

我每天都會漸進式地向夏南提出自己對小清的疑問。雖然其中也有融入我個人的想像，但關於小清，我已經釐清了以下的部分。

她一直都是待在「柵欄」的另一邊。

年紀比夏南大，大概是七、八歲左右吧。

因為幾乎都待在暗處，所以沒辦法看清楚她的樣子。

但是，偶然瞥見的那張臉長得很漂亮。

有時會四肢著地行動。
明明是個孩子，卻會說出很艱澀的詞彙。夏南好像有時候會沒辦法聽懂。
她很想要朋友。雖然感覺夏南像是朋友，但是她到目前都沒有明說。
她想從「柵欄」出來，也準備要出來，但至今為止好像都沒有離開過。

——六月二十三日——

我問了夏南。
小清是從哪裡來的?從什麼時候開始待在這裡的?她在這裡又要做什麼呢?
但是夏南回答不出來，所以我就拜託她去問問小清。

——六月二十四日——

夏南把小清的回答告訴我了。
從哪裡來的?↓來的人是你們。
從什麼時候開始待在這裡的?↓從以前。
在這裡做什麼呢?↓等待。

——六月二十五日——

小清她在等待什麼呢？我問夏南，但是她也不清楚。

只不過，我也不知道是小清沒有回答，還是她說的話無法讓夏南理解，抑或是她刻意不告訴夏南。只有這個問題讓我不明所以地萌生這樣的感受。

總覺得心裡不太舒服。

——六月二十六日——

我突然想到，要是小清真的從「柵欄」出來了，到底會發生什麼事呢？

於是我又拜託夏南去問她。

一段時間後，從小孩房裡傳出了哭聲。

我慌慌張張地趕過去，就看到夏南正在嚎啕大哭。她立刻上前抱住我，嘴裡重複著同一句話。

「好可怕、好可怕、好可怕。」

——六月二十七日——

絕對不能讓小清從「柵欄」出來。

——六月二十八日——

我去買東西回來後嚇了一大跳。

黑田先生就站在門前，直勾勾地凝視著我們家。這麼說來，在此之前，我曾經有好幾次待在家裡的時候，都看到黑田先生望著我們這邊的身影。

因為他是町內會的會長，所以應該是在巡邏吧。

我一直都是這麼認為的。因為偶爾會有市政府的公務車邊用擴音器廣播「務必提防闖空門」邊通過附近，所以我擅自理解黑田先生肯定是為了預防犯罪才會四處巡邏的吧。

但是今天，我第一次產生了「該不會不是這樣吧」的感覺。

「您好，請問有什麼事嗎？」

我向黑田先生打了招呼，他突然繃緊了身子。在那之後，他一聲都沒吭、只是盯著我的臉瞧了一段時間，然後生硬地問我：「住得還習慣嗎？」

我回答「還不錯」。這時我心中突然浮現一個想法。要不要問問他關於小清的事呢？

從哪裡來的？↓來的人是你們。

從什麼時候開始待在這裡的？↓從以前。

也就是說，小清是在我們家蓋好之前就已經待在這裡了。

但是就在「小清」這個名字將要說出口的時候，我突然猶豫了。然後，我改問他這個地方先前是什麼建築，裡面又住了什麼樣的人。

結果黑田先生再次看向我們家，然後說出一個奇特的答案。

「這裡重建了好幾次、好幾次呢。」

我才剛要問他原因，結果黑田先生就迅速地離開了。

——六月二十九日——

昨天，我在玩具店買了印有「禁止進入 Keep Out」字樣的膠帶。

先前我根本不知道有在賣這樣的東西。只要願意去找的話就什麼都能找到，對此我深感佩服。真是幫了大忙了。

於是我馬上在小孩房的壁紙上貼上膠帶。

——七月一日——

「那個是在幹嘛？」

老公發現小孩房裡面的膠帶了，所以我就把小清的事情告訴他。

「你會不會太配合夏南的幻想啦？」

對滿臉錯愕的老公拋出一句「你什麼都不懂」之後，我隨即陷入了困惑的情緒。

我到底在做什麼啊？

其實老公的反應才是正常的吧。小清是感到寂寞的夏南創造出來的，不過就是想像中的朋友罷了。

「話是這麼說，不過夏南竟然想出了背景這麼奇特的朋友呢。」

老公好像覺得很有趣的樣子。

「一直待在柵欄的另一頭，但是都沒有一起玩嗎？」

不過，他看上去也流露出些許的不安。

「而且她偶爾還會說一些夏南無法理解的艱深用字對吧。一般來說，小孩子會想像出這麼複雜的朋友嗎？」

老公的不安，當然並不是因為小清這個人到底是存在還是不存在。他肯定是在擔心夏南，尤其是精神方面的狀況吧。

「這個年紀就有充滿獨創性的想像力，我們家的可愛孩子該不會是天才吧。」

不過，最後他還是回復成平時的那個老公了。

——七月五日——

先前悠斗大概是一個禮拜來一次，最近變成一個禮拜會來兩次到三次。很多時候都是我才剛注意到，他人就已經自己跑上樓了。因為夏南自言自語的情況也變少了，所以我是沒那麼在意啦。

我在網路上看過一些案例，母親是家庭主婦、家裡有電玩遊戲還會端出點心的人家，會被其他家的母親擅自當成托兒所，因而引發問題。我家的情況就是如此。

只不過，我不也是暗地裡利用了悠斗嗎？即便對野村太太感到火大，但我或許也自然而然地接受了這樣的狀況。所以我並不怎麼生氣。

——七月九日——

那是夏南和悠斗在小孩房裡玩的時候。

我感覺到除了他們兩個以外，還有一個人待在那裡。

我偷偷看了一下房間裡面，就只有他們兩人。

——七月十二日——

我們一家應該能在這個房子裡繼續生活下去吧。

不，肯定沒問題。因為這裡是我們的家。

——七月二十一日——

傍晚，野村太太打電話過來。她請我告訴悠斗「差不多該回家了」。

我上去小孩房，結果夏南說：「他不在了。」於是我就以為自己和悠斗錯過了，後來也沒有多想。

可是十分鐘後，野村太太又打過來了。

「大佐木太太府上真的很舒適呢。」

雖然是「犬子給您添麻煩了」的語氣，但感覺就像是在說「快點讓他回家」，所以我嚇了一跳。

我跟她說悠斗剛才已經朝著她們家過去了，結果野村太太還笑著說：「說得好像蕎麥麵店送外賣。」可是，還不到五分鐘，電話又響了。這次她是用手機打的，而且聲音很激動。

「到底怎麼回事？我人在家門口，可是都沒有看到悠斗啊。如果剛才離開府上的話，我現在應該會看到那孩子走回來才對呀。」

我連忙跨出家門，往野村太太家那邊走去。

我們家和野村家都是面向同一條馬路。可是路在途中轉了一個彎，所以只站在自己家前面的話是看不到對方家的。

我靠近轉彎角之前就看到野村太太往這邊走來的身影。

「悠斗是幾點離開你們家的？」

雖然被強硬的語氣質問，但我回答不出來。

「你不知道？你不覺得這樣有點不負責任嗎？」

野村太太生氣了。

「算了。我自己去問夏南。」

她話一說完，就無視我、逕自朝著我們家走去。

「請等一下，讓我去問問孩子。」

我想都沒想就追了上去。野村太太肯定會咄咄逼人地質問夏南吧。我不能讓她這麼做。我一定要保護那孩子。

可是野村太太一個人頭也不回地往前走。她甚至比我先進門，就這麼踏進了玄關。

「夏南！你在哪裡啊？」

然後鞋子才剛脫下，她就突然揚聲大喊。

「請不要這樣，會嚇到孩子的。」

我打算搶在野村太太前面先上到二樓。可是她的態度太強硬了，也不管我的勸阻、快步爬上了樓梯。

接著她猛然打開小孩房的門後就喊了起來。

子。

「悠斗在哪裡？」

我從野村太太的前面硬擠過去，進了房間。總之我一心只想保護夏南，不能讓她接近這孩

這個時候，野村太太突然失聲驚呼。

「這個房間是怎麼一回事啊？」

她環顧貼在四面牆壁上的「禁止進入 Keep Out」膠帶。眼神就像是看到腦袋有問題的人畫出來的圖畫一樣。

接著她想起自己已經進房間了，馬上瞪向夏南。

「對悠斗做了什麼？」

「你這是什麼意思？」

我也不能再沉默下去了。這個意思不就是在表示夏南對悠斗做了什麼嗎？

「因為很奇怪啊。」

野村太太看向牆壁上的膠帶，臉色也跟著變得很可怕。

「有哪個小孩會在這種房間裡玩啊。」

「這孩子很普通。先前她不是都和悠斗相處得很融洽嗎？」

「那大概是因為悠斗在忍耐吧。」

這個回應彷彿是在說夏南的腦袋怪怪的，所以悠斗才會配合她的狀態。對此我實在一句話也說不出來。

「快告訴我！悠斗到底怎麼了？」

我闖進怒不可遏的野村太太和夏南之間，接著就以背向她的姿態問了我們家的孩子。

「悠斗今天是什麼時候過來的呢？」

「點心時間以後。」

我想了一下，確實是這樣。如果是吃完午餐、拿出點心給夏南的那個時間，我再怎麼樣都應該會意識到悠斗的存在才對。

「他什麼時候回去的？」

「不知道。」

「悠斗是在夏南沒注意到的時候回家的嗎？」

夏南點頭，但野村太太依舊緊咬著不放。

「那個孩子不可能連聲『掰掰』都沒說就回家吧。」

「可是悠斗已經有好幾次都在我不知情的情況下進了我們家。」

我一這麼反駁，野村太太回了聲「嗯」之後，好一段時間都沒開口。她當然不是對悠斗的行為感到詫異，而是因為被我回敬之後又驚又怒，才一句話也擠不出來。

野村太太踏出了小孩房。

「悠斗！悠斗！」

她突然開始大呼小叫，並且一一打開二樓其他房間的門。

「請你住手！」

我想要阻止她，但看來還是行不通。因為感覺會被暴力相向，這實在太令我害怕了。不光是我們夫妻的寢室、老公那個被他稱為書齋的房間、為了第二個孩子預備的空房、走廊的收納空間等，就連每個房間的櫃子裡面都被她翻找過。小孩房當然也不例外。總之，二樓也是、一樓也是，我們家從頭到尾都被搜了一遍。就連廚房那個地下儲藏間也被查過了。

理所當然，到處都找不到悠斗。

「這樣你可以接受了嗎？」

最後，我對著粗暴地關上地下儲藏間門板的野村太太這麼說道。但是她完全不理睬我，拿出了手機打電話報警。

——七月二十五日——

今天是悠斗下落不明的第五天。

從那天起一直到今天，各方面來說真的是夠折騰人的。雖然事情還沒有落幕，但我的心情已經平靜許多，所以就來記錄一下後續的情況。

野村太太聯絡警方以後，就有一男一女的制服員警來到我們家。我還以為肯定會派穿西裝的刑警過來。看來野村太太似乎也是同樣的想法，只見她一臉相當不滿的表情。

去到會客室後，野村太太就自顧自地說了起來。

為了和剛搬家過來、還沒交到朋友的夏南一起玩，悠斗經常會到我們家來。但是我對悠斗卻完全不關心。證據就是，今天我連他是什麼時候來、什麼時候離開的都一問三不知。而且說到底，根本也不確定悠斗是不是真的回家去了。提出這個說法的就只有我一個，完全無法採信。

兩位員警都不發一語，靜靜聽著野村太太一個人發表長篇大論。等到她終於喘口氣的空檔，他們才問我：「夏南小妹妹在哪裡呢？」我說她在二樓的小孩房後，那位女警就問：「您方便和我一起過去嗎？」而男性警察則是留在會客室，好像是要繼續了解野村太太的證詞。

野村太太開口抱怨，但男性警察一提問，她又開始一個人滔滔不絕地說了起來。

女警催促我進了小孩房以後，就要我說說至今為止和野村太太的往來情況，以及關於悠斗的事情。這時我才了解，警方是要刻意把我和野村太太分開的。

我翻著日記，盡可能依照順序說出來。

一開始是在附近的藤美公園遇見野村母子的。然後大概是一個半月以後，我把兩人邀來家裡。十天後左右，兩個人又來玩了。然後一個禮拜之後，悠斗一個人到我們家來。我趕緊聯絡野村太太，但是她好像並不在意。在那之後，悠斗大概每個禮拜都會來玩一次。接著增加成一週兩次或是三次。因為我人在家裡的時候是不會鎖上玄關大門的，所以最近悠斗有好幾次都是在我沒注意到的時候自己進來。

女警一句話也沒插嘴，專心地寫著筆記。我說完以後，她便問我是不是也可以問問夏南。我自然是沒有意見，但夏南的回答還是一樣。

悠斗來家裡是在點心時間之後，但不知道他是什麼時候離開的。

這時那位男性警察出現了，他和女警兩個人好像在走廊交談，但因為門是關起來的，所以完全聽不見談話的內容。

過了一段時間，這次是兩位刑警的組合上門了，分別是五十歲前後的男性和三十五歲左右的女性。另外還有兩個人把野村太太帶回她家。

「悠斗怎麼辦？我不能就這樣回去。」

她相當固執己見，但後來還是被警察給說服、才終於離開了我們家。

接著我們又回到了會客室，把剛才和女警說過的事情，以及今天早上開始的行動說給兩位刑警聽。那位女警說她會在這段時間幫忙照顧夏南。

這件事我是後來才知道的。在我和野村太太跟刑警談話時，我們兩家的周遭好像來了幾十個警察。因為連警犬都來到現場了，他們應該早就開始找尋悠斗了吧。

然而，到最後悠斗還是沒能在這一天回家。

不，直到第五天的今天這個時候，悠斗依舊是下落不明。

——七月二十六日——

延續昨天的紀錄。

刑警們把我們家查了一遍。他們慎重地詢問：「方不方便讓我們看看家裡呢？」然後以超越野村太太的投入程度調查了每一個角落。

「這個上面是什麼？」

被這麼一問，我才想起來完全忘記閣樓的收納空間。這個地方連野村太太也遺漏了。

為了拉下二樓走廊天花板的那扇門，我們準備了一根專用的長棒。可是我想不起來收到哪裡去了。於是我在家裡面翻來找去，真的很難為情。結果是那位女刑警在臥室櫃子的一角發現它就立在那裡。

調查完閣樓以後，對我們家的搜索就宣告結束了。當然，每個地方都沒有發現悠斗。這是當然的，不過，我卻不知為何感到鬆了口氣。

「話說，那個裝飾真的很與眾不同呢。」

刑警從走廊上觀察小孩房裡面的時候，視線也落在了牆壁。應該是在說那些膠帶吧。

這個時候，我的腦袋也開始高速運轉起來。

現在野村太太肯定也抬出了膠帶這件事，來向警方控訴我跟夏南很可疑。與其在這裡蒙混過去，倒不如好好把理由給解釋清楚會比較恰當。只不過，最多只能說出小孩子幻想的部分，絕對不能提到我個人的體驗。如果說出來的話，刑警肯定會盯上我、認為這個人精神不太正常。這麼一來，他們或許就會懷疑是我誘拐了悠斗。

我在轉瞬之間就想清楚了。人類的大腦真的很驚人啊。

「我女兒有一個叫做小清的幻想朋友……」

那個少女就住在牆壁裡面。我女兒獨處的時候，她們就會一起玩。可是她們最近好像吵架了，然後小清很生氣，說要從牆壁裡出來。女兒哭著告訴我這些，所以我就貼上那些膠帶了。

男刑警的臉上寫滿了疑惑，好像不知道該做出什麼反應。感覺應該就是這樣吧。

可是那位女刑警就不一樣了。她可能有孩子吧，所以看起來似乎能理解我所說的話。不過……

「從您的話聽起來，簡直就像是怪談呢。」

她說出這句無心的話後，我突然覺得毛骨悚然。

截至目前為止，我們搬家後所體驗到的各種狀況，我都單純只把它們視作「發生了有點奇怪的事」。即使還是有恐怖這樣的感受，但是我完全沒有想過那可能是來自於「簡直就像是怪談的體驗」。

然而此時此刻，我才終於領悟到一件事。發生在我們家裡的狀況，看在他人的眼裡就是貨真價實的怪談。

「您還好嗎？」

被女刑警這麼一問，我不禁嚇了一跳。我好像在瞬間恍神了。

「真是抱歉，說了有點可怕的話。」

話說男刑警好像瞪了女刑警一眼。應該是在訓斥她「別說多餘的話」吧。

我們三人回到會客室，然後他們要我再一次從頭開始敘述二十一日那天的事情。在此之前，我好像就曾經從哪裡聽說過，警察會重複詢問嫌疑犯同樣的事，然後找出其中的矛盾之處，但是卻從未想過自己有一天會身處在相同的立場。可是我依舊不疾不徐地重複了一遍當天的行動。因為我本來就沒有看到悠斗，所以即便敘述相同的事情也花不了多少時間。

我的話剛說完，還沒等刑警開口，我就毅然決然地問他們。

「你們是在懷疑我和我女兒跟悠斗的失蹤有關嗎？」

那位男刑警表情分毫未動，接著開口說道：

「不，並不是這樣的。不管是請您讓我們看看家裡也好、重複詢問同樣的事情也好，都是很普通的搜查過程。因為目前最後目擊到悠斗的地點就是這個家，所以我們也必須要慎重行事。這一點還希望您能理解。」

我有點安心了。

我當然不認為警察會實話實說。但即便如此，一想到這兩位刑警剛進我家時的神情，我就覺得心裡稍微輕鬆一點了。一開始兩人還一臉嚴肅，但現在看起來已經不是那樣了。這是對我們的懷疑已經解除，不對，就算還不到這個程度，嫌疑應該也變得更輕了吧。這或許只是對自己有利的判斷，但我真心認為自己的情緒確實因此放鬆下來。

可是，我還是太天真了。媒體方面的報導，正以截然不同的方式展開。

——七月二十七日——

繼續記錄後續。

那一天晚上，回到家的老公非常驚慌失措。因為除了住宅區內停了好幾台巡邏車之外，我們家門口還有警察站崗。

「那陣仗是怎樣?該不會……」

難得露出焦慮神情的老公，才剛踏進玄關就趕緊抓著我問。

「夏南沒事，我也沒事。可是悠斗他不見了……」

「原來是這樣啊。」

看著鬆了一口氣的老公，我實在沒辦法責備他。如果今天立場顛倒過來，我肯定也會表現出相同的態度吧。

「我問了站在我們家門口的警官，可是他什麼都不告訴我。所以我真的很擔心啊。然後他問我是什麼人，我告訴他這是我家，他就叫我快點進來了。」

我一邊把晚餐擺上餐桌、一邊簡單扼要地說明事情經過。這下老公似乎也理解目前是什麼狀況了。

「那位警官是不希望我被媒體給盯上啊。」

「因為如果從二樓往外看，你就會發現不是只有巡邏車，還有好幾台像是電視台的車子。」

聽了我的話，老公點了點頭。

「我回來的時候，其實有被電視台的記者喊住。你住在這附近嗎？是哪一戶的居民呢？我故意說了比較前面的一戶，這個選擇果然沒錯啊。要是被他們知道我是這一家的屋主，肯定會被問個沒完的。」

老公吃完晚餐後，我又更詳細地把悠斗的事情告訴他。說到野村太太的言行舉止時，就連平時一向溫和的老公都生氣地說：「這也太沒常識了吧。」

「不管去問誰，都會說那是野村太太管教不當，是一個不稱職的母親。警方應該也能理解這一點吧。」

所以，我和夏南的嫌疑應該可以說是洗清了吧。

然而，看了當天晚上悠斗失蹤事件的新聞報導，才知道他們的報導方向是孩子在這個鎮上的某戶人家家裡不見了。雖然內容並沒有提到那個某戶人家就是我們家，但知道我們家的人看完新聞以後就會察覺了。

一夜過去，我們家就成了被關注的焦點。

——七月二十八日——

繼續記錄後續。

新聞播出之後，公公立刻就打了電話過來。完全無法跟悠悠哉哉的老公聯想在一起，公公他是個堅定可靠的人。

老公說明事情經過以後，公公應該也理解情況了，不過他還是問我們要不要讓我和夏南先回趟老家會比較妥當。

但是警方請我們這幾天都還是要待在家裡。所以如果真的回去老家的話，搞不好會被人以為是打算要逃走呢。

和老公討論了一下，現在我們就先採取靜觀其變的態度。總之，我們決定完全不回應媒體的一切採訪。

令人訝異的是，當天晚上就有兩家電視台打電話聯絡我們。兩通都是老公接的，也都鄭重婉拒了採訪。他表示我們把知道的事情全都告訴警察了，警方之後應該就會發表了吧。

而且，他們到底是從哪邊查到我們家的電話呢？是我或老公認識的某個人被媒體找上後流出去的嗎？

一想到這裡，就覺得事情變得很可怕。

——七月二十九日——

繼續記錄後續。

事件的隔天。沒錯，那件事也只能用事件來稱呼了吧。因為直到現在，悠斗依舊下落不明。門鈴一直響起，似乎毫無喘息的時間。電話也是一樣。對方是媒體，想針對這次的事件詢問我們的意見。可是，我的耳朵也敏銳地察覺到隱藏在那些問話聲背後的懷疑。

悠斗小弟弟的失蹤跟你沒有關係嗎？

難道不是你對悠斗小弟弟做了什麼嗎？

你該不會就是悠斗小弟弟失蹤事件的犯人吧？

我確實感覺到自己聽出了隱藏在那些問題後面的弦外之音。

臉突然熱了起來，身體也顫抖不止。還感受到一股毫無道理的怒氣。然而，也同時感覺到了恐懼。

再這樣下去，我不就會被視為對悠斗做了什麼的犯人嗎？

——七月三十日——

事件發生的後天。

我決定忍受他人的視線去買東西。隔天還可以用之前先買來放著的東西解決，可是到了第三天就沒辦法了。

幸好搬過來才四個月，還沒有什麼認識的人。所以就算外出應該也不會有什麼問題才對。要是沒有媒體就更好了。至於門鈴和電話能不用就不要用。

一跨出玄關，在門外等待的男男女女們就同時開口了。

「悠斗小弟弟真的是在府上不見的嗎？」

「那個時候，夫人您正在做什麼呢？」

「令千金和悠斗小弟弟感情很好嗎？」

「夫人您和悠斗小弟弟的母親交情如何？」

「當時只有兩個孩子一起玩嗎？」

「對於『過度放任主義』這樣的批評，您有什麼看法呢？」

他們明明是同時開口提問的，不可思議的是，我竟然能聽清楚全部的問題。不過我當然沒有回應，一句話也沒說就走了出去。

我走出去之後，全部的人好像都跟在我的身後。只是來到超市的時候，就好像一個人也不剩了。因為我沒有轉頭去確認，所以也不清楚他們離開的確切時間點。

我在超市買足了食材。雖然這種說法有欠思慮，但如果沒有發生其他能勾起媒體興趣的事件，那些人是不會從我們家和野村家前面離開的吧。我們也只能徹底執行籠城戰[10]了。還有，我真的從未想過我竟然會特地去查字典、然後把「籠城」這個詞彙寫進日記裡面。

回家又是一件難事。到了可以看到我家的地點，有幾個提前發現我的人就以驚人的聲勢衝了過來。我還心想，真虧自己能從那裡一直到家門前都沒有大喊出來。

「我和我的女兒什麼也不知道！」

我想要這麼告訴他們。

絕對不要回答媒體的問題。絕對不要表現出任何反應。要不是和老公這麼約定好了，我一定會張口吶喊吧。

我懷抱著沉重的思緒踏進家門，疲憊感就一口氣湧現出來。以前都是事不關己地看著電視上的媒體記者追逐藝人，現在我才發現自己開始變得有點同情他們了。

10　以守備方的視點來看，我方據守據點後閉門不出、與對手展開持續對峙局面的戰法。

但是，這種日子會持續到何時呢？我感受到的只有絕望。

——七月三十日——

繼續記錄後續。

後來警察又到我們家來了。

第二次訊問只是把事件當天的事情重新再問了一遍，真的很折騰人。但是到了第三次，就開始聚焦在我們和野村太太的往來這種深入問題了。而且還被問了跟她本人有關的各種問題。像是平時的生活、人際關係、對待悠斗的方式等等。

新聞媒體的報導開始出現變化，是在事件發生的四天之後。

「下落不明的幼童。原因是母親放棄育兒嗎？」

「將兒子托給鄰居家，自己跑去打柏青哥的母親」

「把鄰居家當成托兒所來利用」

太震驚了。

雖然自己的主張被警方給接受也是原因之一，但悠斗來我們家玩的時候，野村太太竟然是跑去打柏青哥啊，我真的備受衝擊。

有不少原本待在我們家門口的媒體都移動到野村家的前面。不過還是有人留下來，要是一時沒想到就這麼走出去，他們仍然會跑過來想問問你的看法。

「請跟我們分享一下野村女士這個人。」

「悠斗小弟弟被虐待是真有其事嗎？」

「您對野村女士會感到憤怒嗎？」

我依舊什麼話都沒說。會對野村太太感到火大是理所當然的吧。即便如此，我還是祈求悠斗能夠平安無事。

這陣子老家的朋友們都會用手機打電話或是傳訊息給我。先前報導炒得火熱時，他們明明都沒什麼聯繫的。雖然我認為朋友並不是因為懷疑我，而是基於好奇才聯絡的吧，但他們一定覺得很可怕。我可以理解大家的心情，但坦白說我也覺得有點寂寞。

——七月三十一日——

野村太太來了。

她按了門鈴後說道：「悠斗絕對在這裡。所以我要搜索你們家。」不過我當然是拒絕了。

然後她打開大門、來到玄關門前面，開始朝著門板「咚咚咚」地一陣敲打

雖然我選擇無視，可是她好像沒有要回去的意思。過程中還開始怒吼：「把悠斗還給我！」

媒體記者已經不見蹤影，真的是萬幸。可是我也不能放著她不管，於是就聯絡了警察。

過了一段時間，最初到我家來的那兩位員警就趕到了。我隔著玄關門偷偷聽著外面的情況，他們好像在安撫野村太太、勸她先回家去的樣子。可是野村太太不聽勸，所以最後警察使盡全力把她架上了巡邏車。

我並不是不能體會野村太太的心情。她就是無論怎麼說都無地自容了，才會迫不得已、不請自來地找上我們家吧。

悠斗消失，到今天已經是第十一天了。

消失。

那孩子就是在只能以這個詞彙表現的情況下不見了。

我的嫌疑冰釋，而野村太太反倒是因為她放棄育兒的行為再明顯不過，讓大眾懷疑的目光轉向了她自己。

也就是說，她打來我家的那通電話其實是一派胡言。悠斗老早就回到野村家了，然後他和野村太太之間發生了某些事情。我能想到的，就是她因為某些理由斥責了兒子之類的狀況吧。然後，她對兒子進行體罰。沒想到，悠斗竟然因為體罰而死掉了。心慌意亂的她把兒子的遺體藏在某個地方，然後裝成兒子還沒回家的樣子，打電話到我們家找人。

無論是哪家媒體到這個階段都還不能斷定。但是認為這個推論確實存在可能性的報導就有不少。

真的是這樣嗎？

雖然我到現在還是對野村太太感到很氣憤，可是那一天的電話絕對不是演出來的。她是打從心底相信悠斗還在我們家。這件事她也向警察重申了好多次。還是說，其實我被她騙了呢？會把我們家當成托兒所來用，就足以看出野村太太小看我們了。可是，那個時候的電話……

如果野村太太沒有說謊的話，又會是什麼樣的情況呢？

這就表示，那一天傍晚，離開我們家的悠斗在通往野村家的三十多公尺路程中突然消失了。

雖然途中有四戶人家，不過應該哪一家都沒有看到他的身影吧。而且不只是回程，就連朝著我家過來的時候也是同樣的情況。住宅區的對面是雜木林，會不會是有可疑人士潛伏在那邊、把悠斗帶走的呢？也有這樣的看法出現。但聽說雜木林那邊也沒有找到線索。

其實悠斗打從一開始就沒到我們家來。所以當然不會有目擊者，雜木林裡面也不會留下任何痕跡。這好像是輿論的新觀點。

會是這樣嗎？如果真是如此，那夏南的證詞又該怎麼解釋呢？我們已經仔細地跟那孩子確認過，悠斗那天有過來玩。因為是幼童說的話所以不能信賴，大家會這麼認為嗎？

悠斗，你究竟跑到哪裡去了呢？

——八月一日——

事件發生以後，我就沒辦法好好照顧夏南了。

我想帶她去藤美公園，可是如果被附近的媽媽們抓到，肯定又是一番連珠炮似的詢問攻勢，所以我放棄了。

今天我們待在小孩房裡一起玩。話說回來，她自言自語的狀況現在怎麼樣了？我有特別留意，但感覺不到她還有自言自語的跡象。

只不過，她偶爾會看向牆壁那邊。原本我還想說是不是在跟小清對話呢，可是夏南什麼也沒說，就只是對牆壁投去一瞥。

我發現後就問了她，然後夏南說：

「你在看什麼啊？」

「到另一邊去了，悠斗。」

——八月二日——

昨天在小孩房裡什麼都沒辦法做。

我當下立刻凝視夏南看著的那面牆。但是突然覺得很恐怖，結果就直接離開房間了。

今天我也是在小孩房裡跟夏南一起玩。玩的同時，我也在偷偷觀察這孩子的樣子。然而，她一次都沒有看向牆壁。我實在等不下去了，就直接問她。

「悠斗他在牆壁的另一邊嗎？」

夏南搖頭。我稍微思考了一下，又接著問：

「該不會，是在柵欄的另一邊？」

夏南點頭了。

「他是怎麼過去的？」

「不知道。」

「可是夏南看到了，對嗎？」

「嗯。」

「不過你還是不知道？」

這個時候，夏南轉向了牆壁，開口說道：

「因為悠斗是被小清帶過去的。」

——八月三日——

我並不認為夏南說的事情是真的。

即便如此，我卻很害怕再從那孩子的口中聽到什麼。結果，我昨天逃出了小孩房。

今天我打算要問個清楚。起初我先問了悠斗的事，但新的收穫寥寥無幾。

悠斗從一開始就很害怕小清。

第二次到我們家來的時候，他會不想再去小孩房應該也是這個原因吧。也就是說，悠斗他打從一開始就察覺到小清的存在了。

就算是這樣，他還是無視小清的存在，和夏南一起玩。

這是因為即使回到家，野村太太這個母親也不在家裡的關係吧。搞不好野村太太反而還會嚴厲地囑咐他要在我們家盡情地玩，而不是叮嚀他得在傍晚幾點前就要回家呢。

那一天，小清突然從壁紙上「柵欄」的另一頭長長地伸出手，然後瞬間就把背對牆壁的悠斗給拖進去了。

雖然當時的情況我問了好多次，可是夏南也沒辦法忠實地形容，所以最接近的說法大概就像是這樣。

我感到毛骨悚然。雖然小清的存在很詭異，可是只要她不會離開柵欄跑出來的話，我認為就沒有什麼危害。不對，雖然她應該不是真的存在，但只要還待在柵欄另一邊的話，我想就不會有問題。

然而，小清可以從柵欄那邊伸出手。而且，她還能把小孩子抓走。這可不是開玩笑的，我一定要保護夏南。

——八月四日——

昨天晚上，我把夏南說的事情都告訴老公，結果他滿臉都是擔憂的神情。不過他並不是擔心夏南，而是覺得我的精神狀況不太妙。

不是牆壁裡面，而是被帶到壁紙上畫的柵欄的另一邊。這個想法確實會讓人覺得很愚蠢。不不，就算是牆壁裡面也會令人感到無比荒謬。但是，如果不這麼思考的話，就絕對沒辦法說明悠斗突然消失的這起事件，不是嗎？

「你該不會打算這麼告訴警察吧。」

老公完全傻住了。不過，感覺他有所誤解。其實我關注的重點在於夏南的安全。聽了我的說法後，他的臉上暫且轉回安心的表情。

也因為這樣，後來老公也恢復了往常的冷靜。

「下一個被盯上的，或許就是夏南了。」

然後老公便用安撫般的語氣對不安的我說道：

「我想應該不至於。我們搬到這裡已經四個月了耶。如果那孩子真的被盯上的話，應該早就被小清帶走了才對啊。」

「話是沒錯。可是如果什麼都不做的話……」

「感覺那個『禁止進入 Keep Out』的膠帶已經形成一種咒術了吧。」

「目前為止是這樣，但也不能確定之後還能繼續發揮效用吧。而且窗簾的圖案也是……」

「這樣的話，我們就把小孩房的壁紙全部拆掉，窗簾也全部都換掉不就好了嗎。」

我認為老公肯定不相信我口中的小清有多麼危險。但這個人了不起的地方，就在於他不會全盤否定，並且還會提出能讓對方接受的解決策略。

所以，我的心情也稍微變得輕鬆點了。窗簾直接整套換掉就好，但重貼壁紙可不是小工程，所以我也想到可以在那個「柵欄」上面再貼上其他的壁紙等方法。現在我已經重拾能讓自己思考的餘裕了。

可是，還是存在沒有解決的問題。那就是家具的縫隙等陰暗處。那樣的場所無論如何都會在家裡面出現。

我告訴老公後，他就用一副「這沒什麼」的態度笑著說：

「家具和家具之間，我們就從上面掛一塊布把縫隙遮住就好。其實還有把東西塞進去這個辦法，只是看起來不美觀。最重要的，就是不要讓那些昏暗的地方進入你的視野。一個人所看到的東西，跟對於一個人而言存在的東西，其實兩邊都是相同的。我說的沒錯吧。」

這天晚上，我覺得自己久違地睡了個安穩的覺。

——八月五日——

我立刻去買了新的窗簾、布塊和布膠帶，還有壁紙。

窗簾很快就更換完畢了。家具和家具之間的縫隙也照著老公的點子用布塞住。原本還擔心看起來會很醜，但好在並沒有這個問題。露出的布塊邊緣就用布膠帶遮起來，效果顯然還不賴。然而，關於把新壁紙上畫的動物圖案剪下來，再貼到先前壁紙的「柵欄」上面這項作業，我卻遲遲沒有進行。

如果這麼做的話，悠斗就再也回不來了吧。

或許是突然萌生這個想法的緣故。

我到底是相信，還是不相信夏南所說的話呢？

就連我自己也搞不懂。隨著時間、場合的不同，我覺得想法也一直在轉變。我沒辦法像老公那樣堅定不移。

可是，只要有任何一點讓夏南遭遇危險的疑慮，無論如何都要除掉那個元凶。這股意念相當強烈。

只要能守護那個孩子，就算犧牲別人的孩子也……

我指著小孩房裡壁紙上的「柵欄」，然後問夏南。

「悠斗還在那一邊嗎？」

「不知道。」

再仔細問了一下。好像是有時候會瞥見悠斗的身影，但有時就是一片漆黑、什麼都看不見。

「悠斗他人怎麼樣呢？」

「在發呆。」

我還以為一定會哭哭啼啼的，所以這個答案讓我感到意外。可是，一旦想像悠斗那有如靈魂被抽走的表情，就覺得相當可怕。

這時，夏南說出一件很不得了的事。

「只有一次，悠斗他要到這裡來。」

我連忙追問，才知道他好像是死命地抓住「柵欄」、想要逃往這一邊。

「後來怎麼樣了？」

我安撫輕輕搖著頭的夏南，又盡可能追問出一些訊息。據說從後方的暗處伸出一條手臂、使盡全力把悠斗從「柵欄」那裡拉開，最後直接拖回黑暗之中。

「夏南和小清是朋友對嗎？」

這孩子對脫口提問的我微微點頭後回答。

「嗯。對呀。」

「要是在壁紙的『柵欄』上面再貼上其他動物的壁紙，小清會生氣嗎？」

「我不知道。」

「她會對夏南發脾氣嗎？」

「我覺得不會對夏南生氣。」

我相信她的說法，就用其他的壁紙圖案把原本壁紙上的「柵欄」全部蓋住了。

——八月七日——

今天野村太太來了。

只不過，她沒有像先前那樣出言不遜。

「把悠斗還給我。拜託了，請讓我看看那孩子。」

她在門鈴對講機的另一邊不斷地哭訴。

我沒有報警的打算，話雖如此，也沒有力氣去應對，最後就放著她不管了。

一段時間後再窺看外頭，野村太太已經離開了。取得代之的是町內會會長黑田先生的身影，他正在目不轉睛地看著我們家。

（雖然在這之後日記有繼續寫，但不管是關於怪異現象、小清的事情、悠斗的事件、野村太太的來訪等都沒有留下任何記述。所以在此省略。）

——十月二十一日——

悠斗下落不明，到今天已經滿三個月了。

他還是沒有被找到。是在哪裡消失的？為什麼會消失？去了哪裡？有沒有關係人？這些問題完全是一無所知，就連一條線索也沒有。

當初我會被懷疑，是因為大家都認為悠斗是在我們家不見的。只不過，隨著野村太太的母親形象逐漸被揭露，嫌疑也完全轉移到她的身上。無論是警察、媒體還是社會輿論方面，肯定都是這樣的想法，不會錯的。

然而，現在已經證明那天下午的幾個小時內，野村太太都待在車站前的柏青哥店。換言之，她幾乎沒有時間把悠斗帶到其他地方。如果要把兒子藏起來的話，大概就只有野村家，以及附近那片雜木林了。可是這兩處都沒有發現悠斗。

話是這麼說，也沒有出現共犯。說穿了，野村太太的交友圈很狹小，跟附近鄰居似乎也不怎麼往來的樣子。警方一度懷疑有親近的男性存在，但最後並沒有發現那樣的人物。

類似以上這種情報都是我從周刊雜誌上得知的。其中對於我們家也穿插了想像、擅自寫出令人不悅的內容。可是，因為我想知道野村太太的事情，就忍了下來。

無論哪一本周刊雜誌都把她視為犯人。雖然沒有明確地指名道姓，但是有很多只要讀過以後，大概任誰都會歸結到相同結論的報導。不過，只有一本刊物曾經刊登過一篇看法完全不同的文章。

「小孩消失了，這會是現代的神隱嗎？」

該篇報導指出野村太太不可能「犯案」，並且將重點放在事件的不可思議之處。若是不朝著「悠斗小弟弟遭遇神隱」這個方向去思考的話，基本上就無法去說明這起事件。

心裡清楚這個推理最接近答案的人，或許就只有我而已吧。

（在這之後大約有半年的時間，都完全沒有出現跟事件相關的記述。雖然在這篇之前的近三個月也是一樣，但我就是覺得不太對勁。是刻意不寫呢、還是不想去寫呢——我內心萌生了這樣的疑問。不過，那應該不是要在這裡討論的事情。直到隔年又再次出現相關內容的日子之前，都只是寫下簡略版的日記而已。）

——四月十七日——

又有小孩子不見了。

恐怕是在我們家的小孩房。

可是，這件事誰也不曉得。我也囑咐夏南別說出去。

或許，這個家已經不能再住下去了。

（和悠斗下落不明的時候不同，在這之後，日記裡都完全沒有寫到關於消失孩子的訊息。日記本身的記述也突然一口氣減少了。也因為這樣，像是失蹤的是哪家的哪個孩子、為什麼會來到這個家、是在什麼樣的情況下不見的、認為是在小孩房裡消失的想法又有何根據、還有其他人怎麼都沒有察覺……諸如此類的疑問傾巢而出。可是，目前並沒有確認這些細節的管道。）

——六月三十日——

搬到新家了。

這次的房子是租的，不過非常明亮。

在之前那個家使用的家具等東西幾乎都處理掉了。

老公、夏南和我的新生活，就從這裡開始。

（在前面這篇日記之前，都完全沒有提及跟搬家有關的記述。然後從這一天開始，日記所寫的內容就漸漸增加了。不過，還是完全沒有提到跟悠斗以及第二個消失的孩子相關的事。對於之前那個家也是一樣。因此關於日記的部分，就收錄到這裡為止。）

第二個故事　異次元宅邸　少年的敘述

我的名字……

……頭、有點暈。就好像待在火缽的旁邊，感覺迷迷糊糊的，頭好重。

記得……

……不知道。雖然不知道，但應該沒問題的。

嗯。我覺得我能好好回答。

我的名字是石部鉋太。寫成削木材的木匠道具「鉋」，再加上金太郎的「太」。我的爺爺和父親都是很優秀的木匠。所以爺爺才為我取了這個名字。

明明是木匠世家但姓氏卻是「石部」，這感覺有些好笑，但我們的祖先好像真的是石匠。所以現在只要有接到委託，我們也會幫忙把往生者的名字刻在墓石上。不過爸爸很討厭那種工作，所以會接的只有爺爺而已。

我將來也要成為木匠。所以爺爺和父親每天都會教我工作方面的事。當然，很嚴格也很辛苦。可是如果我做得不錯，也會發自內心感到開心。而且我覺得自己也適合當木匠。豈止是村子第一，爺爺和父親擁有郡內第一的手藝，而我再怎麼說都繼承了他們的血脈。

可是，學校也很有趣。學習自己不知道的事物，並且持續累積知識真的會讓人很快樂。或許有點誇張，但感覺就像是嶄新的世界突然在眼前開展。令人想要吸收更多東西。

「這個就叫做求知慾喔。」

篠塚老師這麼對我說。

老師是從其他地方過來的，是村子裡最漂亮的美人。她總是穿著村內女性幾乎不穿——用沒有來形容還更恰當——的西式服裝到學校來。

「石部同學愛好學習、表現出色，都是因為擁有求知慾的關係。會到圖書館借閱大量的書籍來讀，也是出自這個原因。不只是《少年俱樂部[11]》的《快傑黑頭巾[12]》而已，也積極地接觸文學呢。」

被篠塚老師這麼誇獎，讓我變得更喜歡學校，同時也更喜歡老師了。去學校的樂趣並非只有學習，這都是拜老師所賜。

然而，每當我去上學，父親就會露出一臉嫌惡的表情。在家裡閱讀那些從學校借回來的書籍時，他也會不高興。

「你身為木匠的孩子卻不修業，成天盡是讀書什麼的，這成何體統。」

他會像這樣對我發脾氣。

「有那種閒工夫的話，還不如盡可能多學一點木匠的工作。」

不過爺爺就不一樣了。

「今後的世道啊，不管你是什麼人，學問都是必要的。」

他認為即使要繼承家裡的木匠事業，在學校好好讀書也是很重要的。在村裡的老人家之中，或許爺爺算是比較與眾不同的吧。

因為父親畢竟也不敢違逆爺爺，所以對於我去學校這件事，平常也是睜一隻眼閉一隻眼。然而，如果碰上爺爺要當天往返東京府[13]的親戚家這類日子，父親就絕對不會讓我去上學。

「因為今天會很忙碌。」

父親會這麼說，然後要我去做木匠的工作。特別是在這種時候，即便是簡單的作業，也會全部交給我去做。從零開始，都是由我負責這項工作。這也讓我開心到快要跳起來了。

「父親給飽太的，就像是糖那樣的東西呢。」

每當我喜孜孜的時候，就會被姊姊取笑。可是我完全不懂其中的意涵。即使問她這是什麼意思，她也只是笑嘻嘻的，什麼都沒告訴我。

我在學校的休息時間跑去問篠塚老師。然後老師卻一臉困惑。因為她好像絞盡腦汁在思

11 一九一四年由大日本雄辯會（現今的講談社）創刊，以小學高年級至中學年紀的少年為對象的刊物。另有姊妹誌《少女俱樂部》。

12 大眾兒童文學作家高垣眸的長篇時代小說。於一九三五年一月到十二月於《少年俱樂部》連載。描述戴著黑頭巾的神祕英雄在江戶城大為活躍的故事。是昭和大眾兒童文學興盛期的代表作品之一。

13 存在於明治時期的行政區。後來於一九四三年施行東京都制，將東京府和東京市整合為東京都。

考，所以我就告訴她：「沒關係，那沒事了。」

木匠的工作和去學校讀書，兩邊我都喜歡，所以也覺得要是有什麼方法可以把兩邊都學得很出色，那就太好了。

可怕的事情……

在這個村子裡發生的奇怪事件……

是指神隱的事嗎？

聽說從以前開始，村子好像就經常發生小孩失蹤的事件。有一天，突然發現有人不見了，最後那個人就這麼消失得無影無蹤。這種事發生了好多次。

孩提時代，奶奶就時常囑咐我。

「如果太陽都下山了還在外頭玩耍的話，就會遭遇很恐怖、很恐怖的神隱喔。所以在周遭變得昏暗之前，一定要快點回到家裡來。」

然後，還會再補上這麼一句。

「萬一裂縫女出現的話，就要趕緊逃走。」

所謂的裂縫女，是在我出生之前就會在村子裡出沒的怪物。她的臉正中央有一條很大的裂縫，呈現鋸齒狀的裂痕從額頭開始，經過鼻子和嘴唇，再延伸到下顎。如果小孩子碰到這個女人，據說就會被帶往遙遠到無法再回來的恐怖之地。

神隱會是裂縫女幹的好事嗎？

我是這麼認為的，不過在裂縫女出現以前，村子就已經開始發生神隱事件了。這種情況下，有時也有消失的孩子突然歸來的例子。可是，如果是被裂縫女帶走的話，就絕對回不來了。小孩子會從此下落不明。

那是春天尾聲左右的事了。

放學回家的路上……學校位於隔壁村子，所以我經常和同村的朋友邊玩耍邊回家。其實應該要直接回家，然後馬上幫忙家裡的工作才對。如果不這樣的話，就會挨父親一頓痛罵。

不過，跟朋友玩耍真的好快樂。所以一被邀約我就上鉤了。其實幾乎所有的人回家以後都要幫忙家務。雖然明白這一點，但是大家一起開溜總讓人覺得心情愉悅。這是因為不是只有自己這麼做，所以感到安心的緣故吧。

蓋了學校的鄰村之外，有個被大人們稱為「晨雞宅邸」的大房子。從那裡一直到再往前走一段就會抵達我們村子的地方，寬廣的土地都是屬於那棟大宅的。

所謂的晨雞，是指啼叫告知破曉的雞。這是爺爺告訴我的。我們都認為是那個家裡養了幾十隻雞，所以才被取了這個名字。但令人意外的是，我們在上學、放學的路上都沒有聽過雞鳴聲，真的很不可思議。

不知道原因為何，像我家姊姊那種年紀比我們還大的小孩子，好像都知道那裡為什麼會被叫做晨雞宅邸。但是他們絕對不會告訴我們，而且無論哪一家都是相同的情況。姑且不說我們家那個壞心眼的姊姊，當我得知龍吉家的姊姊也是這樣的時候，真的是打從心底嚇了一跳。像靜子姊那種溫柔又很疼愛弟弟的姊姊，明明翻遍整個村子都找不到第二個了。

不過，我們姑且還是聽過一些傳聞。好像是誰從哥哥姊姊、還是父母那邊聽到一些些，然後煞有其事地私下流傳。

晨雞宅邸裡面，有一間非常恐怖的「禁閉之間」。

當我聽到這個傳聞時，就想到以前聽奶奶說過「明明有，卻不存在的房間」這個古怪的故事。奶奶是個信仰虔誠的人，但是幾乎都不怎麼提及有神明或佛登場的民間傳說，盡是說一些詭異的故事給我聽。

拜奶奶所賜，我每天都會去參拜村子裡的氏神[14]大人。因此即使聽了恐怖的故事會感到害怕，但我相信到了關鍵時刻，氏神大人一定會來救我的。可是，我還是不太喜歡奶奶的故事。如果抑制不了好奇心把故事聽完的話，到了要睡覺的時候肯定會後悔不已。還有半夜醒來，要去上廁所的時候也是一樣。

這是我從奶奶那邊聽來的故事。

……很久很久以前，適逢盂蘭盆節，有一個男人和青梅竹馬的朋友一起從工作的雇主家返鄉。結果，他們在某座山中迷路了。即使想回到原本的山路，也完全搞不清楚方向。在走過來、又轉回去的過程中，天色已經完全暗了下來。感到不安的兩人環顧了周遭，就發現遠方有個小小的亮光。他們欣喜地認為這下可得救了，就邁開步伐往那邊走去。結果讓兩人大吃一驚的，是一座矗立在眼前的巨大宅邸。

在這種深山野嶺……即使感到不可思議，但總比在荒郊野外露宿要好吧。於是朋友就上前叫門，接著竟然出現了一個美麗的女子。訝異的兩人告知了迷路的事，女子便親切地招待他們進屋。不但被帶往氣派的會客廳，接著又洗了剛燒好水的熱水澡、還享用了美味的餐點和酒。徹底放鬆的兩人，心情更是好到了極點。再次向女子鄭重地表達謝意後，女子便提議「讓兩位看些有趣的東西吧」，然後就領著他們進到宅邸的深處。

那裡有一條長長的走廊，好幾扇單開式的舞良戶[15]一字排開。不過，每扇門都上了鎖。女子從袖兜裡取出一串鑰匙，然後打開最邊邊這扇舞良戶的鎖，拉開了門。在這狹窄的內部空間裡，肯定是收藏了什麼珍奇的東西吧。兩人心裡這麼想著，然後往裡頭一看。結果讓他們看到目瞪口呆的，是在美麗得令人屏息的平原地帶開展而出的聚落雪景。領著嘴巴遲遲闔不起來的兩個男人，女子讓他們一個一個看了每扇舞良戶裡面的情景。

隔壁的舞良戶後面是冬天的海邊、再隔壁是冬天的山巒、再往下一個則是春天的河灘。就

14 神道信仰中，居住在同一個聚落或區域的人們共同祭祀的神明。

15 於門板對外這側依照一定間隔裝設橫木條作為裝飾與強化手法的橫拉門。

像這樣，每一扇門的另一頭，都出現了各式各樣地域的四季更迭美景。

兩個人都沉醉不已，迫不及待地等著女子打開下一扇舞良戶。特別是那個朋友，現在已經興奮到感覺就快要將女子手上的鑰匙串給一把搶過來。然而，即使像這樣一一讓他們見識了美好的世界，不知原因為何，女子就是不打開某扇舞良戶。但也不是因為找不到鑰匙。何以見得？因為那扇門原本就沒有上鎖。即便如此，就唯有那一扇被女子給略過了。

「可以讓我們看看那扇門的裡面嗎？」朋友拜託女子。可是女子卻表示「已經依序讓兩位看了每一個房間了」。「不不，我是說唯一被跳過的那扇門。」朋友伸手一指，結果女子卻搖了搖頭，然後說道：「沒有那種房間。」

男人心想應該有什麼理由吧，於是就拉拉朋友的衣袖，暗示他不要再追問下去了。

在那之後，女子又繼續為他們導覽不可思議的房間，最後回到一開始的那間會客廳。那裡已經鋪好了兩床被褥。突然感到疲倦的男人，就直接鑽進棉被裡、迅速地進入了夢鄉。

「喂……喂……」感覺被人搖晃肩膀，男人因而睜開了眼睛，就看到朋友離開被褥了。而且還提議：「就只有一個房間沒讓我們看，我們去瞧瞧那扇門後面有什麼名堂吧。」

「別幹這種事啦。」雖然男人如此提醒，但朋友還是不理會、堅持表示「那裡面肯定藏了什麼寶物，所以才不讓我們看啊」。最後，朋友拋下一句「那我就一個人去囉。要是被我找到寶物，我可不會分你喔」，就離開了會客廳。雖然男人很掛懷，但是翻山越嶺所累積的疲憊感，又讓他沉沉睡去了。

隔天早上，男人起床以後就沒有看到朋友的身影。他驚覺朋友該不會還沒回來吧，但是仔細一看，竟然連被褥都不見了。洗臉時他又順道找了一下，也沒有在廁所找到人。

這到底是怎麼一回事啊……就在男人丈二金剛摸不著頭腦時，那個女子端了早餐過來。只不過，就只有一人份而已。

「跟我一起來的那個人，他自己先出發了嗎？」雖然覺得不可能，但還是問了一下。

結果女子笑著回答：「原本不就只有您一個人嗎？」

男人相當錯愕。可是無論他怎麼說明那個朋友的事情，女子都只是掛著笑容、完全不當一回事。最後男人拜託她：「請讓我再看一次那條不可思議的舞良戶走廊。」

他覺得朋友肯定就在那個沒上鎖的房間裡面。

然而，原本那應該是從第一扇舞良戶開始數到第六還是第七扇門，結果現在包含前後的門在內，全部都上鎖了。

「您想要打開哪一扇呢？」女子這麼問道。

發愁的男人往整排舞良戶的後段看過去，就發現只有一扇門是沒有上鎖的。只不過，很明顯就不是昨晚他們兩人看到的那扇。那扇門應該在更前面的地方才對，他不會記錯的。可是那扇門到了今天早上卻跑到比較遠的位置了。

只不過，就算他表示「我想打開的是那扇門」，女子恐怕還是會回答：「您是指哪一扇呢？沒有那樣的門啊。」

一想到這裡，男人突然感到害怕了。

在這樣的深山裡，為什麼會出現這種宅邸呢？眼前的女子到底待在這裡做什麼？一字排開的舞良戶裡面，為什麼可以看到那樣的風景呢？為什麼裡頭只有一扇門沒有鎖上？女子為何堅決否認那扇門的存在？朋友是不是打開了那扇門，然後進去裡面了啊？在那之後又發生了什麼事？

愈是思考，毛骨悚然的寒氣就跟著竄過了背脊。男人婉拒了女子準備的早餐，然後飛也似地逃了出去、把這座山中宅邸遠遠地拋在身後。

後來他平安無事地回到了故鄉，但那位青梅竹馬的朋友就這樣從此下落不明了。

記得很久以前曾經聽奶奶講過這樣的故事。

晨雞宅邸……

對了，那間宅邸附近，有一座自古被稱為「祈願之森」的奇特森林。儘管如此，卻沒有半個人會去那邊參拜。聽說原本好像是叫做「奇岩之森」，為了討吉利才改成祈願之森的[16]。

這座森林說大不大、說小不小；說深不深、說淺不淺。沿著外圍走一趟，就會發現輪廓既不是圓的、也不是四角形，凹凸變化非常大。其中一個面向通學道路的地方，有大小岩石各一塊，岩石之間有一條像是道路的通道。說是道路，其實也不是修得很平整的那種路。但無論看在誰的眼裡，那就是一條路。這是通往森林的出入口。佇立在它左右兩側的岩石，看上去就像是守門的狛犬。所以不管名稱是奇岩之森還是祈願之森，感覺似乎都很相襯。

穿過兩塊岩石之間，路就開始彎來彎去地蛇行，接著感覺就真的像是蛇在爬行那樣、往森林的深處前進。兩側有杉樹、苦櫧、栲樹交錯生長，蒼鬱的樹叢茂密得有如牆壁，路的左右幾乎都要被塞滿了。就連前方也只能看清近在咫尺的範圍。我覺得這條路或許是沿著凹凹凸凸的輪廓在森林裡延伸。這是我的想像，之所以來過這裡好多次都還不能掌握森林的全貌，都是因為還沒有習慣這座森林的關係。

要說有哪裡不習慣，就好比走在森林裡的時候，突然就冒出了一塊巨大的岩石，讓人嚇了一跳，所以總是提心吊膽的。感覺就像某個人埋伏在道路的前方等著自己，真的很可怕。因為這類岩石也會若隱若現地出現在樹木之間，所以也會萌生一種被人暗中窺視的感覺。如果不是有朋友陪伴的話，根本不敢獨自踏入這裡。這就是祈願之森。

道路會在途中好幾個地方分出岔路。關於選擇哪條路後會銜接到哪條路，我依然沒辦法記住。不過，無論選擇哪一條，結果都是一樣的。最後一定會通往那個地方。

來到一處突然在森林的正中央出現、不能說是寬闊但也並不狹窄的草地。

16 兩者的日文讀音都是「きがん」（kigan）。

草地的中心，只有一塊像是托盤般平坦的圓形岩石。除此之外就是個空無一物的空間。

第一次踏進森林、走到這裡來的時候，坦白說總覺得很不舒服。原因在於，明明怎麼看都不覺得眼前的自然狀態有經過人為加工，卻依舊讓人覺得這個場所是某種存在特地開拓出來的。或許那兩塊看起來像是在守衛入口的岩石，其實真的就是守門人也說不定呢。這座森林，會不會是人類絕對不能踏入的場域呢？

「禁止進入的森林」。

這麼說來，村子裡的老人家之中，也有少數幾位是這樣稱呼這座森林的。因為我們家的爺爺和奶奶並不會這麼說，所以我也沒有太過在意。雖然還是會覺得恐怖就是了。

然而一旦開始玩耍，就顧不得這麼多了。我們會利用森林的地形，玩起捉迷藏、鬼抓人、踢罐子、不倒翁跌倒了等遊戲，不過並不是每天都玩。如果沒有至少集結到五、六個人，我們是不會去那座森林的。嗯，應該說是不能去。如果人數不夠的話，不光是玩不起來的問題而已，也會因此提不起踏進森林的勇氣。

女孩子……

會一起玩的只有男性朋友。村子裡也是有那種會跟女孩子玩的傢伙，不過都是身體較弱或是有病在身的人。那些人要去學校上學都很辛苦了，就算有辦法通學，要在祈願之森裡玩遊戲還是不太可能。

啊，加代她不一樣……

因為是青梅竹馬，所以雖然是女孩子但還是不同的。所以她沒關係。

那一天……

那一天實在很難找到足夠的人。每個人都不斷地埋怨，嚷嚷著要快點回家幫忙才行。可是我提議要到森林裡去玩。因為那天早上，我在出門前聽見了父親對母親說的話，一直在心中迴盪不去。

「尋常小學[17]就算了，但只要一畢業，就立刻讓他繼承家業吧。」

村子裡的小孩有超過半數都會在尋常小學畢業後，直接進入高等小學。成績更好的人，就會去讀中等教育學校。

「石部同學很會讀書，如果能去讀更好的學校就太棒了。」

我在某一天的午休時間去問篠塚老師問題時，她曾這麼對我說過。不管怎麼說，高等小學畢竟還是屬於初等教育，因此以我的情況而言，去更高階的地方讀書會比較好。這是老師的看法。

我很開心，也得意得不得了。然而，突然就變得無精打采的。

為了升學到更高階的學校，就得花費大量的金錢。我戰戰競競地詢問學費的問題，然後篠

17　尋常小學校。日本從明治維新到第二次世界大戰爆發前的初等教育機關的名稱。

塚老師就為我說明了師範學校的情況。據說只要成績優異，就不必支付學費。而且好像還有很多全住宿制的學校。

所以我懷抱著希望，依然沒有放棄。雖然還是必須得說服父親，但我覺得之後總是會有辦法的。

可是，父親卻在我不在場的時候跟母親說了那樣的話。

因此那一天，我非常不想直接從學校回家。就算會挨父親一頓罵，但我還是想要盡情地玩一玩。

起初大家都沒有什麼興致。可是在我一再地邀約之後，他們也一個接著一個點頭答應了。儘管父母再怎麼囑咐，比起回家幫忙，和朋友一起玩樂肯定是更開心的。真有趣呢，就算心裡明白晚點就會受罰了，但是在愈來愈多人表示要先玩玩再回家之後，心裡就會想著「那我也一起吧」。

最後，全部的人都進了祈願之森。

「最後一個當鬼！」

剛通過守門的岩石，龍吉就放聲大喊。所有的人立刻鳥獸散。

我們的目標是森林正中央、位於草地中心的那塊平坦圓石。最後抵達那裡的人就要在接下來要玩的遊戲中當鬼。所以每個人都會使盡全力奔跑。

跑在前面的龍吉最有利。只不過，根據你如何選擇沿途出現的幾處岔路，就有可能輕鬆逆轉順位。而且，沒有一個人知道能最快抵達的通路順序為何。

明明是走過很多次的路……

我一直覺得很納悶。路確實是錯綜複雜、宛如迷宮沒錯。但即便如此，在遊玩的過程中應該也會漸漸對這裡愈來愈理解才對。然而，不管時間過了多久，我還是完全搞不懂這裡的環境。簡直就像是整座森林會隨著日子不同改變通路的走向一樣。

好詭異啊……

因為腦袋裡盡是在想這些東西，最後我就落入要當鬼的局面了。後來又花了點時間爭執要玩什麼遊戲，最後就決定先玩鬼抓人。

站到那塊平坦的圓形岩石上，我從十開始倒數。這段時間內大家都往四面八方跑開，當然，規則是不能離開森林。躲在樹木或岩石的後面也是不行的。大多數時間都必須要待在通路上。

這種鬼抓人遊戲只有一個地方對扮演鬼的人有利。就是如果你抓到某個人、換成那個人當鬼的時候，你就知道目前的鬼是誰了。如果沒有看到立場交換的那一幕，其他人並不會知道這件事。

此外還有一個規定。沒有扮演鬼的玩家，也不能用言語或肢體動作去讓別人誤以為自己是鬼。即使一開始跟朋友一起逃跑，之後也會各自分散，接著很快就會進入搞不清楚究竟誰才是鬼的情況。這個時候，要是有個朋友在路的另一頭出現了……

這個傢伙，到底是不是鬼呢？

而對方同樣也會懷疑你。不，或許他也只是裝出那種樣子也說不定。會不會是想藉此讓你放鬆警戒、一步一步朝這邊靠近，然後突然就逮住你呢？這類想法開始在心中盤旋的瞬間是最可怕的。

如果自已當鬼的話，至少就能知道下一個鬼是哪個人。雖然之後就沒辦法掌握了，但至少還能暫且讓自己安心。

我卸下鬼的身分後又過了一段時間，正當我踮起腳往前走時，就看到龍吉出現在通路的前方。想轉身就跑，卻又看到了緋助的身影。因為身處被兩個人包夾的處境，我頓時遲疑了。停下腳步，同時留意兩邊的動向。接著緋助開始慎重地踏出腳步，慢慢、慢慢地往這邊靠近。另一方面，龍吉則是開始微微後退。

我看著緋助，然後緩緩地往後退。要是他真的打算朝著這邊來的話，我就準備全速逃跑。

啪。

感覺肩膀被人拍了一下。回過頭去，臉上掛著微笑的龍吉就站在我的後面。他應該是趁著我提防緋助的時候，悄悄地靠近我的身後。

「換你當鬼。」

龍吉說完，就往老早就溜之大吉的緋助離開的方向跑去。

被這種策略擺了一道，真的不是龍吉和緋助的對手。我不認為他們兩個是事前就先商量好的，但也不清楚緋助到底知不知道龍吉就是鬼。結果竟然被這兩個人包抄，只能說運氣真的太差了。

我站在原地，從十開始倒數。

其他的遊戲……

鬼抓人之後，我們玩了捉迷藏。

至於捉迷藏的規則就允許進入樹林裡面了。因為走在路上的話立刻就會被鬼抓到，所以這也是理所當然的。

與玩鬼抓人時不同，捉迷藏當鬼的人非但沒有好處，而且還相當不利，畢竟能躲藏的地方要多少有多少。而且如果鬼沒辦法找出所有的人就投降的話，下一輪還是得繼續當鬼。屆時真的會欲哭無淚。

一開始猜拳猜輸的那個鬼把大家都找出來了。接著第二次猜拳就換成我當鬼，這時我心中浮現厭惡的感受。因為太陽差不多要下山了，這會讓平時就很昏暗的森林變得更暗。雖然對躲藏的人很有利，但是對於要找人的鬼來說就很傷神了。

即便如此，我還是拚命去找，結果意外地在一棵粗壯樹木的後面發現了龍吉。

「龍吉，找到你了！」

被喊了名字之後，他帶著難為情的笑容走了出來。

「抱歉，我得先走了。」

他道歉似地說完，竟然就直接離開了。應該是真的沒辦法丟著家裡的工作不管吧。由於知道其中的原因，我也沒辦法責備他。

話是這麼說，龍吉不在的話還真寂寞啊。只要有他在，不管玩什麼遊戲都會很開心。即使情緒有些低落，但我再次打起精神、開始去找其他的朋友。

「緋助，找到你了！」

我找到的第二個人是蹲在一塊奇特岩石後面的緋助。因為他是個很會躲的人，所以我也感到相當得意。

「我要回家了。」

沒想到，緋助也跟龍吉一樣要回去了。雖然必須幫忙家務也是沒辦法的事，可是沒想到會突然就跑掉兩個人，拜託饒了我吧。

我很想馬上就中止捉迷藏遊戲。但是鬼不能放棄遊戲，雖然只要認輸就可以了，但我並不打算這麼做。

強迫自己振作後，我就在樹林裡走來走去，準備把剩下的朋友都找出來。但不管我怎麼找，都沒有發現其他人。明明擅長捉迷藏的龍吉和緋助都被我接連揪出來了，所以我並不覺得其餘的人會有多麼棘手。

想到這裡，我突然恍然大悟地「啊」了一聲。

那兩個人該不會是為了趕快回家，所以才故意被我找到的啊？龍吉那個難為情的笑容，會不會就代表這個意思呢？

接下來，注意到他們兩個離開的其他人，可能就會心想「那麼我也回去吧」。現在還老老實實躲起來、以免被鬼發現的人，該不會一個都沒有了吧？

「喂——還有誰在躲嗎？」

我高聲大喊。

「龍吉和緋助都走了，我們來玩其他的遊戲吧！」

就像是為了讓聲音傳到四面八方，我一面改變身體的方向、一面繼續大喊。

然而，森林裡仍是一片靜謐。沒有聽見有哪個人從某個地方傳來回應。這下我才意識到，還在這座森林裡的人或許就剩下自己一個了。

剛意識到這一點，我就對剛才喊了「喂」感到後悔了。原因就是會在山裡面呼喊「喂」的肯定是妖怪沒錯。如果是人類的話，一定會喊「呀齁」。所以如果聽到有人用「喂」喊你時，就絕對不要回應。一旦回應了，妖怪就會追上來。奶奶在我小時候經常將類似的內容當成睡前故事講給我聽。

……可是，這裡不是山裡面啊。

我這麼告訴自己後，就朝著出口那邊走去。

「捉迷藏結束了。大家回去吧。」

雖然我想要扯著嗓子高喊，可是音量卻比平時說話時還更小。說真的，現在森林裡不就只剩下我一個嗎？所以根本沒必要特別對誰說這些。之所以還是喊出聲了，是因為知道還待在這座森林裡的只有自己後，就感受到了難以承受的恐懼。

我像這樣自己騙自己，繼續往下走，來到了位於中央的那片草地。雖然打算離開森林，不過似乎是反而往深處走了。先前大家一起離開時，偶爾也會發生走錯的情況，不過當時感覺還滿有趣的。然而，只剩一個人的時候可就不是那麼回事了。而且，那裡好像有什麼東西。

女人……

草地中心那塊平坦的圓形岩石上，有個身上只穿著像是長襦袢[18]的衣服、留了一頭長髮的人正彎著腰背對這邊。

隔壁村子的……

好像不是我們村子的人。如果是的話，我沒有不認識的。可是，這個人到底在這種地方做什麼啊？

我凝視著一動也不動的背影，不知不覺間已經朝著那個人走過去。是要上前去跟對方搭話、還是想再靠近一點看看呢？就連我自己也搞不清楚。雖然我並不是不會害怕，但內心還是多少帶有要是對方需要幫忙、就不能棄之不顧的善意。

可是，隨著那個人的樣子開始清楚地映入眼簾，我就開始後悔了。

那頭遠遠望去又長又豐盈的黑髮，走近一看就像是粗糙的編織物，裡頭還夾雜著白頭髮，而且好像沒有很常清洗吧，整體顯得髒兮兮的。那身淡桃紅色的長襦袢也是一樣，靠近之後就有一股異臭竄進鼻腔。

是流浪的乞丐嗎……

就在我心想還是別扯上關係比較好的時候，那個就搖搖晃晃地站了起來。雖然我立刻往後退了一步，但使盡了全力才沒有逃走。即使感受到令人不適的氣息，我還是盡可能留在原地。

接著，那個緩緩地把頭往後轉。

雙眼忍不住就要閉起來，不過我拚命忍住了。如果真的閉上，肯定就要大事不妙。不如先跑再說。我打算轉過身、一溜煙地跑出草地，然後直接離開這座森林。

18 和服中位於貼身的肌襦袢和最外面的長著之間的服裝，外觀近似長著。

但是，雙腿卻動彈不得。就好像在草地扎了根一樣文風不動。

而且雖然一點也不想看，視線卻無法從正轉過頭來的那個身上移開。

我陷入了既恐懼又絕望的情緒，但仍然殘留著好奇心。在如此奇怪的狀態下，我即將要和那個直接面對面了。

還差一點點就會完全轉過來。就快要從正面看到那個現在還被頭髮遮蓋的臉了。到時候，我又會怎麼樣呢？

想像到這裡的瞬間，我立刻拔腿就跑。朝著草地另一頭的那條路拚命跑了起來。

其實我是想要別停下來、一路持續跑到離開森林為止的。可是，一離開草地，心裡就無論如何都想確認一下。我抵抗不住好奇心，於是無意間就把頭給轉了回去。

站在草地正中央的是……

……裂縫女。

那張跟雪一樣白、毫無表情的面孔上，有著寬額頭、微微往上吊的細長雙眼、雖然小但有著高鼻梁的鼻子、光滑的雙頰、小巧美麗的嘴唇、俐落地收窄的下巴，遠遠就看得一清二楚。和完全沒有打理過的頭髮成了對比，是一張相當美麗的臉。

只要臉上沒有那條縱向劃過、呈現鋸齒狀的扭曲裂痕。

裂縫女……

當下我心裡想的，是她並非只存在於奶奶說的民間故事之中，而是真的存在啊。那種驚訝感實在太強烈了，讓我只能錯愕地呆站在那裡。

在沐浴於西沉夕陽的光輝之中，因而染上淡淡朱紅色的草地正中央，裂縫女的身子緩緩地往前傾。

要倒下來了！

看起來像是那樣，但裂縫女隨即朝著這邊跑了過來。那副模樣真的讓人非常不舒服。明明脖子以下的身體在動作，但唯有頭是定住不動的。絲毫沒有往左右或前後晃動，直直向著我這一邊。她就以這種詭異的姿態持續往這裡逼近。

等到裂縫女過了草地一半的地方時，我的腦袋才恢復正常運作。雙腿也才終於接收到「趕緊逃離這裡」的指令。

要是被那東西逮住的話……

光是想像自己會落得什麼下場，背脊就突然感受到一股震顫。即使在森林中的通道上拔腿狂奔，背部卻無可奈何地發冷。

不遠處就是岔路了。這裡應該要往右轉。儘管對判斷有自信，但是一想到搞不好又會繞回草地那邊，感覺自己就快要哭出來了。

在下一個岔路轉進了左邊，但接下來的岔路又讓我猶豫了。感覺是右邊，但是又無法確定。就在我遲遲無法決定的時候，聽見了身後傳來往這邊進逼的腳步聲。

噠、噠、噠、噠、噠……

我連忙回頭，就看到通路轉彎處的另一側，敞開的長襦袢下襬啪噠作響、露出兩條瘦骨嶙峋雙腿的裂縫女，正赤腳全速奔來。

立刻轉進左邊岔路的我，也竭盡全力跑了起來。然而，當下我為什麼會挑左邊呢？這個選擇讓我不幸地再次回到了那片草地。

怎麼會……

兩條腿都軟了，感覺就要癱倒在地。不過，當比先前都還要更接近的腳步聲傳到耳際時，我立刻又催動著兩條腿開始跑。

最初的岔路往右、接著往左、再下一個選了右邊。後續碰到岔路的時候應該都選了對的那一邊，總覺得自己正逐漸遠離森林的中心。

拜託讓我平安無事地離開森林……

我一邊祈求一邊跑，結果右腳好像拌到了什麼，整個人就往前方撲倒。右手和右腳膝蓋都磨破了。感受到痛楚的同時，我也趕緊把臉轉向後方。

裂縫女立刻就出現了。發現倒在地上的我之後，她猛然只把那張沒有半點表情的臉往前探出去，感覺就像是烏龜的頭一樣。

那條縱向劃過臉孔的鋸齒狀裂痕，看起來是淡淡的朱紅色。那是血嗎?話說回來，為什麼臉會裂成這副模樣呢?

在我思考這些多餘的事情時，裂縫女已經來到我的面前。

再這樣下去會被抓住的。焦急的我雙手雙腳並用爬行，一路逃到通路旁邊的樹叢裡頭。接著悄悄地移動到一顆怪石的後面躲了起來。

即使躲在這種地方，被找到也只是時間的問題而已。

雖然心裡明白，卻無計可施。跌倒、受傷、被追逐，這些過程都消耗了我的氣力。

然而，過了好一陣子都沒有再聽到聲音了。完全沒有聽到裂縫女撥開樹叢所發出的「沙沙」聲響。

於是我提心吊膽地從岩石後面探頭窺看，就看到她站在樹叢的另一邊。感覺好像一步都沒有跨出通路外的樣子。

她沒辦法進入樹林這邊……

雖然心想「怎麼可能」，但我還是起身從岩石後面走出來。即使我走進茂密生長的樹木之間，裂縫女還是沒有動作。不對，唯有那張詭異的臉不同。她只有頭部持續在扭動，就好像是在追蹤我一樣。

不要走森林裡的通路，直接從樹木、樹叢、奇岩怪石之間穿過逃走吧。

雖然做起來沒有嘴上說說那麼簡單，但總比被那個女人追上要來得好。所以我勉強自己在森林裡前進。過程中也陷入極度的不安，擔心自己到底有沒有走對方向。原本是打算往外跑，但如果又回到裡面的話那可就太悽慘了。

雖然我毫不停歇地逃跑，但依舊有拚命環顧四周。結果就察覺到穿過森林樹木枝椏間灑落的紅褐色斜陽殘照。這下我也一口氣釐清了東西南北的方位。總之，接下來就朝著森林的出口一個勁地猛衝吧。

最後，我突然就跑出了森林。那裡是能立即看到晨雞宅邸的場所，就位在平時上下學會走的路附近。

當鬆了一口氣的我來到通學所走的那條路時，那個就在森林的守門岩石旁邊等著。

在我費盡千辛萬苦於森林裡穿梭的時候，竟然先被她繞到前面來了。這下子如果不能從裂縫女旁邊通過，無論如何都無法逃回村子裡。

就在我煩惱到底該怎麼辦的時候，注意到我的裂縫女立刻就一直線地往這邊過來。

我頓時萌生了是不是要再逃回森林的想法。但是，要是我真的這麼做，就會落入在那裡迎來夜晚的窘境。必須要孤身一人，在漆黑無比的森林裡度過一個晚上。就算裂縫女沒辦法進來好了，我也不想在這種地方露宿。

剎那間，我把目標放在了晨雞宅邸。雖然那裡根本沒有我認識的人，可是現在這種情況也只能上門求助了。

祈願之森和宅邸之間有一片田地，我在其中的田埂上全力奔馳。抱持耗盡所有力氣的打算、一心一意地繼續奔跑。然後，我開始聽見身後傳來了追趕的腳步聲。那是以驚人的氣勢進逼而來的聲音。我想回頭確認，但是並沒有那種餘裕。那樣的氣息在轉瞬之間就來到了附近。

已經沒救了嗎……

就在我要放棄的時候，一扇小小的木戶門突然就竄進了視野。它就設置在圍繞著晨雞宅邸的圍牆某處。

就是那裡！

我陷入了忘我狀態。比起森林中的樹木或奇岩怪石還更值得倚靠的避風港就近在眼前了。只要跑進去再把門關起來的話，絕對能得救的。

但要是那扇木戶門打不開的話……

恐怖的想像突然在腦海中閃過，但我也只能賭一把了。雙腿不僅疼痛還沉甸甸的，也不知道什麼時候會跌倒。現在連呼吸也變得急促了，再這樣下去，遲早都會被裂縫女給逮住。所以只有這扇出現在田埂另一端的小木戶門，是我唯一的希望。於是，我直直地朝著那邊衝過去。

砰磅！

肩膀感受到劇烈的疼痛。即使迎面撞了上去，我還是拚命抓住把手往旁邊一拉。感受到移動的瞬間，門板就往內側打開。我鑽進去後就同時把門關上，接著立刻將把手恢復原位，木戶門就鎖上了。

砰磅！咚咚！咚咚！

像是在瘋狂敲打木戶門的聲音，在圍牆的外面響起了。

「啊啊啊啊啊……呀啊啊啊啊……嗚喔喔喔喔……」

發狂似的吼叫聲，在圍牆的外面震天價響。

恐懼的餘韻讓我當場渾身顫抖不止。即使到了現在，只要那••個伴隨著怪吼聲打破門闖進來的想像在腦海裡浮現，還是會讓我怕得要命。

我連忙看了一下周圍的環境，發現不遠處的圍牆旁有一顆大石頭。我抱起石頭，費勁地把它搬到門的前面擋住。這麼一來，就算把手的鎖被破壞了，也沒辦法立刻把木戶門打開。趁裂縫女被牽制的時候，我就能伺機逃走了。

一回過神，木戶門的另一邊也安靜下來。我將耳朵貼在門板上探知對面的動態，但完全沒有任何氣息。

放棄了嗎？

就算是這樣，我也不想離開這裡。或許那個就潛伏在圍牆外面的某個地方等著我呢。

這時我才開始頻頻環視晨雞宅邸所在的環境。方才從木戶門闖進來的時候根本就顧不了那麼多。除了留意到那顆拿來擋門的石頭以外，其他幾乎什麼也沒注意到。不過現在就不同了，我終於有餘裕觀察自己到底是闖入了什麼樣的地方。

這裡好像是宅邸後方這一側，有好幾座倉庫排列在一起。每扇門都上了鎖，就好像是在拒絕我這個入侵者一樣，當下就令我感到無地自容。即便如此，在我分別觀察過之後，就在其中一座倉庫的後方發現一口井。

竟然在這種地方……

雖然覺得這位置也太奇特了，但我的喉嚨已經渴到難以忍受。於是我立即穿過倉庫與倉庫之間，來到宅邸土地最邊邊的地方。然而等我靠近一看，才意識到這口井缺少最關鍵的吊桶，頓時大失所望。謹慎起見我也看了一下井裡。果不其然，這口井已經乾涸了。底部堆積著泥土，一滴水也沒有。

那就前往主屋，拜託他們讓我喝點水吧。

我如此悠哉地思考。但就在那幾座倉庫再度進入我的視野時，我馬上暫緩了這個念頭。在展開行動之前，還是先充分研究一下周遭的環境會比較妥當。

能夠擁有這麼多倉庫的家可是很罕見的。也就是說，即使拿隔壁村子來比，這裡也是相當有勢力的人家。我竟然潛進了這樣的大宅。當然，只要好好說明理由或許就沒有大礙。可是，還是存在會被一個完全不聽我的說法、身材魁梧又凶神惡煞的男僕役給痛揍一頓的可能性。並不能斷言完全沒有這樣的風險。倒不如說應該要先抱持這樣的覺悟吧。

現在不是求助的時候。

我覺得不能去主屋了。只能避開他人耳目、悄悄地溜出去。幸運的是，這座宅邸好像都沒有人察覺到裂縫女引起的騷動。如果有聽到她的喊叫聲，現在木戶門的內外應該都會有人聚集吧。話是這麼說，似乎也不是外出了。雖然很微弱，但我可以感受到宅邸那邊有人的氣息。

我準備沿著圍牆直線前進，找個側門然後從那裡逃走。

就在我一邊思考逃脫的方法、一邊回到倉庫群的正面時，就看到宅邸那邊有個朝這邊走來的身影。

被發現了！

我不禁縮起了肩膀，當場僵在原地。然而下個瞬間，我就「哇」地一聲喊了出來。

那個身影，就是裂縫女。

到底是怎麼進來這裡的？

為什麼能在沒有人發現的情況下闖進這麼深處的地方呢？

剎那間，我還一度感到欣喜，因為側門也許就在不遠的地方呢。不過，如果真是如此，剛才從外面眺望圍牆整體的時候，應該就會看到才對。可是我只注意到那扇木戶門。側門該不會是位在靠近正門的地方吧。

這樣的話，裂縫女為什麼沒被人擋下呢？是恰巧沒被任何人看到嗎？還是說因為她是會拐走小孩子的魔性之物，所以大人才完全看不見呢？

面對漸漸靠近這裡的裂縫女，我的腦袋一片混亂。不過，我也後知後覺地領悟到現在可不是思考這些事情的場合。

不趕快逃走的話……

我想立刻折回到木戶門那邊。然而，裂縫女馬上以讓人訝異的速度動了起來，擋在我和木戶門的路線中間。即使想往主屋的方向跑過去，但是她同樣也擋住了我的去路，實在太危險了，根本沒辦法行動。

現在就只能……

我拚命確認了一下身後，但那裡就只有牢牢上鎖的倉庫。想逃到裡面去應該是不可能的吧。

現在也只能繞著倉庫四周逃了。

可是我累得疲憊不堪。要是再跟裂縫女來一場鬼抓人遊戲的話，遲早會被追上、落到被她逮住的下場。

無計可施了……

就在感到絕望的時候，某座倉庫進入了視野。門板上面竟然沒看到鎖，它沒有被鎖起來。我立刻再看向其他的倉庫，但門沒有上鎖的就只有這一座而已。

老天保佑啊！

我朝著那扇沒上鎖的門跑去，但也感受到那個立刻也從我身後追了上來。不過我離倉庫更近，如果是這個距離的話，我是有辦法躲開的。就在我自信滿滿、也因此感到放心的同時，一個不祥的想法突然出現在腦海中。

這不就跟奶奶說的「明明有，卻不存在的房間」故事中的舞良戶一樣嗎？

在那個故事裡，有一條很多舞良戶一字排開的不可思議長廊。但是其中就只有一扇門沒有鎖起來。儘管如此，故事裡的女子唯獨沒有打開那扇門，甚至還否認那扇門的存在。於是認為裡面肯定藏著寶物的主角友人就趁夜深人靜的時候去探探門後方的空間，結果就一去不返了。

只有一扇沒被鎖住的門……

這也太相似了。逃進那裡面真的不會有問題嗎？該不會進去之後，就再也出不來了吧？

這種不安感急速襲上心頭。可是，也沒有其他的路可以走了。在我因為遲疑讓速度慢下來的時候，就意識到那個的氣息已經接近身後了。

不管了！

我在內心喊了出來，然後一口氣衝到那座倉庫前面，接著把手搭在門上。可是太重了，沒辦法打開。使盡吃奶的力氣用力拉，門板才稍微動了一點點。我想辦法拉開能讓自己身體通過的間隙，趕緊擠了進去。然後我想趕快把門關上，不過也因為重量的關係，門板分毫未動。但我依舊咬緊牙根往內猛拉，門才緩緩地闔起來。

我才剛安心沒有多久，立刻就錯愕地發現這扇門沒辦法從內側上鎖。因為這裡是倉庫，所以這也是理所當然的啊，但我還是止不住想哭的情緒。都已經一路逃到這裡了，結果卻落入把自己關進毫無退路的倉庫這般田地。

……也只能先躲起來了。

我用力眨了眨雙眼，擠出淚水，然後就走向倉庫的深處。現在放棄還太早了，我只要在這座倉庫裡等到裂縫女離開就好。還能像這樣轉變想法，就連我自己都覺得訝異。在我內心的某個地方，竟然潛藏著這種膽識嗎？

只不過，倉庫裡面暗得不見天日。門對側的那面牆壁，可以看到上方的位置有一扇鑲有鐵格子的窗戶。窗戶的窗板敞開，外面的月光從那裡照了進來。話雖如此，這對於讓人環視倉庫內的環境幾乎發揮不了什麼作用。所以我只能邊摸索邊前進。在移動的同時，我也一直努力尋找能夠藏身的場所。

後來我的左手摸到了一個像是柳條箱的東西。用雙手掀開蓋子往裡面摸了一下，那個觸感很像是被收起來的和服。等到雙眼逐漸習慣黑暗以後，我就在不遠處發現一個古老的五斗櫃。我盡可能不要發出聲音、把抽屜拉開一看，運氣真好，裡面是空的。我趕緊回到柳條箱那邊，用雙手抱起和服，然後再搬到五斗櫃那邊、放進抽屜裡。我重複這個動作，直到裡面的和服只剩下不多的數量。然後我爬進變得比較空的柳條箱，再把剩下的和服蓋在自己身上並準備闔上蓋子，但這個過程實在很不順手。就在我反覆嘗試的時候，門那邊出現了聲響。好像是那個要進來了。現在已經沒有遲疑的餘裕。

萬一現在沒把蓋子蓋好，一切就結束了。

有所覺悟之後，我迅速地蓋上蓋子。緊接著，就聽到倉庫門被完全打開的聲音。真的是千鈞一髮啊。

話是這麼說，從外面看箱子的時候到底自然還是不自然，結果可是大大不同。還有，也不知道如果蓋子被打開的話，看起來會不會是裡面只塞了和服的感覺。雖然我感到極度不安，但也沒辦法再多做什麼了。

總之，現在就只能屏息以待。只不過，無論過了多久，都完全感受不到裂縫女走進來的氣息。

到底在做什麼啊……

倉庫裡萬籟俱寂的氛圍，漸漸讓人愈來愈難以忍受。不清楚她當下的行動，竟然會讓人如此畏懼，這是我始料未及的。

……該不會，是在玩吧？

令人難以置信的可能性不經意地一閃而過。

如果裂縫女馬上追趕逃往倉庫的自己，那麼他應該幾乎沒有躲進柳條箱裡面的時間才對。莫非，她往倉庫這邊過來的時候刻意放慢了腳步嗎？這樣就能多給我一點躲起來的時間。

鬼抓人之後，接著打算要玩捉迷藏是嗎……

然而，無論是方才的鬼抓人還是現在的捉迷藏，最後當然都不可能是被抓或是被發現後就換自己當鬼而已。鬼的角色由始至終都是裂縫女，我無論怎麼掙扎都不過是在扮演犧牲者罷了。

雖然用柳條箱裡面的幾件和服蓋住了全身，卻依舊抖個不停。原因不只是季節或倉庫裡的冷冽空氣。自己被捲進了一場賭上性命的遊戲，光是想到這點就感受到陣陣惡寒。

拜託別被發現。拜託別被發現。拜託別被發現。

內心一再地叨念同一句話。我相信只要盡可能多說一次，願望就會實現的。因此，當下我一心一意地持續複誦著。

……好像聽見了什麼。豎起耳朵仔細去聽，似乎是倉庫門那邊響起了旋律很奇怪、類似歌那樣的聲音。

裂縫女在唱歌……

只能這麼判斷了。可是，她反覆在唱的到底是什麼歌呢？就在我專心地聽了一會兒以後也逐漸明白了。不過那是一首至今從未聽聞、很奇特的歌曲。

啊啊，在倉庫的黑暗之中，
如果捕獲的是老鼠，那麼就放走吧。
如果碰到的是藥箱，那麼就得救啦。
如果抓著的是格子，那麼一切就結束了。
啊啊，在倉庫的黑暗之中——

老鼠跟藥箱的部分應該沒有聽錯，但是第三個「格子」就有疑慮了。我另外還浮現了孔子、公使、仔牛等讀音相同的字眼[19]，但無論哪一個都搭不起來。因為有出現「抓著」，所以我才會認為應該是格子吧。然而，為什麼如果是老鼠或藥箱的話感覺就會沒事，但格子就不行呢？

這些不太像是歌詞的奇怪語句傳入耳裡，認為這是在歌詠自己命運的想法也變得愈來愈強烈了。

如果捕獲的是老鼠，那麼就放走吧。

以現在的情況來說，會被放掉的不是老鼠，恐怕是我吧。所以我有辦法逃走，感覺歌詞就是這個意思。可是我既沒有抓到老鼠、也沒有碰到藥箱。

我應該離開柳條箱去找出那兩樣東西嗎？還是說這首奇特的歌曲只是為了引出我的策略呢？不管怎麼說，光是抓著格子的話肯定是毫無意義的。

就在我沉浸於思考的時候，歌聲好像進到非常深的地方來了。途中還多次響起了翻箱倒櫃的聲響，肯定是那個東西正在翻找倉庫裡的雜物堆、打算把我揪出來吧。不用多說，我自然是沒看到那個畫面，但是經由傳來的氣息就能意識到她非常謹慎周密。與其說她是愉悅地享受捉迷藏，感覺更像是在死命地找尋我的下落。

神佛保佑，希望不要被發現。

就在我又開始於內心誦念時，那個詭異的歌聲在柳條箱的前面戛然而止。

怎麼會……

下一個瞬間，蓋子猛然就被掀了起來，接著響起了直接被扔在一旁的聲音。然後一件、又一件，現在是和服被丟了出去。能感受到對方不疾不徐地一一減少箱子裡的和服。

19　以上這些詞都可以讀成「こうし」（koushi）

該不會裂縫女已經知道我就在這底下了吧?所以她為了讓我焦慮、讓我感受到恐懼，現在才會慢慢地把和服掀開嗎?

而且還是先翻開一件之後再掀一件的方式。就快要翻到最後一件、也就是我用雙手緊緊抓著的這件和服。如果被掀起來的話，我就會被發現了。

當和服就要被拉起來的時候，我猛然抬起身子。與此同時，我隨即把手中抓著的和服順勢蓋到裂縫女的頭上。趁著她視覺被剝奪的機會，我打算一口氣逃到門那邊去。這是我臨時決定的作戰計畫。

然而，就在我藉由上部窗子照進來的月光、瞥見自己拋出去的那件和服是什麼圖案的瞬間，我就維持著半抬起身體的狀態、動彈不得。

我在柳條箱裡面抓著的那件和服，上面的圖案就像是障子門的格子。

如果抓著的是格子，那麼一切就結束了。

裂縫女唱出的歌詞，就是在指這個嗎?但是，她怎麼會知道收在柳條箱裡面的和服是什麼圖案呢?而且，她又為什麼會知道我躲在裡面、上面就蓋著那件和服、手裡還緊緊抓著呢?

命運……

今天到祈願之森玩耍也是、一個人被留在那裡也是、遇見裂縫女也是、逃進晨雞宅邸也是、踏入這座倉庫也是、躲在柳條箱裡也是、蓋著障子門格子圖案的和服也是。或許這一切都是很久很久以前就被決定好、屬於我的命運。這下我真的是無比絕望。

所以我逃不掉了……

無論再怎麼掙扎，自己的命運都無法改變了嗎？我是不是只能接受這樣的結局呢？

就在情緒已然進入放棄的境地時，蓋在裂縫女頭上的和服滑了下來。緊接著，那張雪白的臉脫落了。

從那底下出現的是……

看見裂縫女真正臉孔的瞬間，我發出了淒厲的慘叫。在那張臉迅速朝這裡逼近的瞬間，我從柳條箱裡跳了出來。

雖然想往門那邊跑去，可是這樣就必須從裂縫女的身旁通過才行。這麼一來絕對會被抓住的。

不，那個已經不是裂縫女了，而是某種更駭人的東西。

在一片漆黑的倉庫裡，雙眼已經習慣的我拚死拚活地探索周圍的環境。我一邊觀察、一邊盡可能遠離那個的身邊。然而根本無處可逃。而且，那個東西也在迅速縮短距離。這種情勢繼續下去的話，我終究會被趕到倉庫的角落吧。

就在這個時候，我看到一個高聳的藥櫃後面似乎有像是樓梯的東西。趕緊靠上前去，就發現門口對側左邊深處的牆角，有一個往上延伸的樓梯。

有二樓。

只能往那邊逃了。我穿過五花八門、大大小小的東西之間，目標就是樓梯。那個也在背後緩緩地跟上來，是因為已經不需要這麼急迫了嗎？不過我還是用衝的上了樓梯，希望盡可能多爭取到一點時間。

倉庫的二樓大概只有一樓四分之一左右的大小。其中有三邊的牆都在牆邊堆了很多長持[20]。就好像是用長持打造出階梯那樣，以愈往上走數量愈少的方式堆疊而成。除此之外，這裡什麼都沒有。樓梯旁邊有條像是通道的迴廊一路連接到面向後方牆壁的上部窗戶那邊。但這條走廊是條死路。那扇用來通風和採光的窗戶裝設了牢固的鐵製格子，沒辦法從這裡出去。

我掀開某個長持的蓋子，就看到裡面密密麻麻地塞滿了人偶。另一個長持裡面則是放了大量的面具。其他還有放進手毬、布匹、羽子板、髮飾、草鞋、鏡子、風車、梳子、小豆袋、風鈴等東西，無論哪個長持都被塞進了數量驚人的物品，那個量簡直多到異常。一、兩個手毬還會覺得很可愛，但是這種程度就會讓人感到不寒而慄了。

嘰、嘰、嘰、嘰咿……

那個正爬著樓梯上來。我得趕快再躲起來才行。可是現在並沒有閒工夫像剛剛在一樓處理柳條箱那樣、把長持裡面的東西都移到別的地方了。

我發瘋似地接連把剩餘長持的蓋子都給打開。可是每個都被塞滿了某種東西。就在我不禁萬念俱灰的時候，竟然發現了一個空蕩蕩的長持。這個長持就放在正面牆壁那堆長持最上面的地方。

就在我連忙鑽進去並準備蓋上蓋子的剎那，不經意朝著樓梯口那邊瞥去一眼，就看到那個東西突然探頭窺視的臉孔。

被看到了嗎……

我嚇得魂都要飛了，然而還是束手無策。現在也只能極力屏住氣息，祈禱不要被發現了。

磅！磅！

過了一會兒，出現了粗暴地蓋上長持蓋子的聲音。恐怕是掀開蓋子以後發現我不在那裡面，立刻就隨手放下了吧。

磅！磅！磅！

驚人的聲響響起時，就覺得那個的怒氣正在增強，實在令人心驚膽寒。而且那些聲響開始移動到正面這堵牆壁的長持這裡，然後逐漸往上、朝著這邊過來。

我維持仰躺的狀態，雙眼緊閉、兩隻手在胸前合掌，一心一意地向村子裡的氏神祈求，持續不斷努力祈禱著。然後，雖然很微弱，但我感覺周圍好像變亮了。是神明來幫助我了吧。

我開心地睜開眼睛，就發現長持的蓋子被打開了，而那個東西正朝著箱子內部窺探。接著，

20 用來收納衣物或寢具的大型收納箱。

那個就像是要覆蓋我的身體那樣進到長持裡面。那具冰冷卻又帶有溫熱感、雖然骨瘦如柴卻又帶有彈性的不健康身軀，就這麼往我身上壓過來。然後，蓋子被闔上了，我就和那個東西一起被關在深邃的黑暗之中。

那個就在長持的裡面……

啊啊啊啊啊啊啊啊啊啊啊！

……呼、呼、呼、呼。

……嗯。我、沒事了。

我能、繼續說下去。

……恢復意識後，我身處於一片黑暗。渾身發冷。

我死掉了嗎……當下內心這麼想著。

與其說是恐懼，不如說是極度的悲傷。一想到已經再也無法見到爺爺和奶奶、爸爸和媽媽、加代和龍吉、還有篠塚老師，我就難過得不得了。

我哭了好一會兒。

可是，就在一個想法浮現後，我的腦袋才終於開始運作。

我該不會只是待在某個黑漆漆的地方而已吧？

提心吊膽地到外面一看，發現這裡是倉庫的二樓。自己好像是從堆疊在正面牆壁前的那些長持中最上面的那一個裡爬了出來。

咦……

那個瞬間，我全部都想起來了。我趕緊環顧一下周遭，可是到處都沒看到那個東西的身影。得救了……

在那之後又發生了什麼，我完全都沒有記憶了。那個什麼都沒有做嗎？當時的那種狀況，就已經能讓她滿意了嗎？那麼，她又為何要追著自己跑呢？現在她又跑去哪裡了？

當最後的疑問在腦海一閃而過時，我立刻打了個哆嗦。或許她又會突然跑回來也說不定，還是趕快溜之大吉吧。

我走下樓梯，小心翼翼地不要發出聲響、在倉庫裡前進，然後從倉庫門走了出去。

真是美麗的月夜。讓人不由得看到入迷了。

但就在我持續凝視的過程中，無意間竟然感受到了恐懼。就好像是認為那是真正的月亮而抬起頭去看，接著才意識到可能是完全不同的東西……

這種帶有些微詭異的奇怪感受，也在眼前的倉庫群出現了。我無論如何，都覺得它們跟自己剛闖進這裡時所看到的倉庫相比，在某些地方存在著微妙的差異。

到底是什麼啊，這種感覺……

總之，現在還是盡快離開這裡才是上策。我這麼一想，便往木戶門那邊跑去，但是把手部分的插銷鎖一動也不動。不管我怎麼使力，它都不動如山。

是被加了什麼機關嗎？

仔細想想，這扇木戶門就設在倉庫的附近。每個倉庫都上了鎖，入夜後怎麼可能只讓這裡門戶大開呢。因為到處都找不到像是鑰匙的東西，所以這個插銷鎖肯定是被施加了某種機關。

不過我仍舊試著想打開這扇木戶門，只是無論怎麼做都徒勞無功。於是我就沿著圍牆往主屋的方向走去，想要找看看有沒有側門。

然而，即便後來我真的找到側門了，它的插銷鎖好像也跟木戶門一樣被施加了機關，根本沒辦法動它。不用多說，正門當然是關起來的。門閂不僅粗還很重，光靠我一個人根本抬不起來。還有正門旁邊的小門，就連那上頭的插銷鎖也都被加工過。

被關在這裡面了。

現在這種情況，也只能叫醒宅邸裡面的人，然後把事情的來龍去脈給說明清楚、請他們讓我出去了。坦白說壓力真的很大，但只要一想到家裡的人到底會有多麼擔心，就只能下定決心這麼做了。

不過我還是沒到玄關那邊去叫門，而是繞到了廚房後門。可是我也不知道該說些什麼才好，一時之間感到不知所措。一番苦思之後，最後我只能用微弱的聲量說出「晚安」。但是只要能先開口，之後的事就簡單多了。我漸漸加大音量，同時也敲起設置在廚房後門處的小門。耐心地重複這些動作。

可是，無論過了多久都沒有人來應門。或許是因為這個宅邸太寬敞了，所以我這邊的聲音和聲響才沒有辦法傳到這家人或僕役們就寢的房間吧。

我開始繞著宅邸的周圍走，然後到了讓我覺得「就是這裡」的擋雨窗或窗戶的前面，就出聲詢問並且用手敲敲窗板或窗玻璃。這樣肯定會讓睡在某個地方的某個人醒來的。

然而，我邊做邊繞行宅邸，最後竟然回到正面玄關前了。沒想到已經繞了一圈啦。

儘管如此，還是沒有一個人起來。

不管夜再怎麼深，一般情況下，光是這點程度的動靜應該就會被人察覺到了吧。至少男性僕役理當就會醒過來，然後到外面來看看是怎麼一回事。

可是，都沒有人出現。

這間宅邸到底怎麼啦？

……好冷喔。

或許跟思考太多多餘的事情也有關係吧，就算是春天的晚上也還是會覺得很冷。我開始原地踏步。但與此同時，我依舊在想著各式各樣的事情。

……晨雞宅邸。

不光是村子裡的大人。就連姊姊她們也都用這個意味深長的名字來稱呼的宅邸。

這裡果真有什麼蹊蹺嗎？它其實不是普通的住家嗎？它和那些能輕鬆尋求協助的場所並不一樣嗎？

即使是這樣，無疑還是有人住在這裡。不會錯的，我被裂縫女追趕、從那扇木戶門逃進來的時候，確實有感受到主屋那邊有人的氣息。可是，就算再怎麼夜深人靜，這裡卻像是被宅邸內空無一人的氛圍給籠罩，究竟為什麼？

會不會是因為宅邸裡面的人都死掉了……

因為所有的人都被裂縫女殺害了……

一思考其中的理由，我就立刻停止思索。因為腦海中突然浮現這種荒謬的想像。只要稍微出現一丁點這樣的想法，就會讓人很不想潛入室內。

要踏進晨雞宅邸。

雖然就連我自己都很驚訝，但似乎也沒有別的辦法了。就算被當成小偷也無妨、被痛打一頓我也不在意。總之我就是要把這家的人叫起來，請他們讓我離開這裡。我現在滿腦子就只有這個念頭。

我趕緊又朝著廚房後門走去，決定趁自己還沒感到恐懼之前就趁勢進去。

然而令人目瞪口呆的是，我竟然毫不費力就闖進去了。不謹慎到這種程度，與其說是讓我訝異，倒不如說是錯愕。或許是因為正門和側門都有徹底鎖好，所以對於屋子本身的門鎖就比較鬆懈了吧。話雖如此，這也太沒道理了。要是我做了同樣的事情，父親肯定會大罵我：「實在太散漫了！」

不過對於當時的我來說應該稱之為幸運。因為要是宅邸的每扇門都鎖上的話，我整個晚上就得在屋子跟圍牆之間度過了。

踏進去之後的空間是廚房的土間[21]。大型的爐灶有五個這麼多，洗滌場也很寬敞。我們村子裡的前庄屋[22]家中的廚房都遠遠不及這裡氣派，真的讓我相當吃驚。

雖然自己一雙腳髒兮兮的，感覺很不好意思，但我還是悄悄地從土間踏上了室內空間入口處的木地板。這附近應該會有女傭們的房間，我打算去找看看。這種情況下，比起男僕役，去找女性求助肯定會比較好吧。還是說她們會先嚇到尖叫呢？但無論怎麼說都已經走到這一步，也不能回頭了。

都進到屋子裡面了，可是還是覺得很冷。因為是從土間上到入口處的木地板、再往走廊前

21 傳統日式屋宅中與地面同高、沒有鋪設地板的泥土地面，介於戶外與屋內起居空間之間的區域。於現代住宅中多轉變為鋪設地磚或混凝土的玄關形式。

22 庄屋是江戶時代的村莊首長，對聚落擁有一定程度的支配力。多為當地的名家、大地主、豪農等等。

進，所以寒意才會從腳底傳上來吧。

我先拘謹地偷偷看了一下離廚房最近的小房間，沒有人在裡面。接著帶著些微猶豫確認下一個小房間，還是沒人。我心裡想著「不會吧」，然後又看了下一個小房間，沒人。到處都沒有看到女傭們的身影。

像這樣的大戶人家，女傭的房間大多都會設在靠近廚房這一邊。因為我會幫爺爺和父親工作，所以也漸漸理解屋宅的大致結構。當然，這會因為職業的不同、屋子大小差異、興建的土地狀態等因素而出現變化，不過還是能大概想像一下。

晨雞宅邸也是如此。既然有這麼氣派的廚房，如果女傭房間不在附近的話也太奇怪了。因為如果離得太遠會很不方便。然而，廚房附近的每個房間內都沒有看到有女傭睡在那裡。

因為這裡絕對不是尋常人家……

隨著繼續往走廊的深處走去，我又開始浮現討厭的想像。不過，後來我才意識到這並不是膽小鬼的一時多心。

起初要找女傭房間的時候我還非常遲疑，可是即使窺看兩間房、檢查三間房都沒有看到人，我也因此焦慮起來。後來隨著我從可能是傭人房間所在的區域往更深的地方前進，房間的寬敞程度、內裝、擺設也開始變得愈來愈華麗了。無論怎麼看都能知道是宅邸主人家族成員生活起居的房間，一間接著一間在眼前出現。

可是，一個人也沒有……

不管是窺探哪個房間，都沒有人在裡頭睡覺。

我實在無法理解。木地板房間、起居室、茶室、佛堂、客房、一之間到三之間、奧座敷、主人的房間，接著是儲藏室、浴室、廁所、最後連馬廄都去了，我把這個大宅邸的各個場所都徹底給檢察了一遍。真的是每個角落都確認過了。可是，結果還是一樣。

這個家裡面一個人都沒有。完全看不到任何人的身影。

待在這裡的，就只有我……

……我全部的房間都進去過了。

不對。只有一間沒進去——嗯，有個地方的板門上了鎖，怎麼樣都進不去。與其說是房間，應該說還更像是儲藏室嗎？其他房間幾乎都是拉門或障子門，就只有那個房間用的是板門。

怎麼樣都進不去……

不。就算沒上鎖好了，我也很排斥那裡。應該說我不想進去那裡面。就算只是窺看一下我也不願意。

但我也不覺得這間宅邸的人會在裡面就是了。我是不清楚深度有多深，不過大概不會是多寬敞的空間。最重要的是，在這種萬籟俱寂的時刻，屋子裡的人還特地聚集在那樣的場所，怎麼想都太古怪了吧。所以不可能有這種事。
　而且那個房間完全沒有散發出有人在裡面的氣息。什麼聲音都聽……
……沙、沙、沙。
豎起耳朵後，竟然聽到了奇怪的聲響。
……唰啦、唰啦啦。
感覺像是有某種東西在榻榻米上移動的氣息。
但是，我覺得那不是人類。
如果真要說是什麼……
……那•個•東•西。

晨雞宅邸裡的禁閉之間……
或許是吧。
可是，我不想談那個房間的事。
不、不、不、不要、不要……
我不想再說了。

……嗯。

或許是這樣……

但，我不想說下去了……

不要啊——

啊啊啊……

嗚哇——

幕間（一）

在神保町的咖啡廳與三間坂秋藏碰面，然後拿到兩篇怪談之後，時間已經過去兩個多月了。儘管如此，那兩個故事我都還沒有看過。當然並不是因為我沒興趣，倒不如說其實我很想讀，只是沒辦法。之所以還不能開始看，是因為我正一心一意地專注在《如幽女怨懟之物》的寫作。

這一年的四月、五月和六月初，我一直都在處理《幽女》的第一部〈花魁——初代緋櫻的日記〉。這裡所說的第一部，是以十三歲被賣到遊廓、十六歲開始接客的櫻子——源氏名為緋櫻——的日記體裁來記述的。就算自己身為作家，但是不是真的能以這位少女的視角來寫出故事，坦白說我也覺得很不安。因此我執筆時必須要比平常還更加專心才行，實在沒有閱讀怪談的餘裕。

結果開始寫之後，我的專注程度也超越了以往的狀態。和至此之前在寫稿時偶爾會感受到的激昂感並不相同，感覺就像是完全不同的另一種振奮。

只是這麼一來，也讓我的精神和身體在不知不覺間陷入了疲勞狀態。其實我有發現自己在寫《幽女》的時候就經常會小睡片刻。休息時會在沙發上躺個二十分鐘左右，結果每次都睡得很沉。而且一眨眼的工夫就睡著了，然後時間到了就會自然醒過來。每天都是同樣的模式。

話是這麼說，但我也不是除了寫作之外就什麼都不做了。或許我在假日看看書或DVD等投注於興趣休閒的時間有比過去來得少，但也只是降到普通的程度而已。也就是說，要把閱讀兩篇怪談這件事安排進去根本不成問題。畢竟這和閱讀實話怪談書籍來作為消遣並沒有不同。

可是，三間坂寄來的郵件卻被我收進了資料櫃。因為一旦知道了兩個故事的內容，我覺得自己就沒辦法放著不理了。

不過實際的情況又是如何呢？

我並沒有具體的想像。說到底，就算去想像，也不會知道最關鍵的故事內容，所以這個問題應該不會發生。即便如此，我就是有這樣的感覺，所以才會感到擔憂。

我認為自己肯定是害怕在無意識之間被那種故事給附身吧。這裡的意思並不是在指什麼怪異的現象，而是好奇心被激發、熱愛怪談的血液因而沸騰，最後讓人不由得沉醉其中。我擔心的就是這種危險性。

那個時候，只要感覺是會妨礙自己撰寫《幽女》的東西，無論那是什麼我都會自動遠離它。

另外還有一個原因。從三間坂那裡聽到有這兩個故事的時候，我出於本能迴避了。這個事實的確也讓我感到有些耿耿於懷。不要無視這方面的警告，有鑑於過去蒐集怪談的經驗就能明確理解這一點。就算有一天會看，也不會是現在。總覺得我一直都這麼告訴自己。

後來，讓我無比掛念的第一部終於要完成了。雖然還必須再經過修改，但暫且算是能安心了。第二部也決定要從遊廓女將這個人物的視點出發，採用的體裁是她對擔綱偵探的刀城言耶所敘述的內容。至於第三部，我打算從造訪遊廓的客人角度去描寫，但目前還沒有定案。

以拙作的場合來說，基本風格就是只要想出作為作品核心的點子與主要舞台設定的話，大多數的情節都是邊寫邊構思。《幽女》也不例外。起初我打算從戰前的第一部、經過戰時的第二部、再到戰後的第三部，都是採用擁有同一個源氏名的三位緋櫻各自的日記來構成。但是，遊女之後又是遊女，而且還是三個人都寫了日記這種設定也太不自然了。加上我推測還會出現其他不適合的地方，所以只在第一部使用了遊女的日記，之後就要選擇其他的方式。就連這種基本的構成都會在執筆過程中有所變化了，所以這種邊寫邊構思的方式實在很不容易。

即便如此，在第一部完成後我多少也放下了心中的大石。只不過，我又必須立刻撰寫要提供給雜誌《小說新潮》八月號用的短篇作品。標題已經決定了，叫做〈夢之家〉。就我的情況來說，偶爾寫一下怪奇短篇作品就是一種轉換心情的方式。然而此時的情況就不太一樣。雖然寫完第一部了，但我不想讓《幽女》因此中斷，希望乘著這股氣勢直接推進到第二部。可是，如果不在這個時候完成短篇的話，就沒有其他時間可以寫了。與此同時，刀城言耶系列的第二本短篇集《如生靈雙身之物》的校樣也已經送到。另外雖然篇幅不長，但我也想起了還有幾篇隨筆的邀稿要寫。

我先看完校樣、處理好隨筆之後，再完成〈夢之家〉。就在我結束了以上所有的工作後，就隨即在這個絕妙的時間點收到三間坂秋藏寄來的電子郵件。

收到他的郵件並沒有什麼好稀奇的。平時他就會傳來一些自己看過的書或電影的感想。因為我這邊大多也會回覆，所以相較於我在各家出版社的責任編輯，我和他的信件往來應該是最多的。話是這麼說，但我們談的也不是工作方面的事情，所以就這層意義來看，應該就像是私人信件往來那種感覺吧。

不過這次的情況不同。三間坂寄來的內容竟然是第三個故事。這個體驗談好像是他在網路上的怪談專題討論區發現的。他似乎是讀完以後，就立刻發現內容與先前的那兩個故事之間存在著奇妙的相似之處——還是應該稱之為詭異的聯結呢。

正在寫的《幽女》已經完成第一部、短篇作品也完工後，三間坂就傳來第三個故事。

事情進展得如此順利，真的是想避也避不掉，反而還因此在意起來。這件事稍有差池搞不好還會影響到新作的進行，現在剛好稿件都告一段落，正是恰當的時機。

於是我就一口氣把〈從另一邊過來了 母親的日記〉、〈異次元宅邸 少年的敘述〉這兩個故事，還有名為〈幽靈物件 學生的體驗〉的第三個故事全部都讀完了。

另外，以下所介紹的體驗談可說是完整刊載了三間坂傳來的文稿。除了修改明顯的錯字或漏字之外，我這邊幾乎沒有再潤飾過，在這裡先向各位說明。

第三個故事 幽靈物件 學生的體驗

這是我在距今二十多年前住過的公寓裡實際經歷過的事。

我打算同時回想當時的事情、盡可能寫得詳盡一些。所以過程或許會拖得很長，嗯，各位就隨興讀下去就好。

就算大家不相信，我也覺得無所謂，所以如果只是冷嘲熱諷的吐槽就別回應了。因為我也打算無視那些東西。覺得這是創作文的人，就不要看了吧。

那個時候，我沒有考上老家當地作為目標志願的大學，所以落入了離都[23]的窘境。我並不是沒去考避免落榜的安全牌大學，事實上還四處報考了不少間，其中也有上榜的。雖然都去考了還說這些或許很荒謬，不過我根本不想去那個地方。結果，有我想讀的科系、最後也讓我考上的大學就只有一間，而且學校還是孤零零地坐落在很遙遠的地方。

我對此相當苦惱，但如果對課程領域毫無興趣的話，我還真不想去上。因為當時我姑且算是打算要好好認真學習了。

大學的校名和科系的名稱，嗯，我就不提了。因為那些跟我接下來要分享的親身體驗一點關係都沒有。所以就容我跳過吧。

房仲業者介紹的這間公寓比我想像中的還漂亮，所以我很開心。原本我還想像會是以前的青春電視劇裡面會出現的那種名為「某某莊」、看起來破破爛爛的建築物，看來是我多慮了。

至少並不是能從「公寓」這種稱呼所想像出來的外觀。而且它的名字還是「門沼Heights」。

話是這麼說，但我覺得用「Heights」來稱呼還是言過其實了。換做現在，我能理解那種誇張的命名方式其實再正常不過，但那時候的我還只是個少不更事的毛頭小子。所以我直率地對於名稱與建築物之間的差距感到驚訝。

門沼Heights分為A棟和B棟兩棟建築物。每棟都是一樓五個房間、二樓五個房間，總計十間。我租的是A棟二樓的二〇三號室。

順帶一提，一樓沒有一〇四號室、二樓則是沒有二〇四號室。這是因為排斥「四」這個數字的關係吧。明明取了「Heights」這種時髦的名稱，結果還是有這麼迷信的地方，我覺得這點還滿有趣的。

房間是八點五疊大小的套房，設有廚房、浴廁以及陽台。

這是我後來才知道的，以這種內部格局來說，房租其實異常地便宜。因為房仲一開始就先

23 原文為「都落ち」（miyakoochi，みやこおち），意指離開大都市前往相對沒那麼發達進步的地方。

帶我來這裡，所以那個時候我也沒有機會拿它跟其他的物件做比較。
是因為不在大街上才會這麼便宜嗎？
我很理所當然地接受了。因為我並沒有事先調查過租賃公寓的行情，就直接委託車站前的房仲業者，嗯，所以這也是沒辦法的事。
不光是房租，就連押金和禮金都很低。托這點的福，我從父母那邊拿到的錢還有剩。因為這一切都很令我高興，所以完全都沒有感受到奇妙啊、古怪啊之類的感覺。我就是這麼個頭腦單純的孩子。

搬家在三月中旬輕鬆結束了。
我從老家帶來的只有歷史相關的書籍還有衣物之類的東西，其他必要的生活家具全部都是在這裡買的。而且附近有間大戶人家剛好丟了大型垃圾出來，他們不要的東西裡面就有雖然很老氣但還很堪用的桌子和櫃子等物，所以我就偷偷搬了回來。因此我的房間就被新品和中古貨各占據了一半。
母親囑咐我搬進去後一定要去打招呼。所以我準備了毛巾禮品，在星期六的下午拜訪了左右兩邊以及正下方的房間。
二〇二號室無論按了多少次門鈴都沒有回應。所以我過幾天又去了一趟，但結果還是一樣。後來才知道那裡沒人住。

二〇五號室是個三十歲左右的長髮女性。雖然我的視線馬上飄向了她豐滿的胸部，但是一看到她陰沉的表情，不經意間感受到的女人味也立刻消散了。我打了招呼以後，她只報上姓氏「我是上田」，然後就什麼都沒說了。與其說是很難對話，感覺更像是缺乏積極性，總之就是個只讓人留下陰鬱印象的人。

難得隔壁住的是個女生。

原本瞬間浮現粉紅泡泡妄想的我，頓時有些失落。

正下方的一〇三號室住了一個三十五歲左右的男性。因為他的個子高、身材纖細，所以看上去總讓人覺得有點神經質。第一印象跟上田一樣，也是「陰沉」。不過跟上田不同的地方，在於我和這個姓「向井」的男人還能聊上個幾句。

例如哪裡有便利商店啦、車站前的拉麵店很難吃啦、附近沒有洗衣店啦、浴室很窄所以徒步去不遠處的澡堂比較好啦之類的，雖然都是些無關緊要的話題，但我對他相當感激。在這塊人生地不熟的土地，就算只是社交時的場面話，他還是親切地跟我分享。

或許我住進了不錯的地方呢。

那個時候，我還是這麼認為的。

最初覺得不對勁是在搬進來的四天後。

當時我跟家人和朋友通了電話，這才知道自己到底有多幸運、竟然能入住租金如此便宜的地方。

位處距離最近的車站只要徒步十分鐘、要到大街去也很方便的地理位置，周遭還保留了自然風情，建築物也還很新，而且每個房間都附有一個停車位。這個一個人住算是寬敞的八點五疊套房，擁有獨立的浴室跟廁所，即便如此，房租卻很實惠。

然而，明明擁有這麼多的優點，不知為何A棟和B棟都還有空房。到了這個時候我才意識到這一點。

兩棟建築物都一樣，十個房間的信箱都是集中設置在同一個地方。那是在每個箱子外面插入名牌、很常看到的那種信箱。起初還沒有注意到，仔細一看才發現很多名牌欄位都是空的。因為A棟的二〇五號室欄位也是空的，所以好像也有雖然有人住卻沒有放上名牌的房間。應該是考慮到萬一被人知道是女生獨居的話會不安全吧。但說是這麼說，空欄位也太多了。

我被勾起了好奇心，就跑到兩棟建築物的後面去看了一下。我是想看看每個房間的窗子，確認有沒有掛上窗簾。

結果有人住的房間一數就立刻知道了，讓我嚇了一跳。竟然還有這麼多的空房，還真是令人意外啊。

入住一個禮拜以後，我就一個勁地在附近散步。如果去問一〇三號室的向井，我想他肯定會告訴我各式各樣的地方吧。但是我想品味靠自己發掘的樂趣，所以就自己一個人在鄰近一帶四處閒逛。

因為對這個地區多少有些理解了，為了慎重起見，所以這次我準備走一趟前往大學的通學路徑，於是就在星期日的下午出門。

我搭電車抵達距離大學最近的車站，下車後就在校園還有學校周邊漫步，然後又上了電車前往鬧區。我去了那裡的書店、舊書店還有咖啡廳，然後到折扣商店採買日用品，之後吃完晚餐才回家。

車站周邊有很多店家，也非常明亮，往來的人潮相當可觀。但是越往門沼Heights的方向走，光源就只剩下從住家窗子透出的光，以及佇立在各處的街燈燈光而已。那一晚的月色明亮，所以周遭環境還不算太暗。原本月亮這種存在就會因應當事人的精神狀態，讓她有時看上去很美、有時則是冷冽。當時我的感受是後者。

這是第一次走夜路回去門沼Heights，我變得很不像自己、竟感受到出乎意料的孤寂，陷入了略帶Senti[24]的情緒。這是我第一次獨自生活，或許也因而變得分外多愁善感吧。啊，現在已經不會用Senti這個詞彙了嗎？

24　Sentimental的略語。意指多愁善感。

不過我還能感到Senti，這是件好事呢。

門沼Heights的B棟後側終於出現在前方。不知為何，當我看到透出亮光的窗戶非常少，背脊瞬間就涼了起來。

A棟也是一樣的情形，就只有幾處孤零零的亮光。一般應該都會覺得那些房間的住戶還沒有回家，但是我已經從窗簾的有無就知道實際上並非如此了。

望著兩棟建築物稀稀疏疏的燈火，心裡突然浮現門沼Heights就像是廢墟一樣的感受，總覺得心情也跟著黯淡了下來。

當太陽西沉、周遭都暗下來以後，門沼Heights看起來會變成什麼樣子呢？明白這件事的那一晚，我突然變得難以入眠。

並不是因為看上去像是廢墟而感到憂慮。如果是結婚之後去辦貸款買下獨棟房子的場合倒還能理解，但我不過就是個在公寓租了一間房的學生。所以這並不是會讓我輾轉難眠的煩惱。

可是，為什麼會睡不著呢？

隔壁和樓下好像早早就睡了，一點聲響都沒有。那兩個人平時就很安靜，星期日的深夜就更不可能還醒著，一片悄然無聲。

我的老家因應不同的季節，會聽到青蛙或是蟲子的鳴叫聲。如果沒有自然音的時候，還會聽見遠方微微傳來電車飛馳而過的聲響。我想是拜這些聲音所賜，才讓我每個晚上都能夠舒舒服服地入睡。

但是，這個地方什麼也聽不見。我當然喜歡安靜，不過太過靜寂的話，好像反而會讓人腦袋清醒。但即便如此，打從搬家之後一直到這個晚上之前，我都毫無阻礙地沉沉睡去。也就是說，真的是因為這裡看起來很像廢墟，才讓我太過震驚了嗎？可是，我並不認為自己有介意到那種程度。

就在我想東想西的時候，也開始感到昏昏欲睡了。這樣的話只要再過不久就能睡著，當下我也因此放了心。

啪噼、啪噼。

上方出現了奇怪的聲響。好像是有什麼東西打在屋頂上。

下雨了嗎？

我這麼想著。可是如果是雨聲的話，應該會連續聽見聲音才對。還是說下沒多久，雨就馬上停了呢？

啪噼、啪噼、哐、鏘。

因為這次我更專注去聽，所以聽得很清楚。而且聲音延續得比剛才還要長。

不是雨聲。

我思考了一下，還是搞不清楚那是什麼聲音。可是當我再次豎耳傾聽，又恢復了一片寂靜。

真是奇怪。

就在我準備睡回去的時候……

啪噼、啪噼、啪噼、哐、哐、鏘、鏘、鏘。

清楚的聲響又在屋頂上響起了。

有什麼東西嗎？

我突然開始想像在門沼Heights的屋頂上蠢動的不明物會是什麼樣子，不由得慌亂起來。因為都長到這個歲數了，竟然還會覺得有點可怕。

應該是貓之類的吧。

我硬是這麼想像，想盡可能讓自己睡著。然而那個奇怪的聲音就會像是偶爾想起來該現身一下，一整個晚上都在我頭頂上啪噼、啪噼、哐、哐、鏘、鏘……持續響個不停。

因為那個聲音的關係，昨晚我都無法入睡，等到清醒時已經接近中午了。

到底是什麼聲音啊？我一定要去問問門沼Heights的其他住戶過去有沒有聽過這種聲響。

不過，比較好聊的向井住在一樓的一〇三號室，他應該是聽不到吧。二〇五號室的上田就住在我隔壁，所以或許跟我一樣都深受其擾，只是和那個女生交談真的很沉悶。但說是這麼說，我完全不認識其他房間的住戶。所以好像也只能去找上田。而且白天大家都去上班了，也沒有其他人待在家裡。

向井和上田好像是一般的上班族，每天早上都準時離開房間。回家時間是上田比較早，最晚也會在八點之前到家。向井相對較晚了些，即使早回家也都不會早於十點。

我並沒有在觀察那兩個人的生活，只是他們開關玄關門的聲音意外地清楚罷了。所以我很快就弄清楚他們出門上班的時間。後來在無意間也注意到他們回家的時間。

因為也沒有其他辦法，於是我就等到上田回家之後，跑去按了二〇五號室的門鈴。接著我就簡單說明了一下昨天晚上的狀況，然後問她有沒有聽過類似的聲音。

然而，上田竟然這麼回答我。

「不是我。」

因為這個回應太出乎意料了，頓時讓我有點錯愕。我告訴她「你好像誤會我的意思了」，然後就發現門鈴對講機好像已經被掛斷了。

那一天晚上，我鑽進被窩之後並沒有閉上眼睛，就這麼望著天花板發呆。

不是我。

為什麼上田會說出那樣的話呢？先前住在二〇三號室的住戶曾經因為屋頂上的聲音去找過

她麻煩嗎？就算真的是這樣好了，我問的明明是「有沒有聽到什麼」，但是她完全沒有任何的說明、劈頭就回一句「不是我」，這也太奇怪了吧。

我覺得自己愈來愈不擅長與那個女生應對了。

有好一陣子都沒有出現任何聲響。

那段期間因為大學開學，我也變得忙碌起來。雖然有些猶豫，但我最後加入了類似文藝社的社團。因為也交到同樣喜歡看書的前輩和同儕朋友，每天都過得很開心。

不管是大學課程還是社團活動都相當充實，到了晚上我也睡得很好。我明明是個學生卻不會熬夜，過著非常健康的生活。

就在某一天的夜裡，我正準備要睡覺，外頭就淅瀝淅瀝地下起了雨。

噹噹、啪啦啪啦、波噠波噠。

雨水打在屋頂和窗戶玻璃上的聲響，那天晚上不可思議地在耳邊縈繞。先前的雨夜，只要幾分鐘我就會睡著了，可是當時卻怎麼也睡不著。內心愈是想要趕快入睡，沒想到卻不禁開始在意起雨聲，不知不覺間竟然就豎起耳朵聽了起來。

後來，與落在屋頂上的「啪啦啪啦」雨聲夾雜，我聽見了喀啷、哐、喀啷這種不同的聲音。

是那個來歷不明的聲音！

我立刻就爬起來，離開了被窩。可是我並沒有特別的打算，也不知道自己要做什麼才好。

其實我很想去找隔壁的上田，問她：「你有聽到現在屋頂上傳出的怪聲吧。」但對方是女生，所以我很猶豫該不該在這麼晚的時間去按人家的門鈴。

我坐在床上的時候，那個奇怪的聲音還是響個不停。

想要確認的話，就是現在了。

立刻下定決心的我，開始迅速換裝。接著我在玄關抓起一把傘，然後悄悄地打開房間的門，走了出去。

我在二樓的走廊上盡可能安靜地迅速前進，留意不要發出腳步聲，撐起傘走下樓梯，接著繞到門沼Heights的後方。

沒有一扇窗有亮著燈的。如果是正面的話，還能看到一樓和二樓走廊上頗為明亮的燈光。但是後面那側的附近一帶連街燈都沒有，再加上沒有一個房間有開燈，所以周遭感覺很暗。若是陰天或雨天的場合，因為完全沒有月光的關係，所以真的會顯得一片漆黑。

駐足在沉入黑影中的門沼Heights後側，我斜拿著傘往屋頂看去。雖然並不算特別暗，但因為下雨的關係，視線非常不好。儘管如此，當我定睛凝視後，就看到二〇二號室的正上方位置有個奇怪的東西。

黑色的袋子？

我心想會不會是先前要維修屋頂，結果業者就把裝材料和工具的袋子忘在上面了。可是我搬進來都已經過了大概一個月了，這段時間內根本就沒有維修工程。假使工程是之前做的，那個袋子放在那邊就已經超過一個月了。

不，不是這樣。

我立刻否定這個想法。住進來之後，理所當然也出門不少次，所以如果那種東西就擱在屋頂上的話，我肯定會注意到的吧。換言之，至少在我昨天傍晚回家以前，屋頂上面並沒有那個東西。

就在這個時候，那個像是黑色袋子的東西突然開始蠕動了。

在腦海中瞬間浮現的印象，就是巨大的毛蟲。那種東西明明就不可能存在，但就是會令人聯想到又黑又圓胖的大毛蟲正在屋頂上爬行的樣子。

怎麼可能。

就連我自己也難以置信。可是現在門沼Heights的屋頂上，確實有某種東西在緩緩地移動著。

是一隻體型龐大的胖貓嗎？

這時我好像終於能合理思考了。因為這裡是鄉下地方，所以也可能是貉或鼬鼠之類的東西吧。總之肯定就是小動物，不會錯的。

那個聲音就是這傢伙弄出來的。

想通之後，倒也覺得沒什麼大不了，接下來只要扔扔石頭把牠趕跑就好。但就在我決定這麼做的時候……

那東西猛然站了起來。

因為夜色太暗還有下雨的關係，還是很難看清楚樣子，不過那個黑黑的東西，看上去好像是個人形。

老婆婆？

起初還以為是小孩，但仔細一看就覺得很像是老婆婆。那個看似老人家的人影，開始晃晃悠悠地在屋頂上行走。兩條手臂前後左右擺動、腳下踏著很詭異的步伐，在漆黑的雨夜天空襯托下，詭異地蠢動著。

那極為異常的模樣與意外性，都還沒有讓我湧現類似恐懼的情感。不過，就只有「我看到不該看的東西了」這種意識變得愈發強烈。

然而，就在我猛然理解那個東西到底是在那種地方做什麼的時候，雞皮疙瘩立即爬滿了脖子。

跳舞。

看似老婆婆的人影，正在被雨水打濕的門沼Heights屋頂上，胡亂地揮動手腳、舞動全身。

戰慄的寒氣頓時沿著背脊一路竄上，兩條腿也開始不停地發抖。

這種東西，不能再繼續看下去了。

但想是這麼想，視線卻無論如何都無法移開。不知原因為何，就是會讓人盯著看。兩隻眼睛不由得追著那個東西的每一個動作跑。

突然，那個停止了動作。

下一個瞬間，看向了這裡。

不對，我覺得她是往下方看。因為我迅速低頭的同時也用傘遮住了臉，所以不清楚實際的情況為何。不過，直到我快步回到門沼Heights的正面以前，確實都一直感受到被人緊盯著不放的視線。

回到房間之後，我燈都沒關就爬上床鋪。不過我直打哆嗦，擔心那個會不會從窗戶窺看房內、會不會爬下來陽台這邊、會不會敲打我的窗戶玻璃、會不會強行闖入我的房間。所以根本就無法入睡。

後來，我聽見了救護車「咿歐、咿歐」的鳴笛聲。而且還是朝著門沼Heights這裡過來。

我爬下床鋪，從窗子往外面一看，就剛好看到一個像是中學生的少年在一個二十多歲男人的陪伴下被擔架抬走了。我走下樓以後馬上就碰到了一〇三號室的向井，於是便問了一下。才知道住在一〇二號室的男人有個歲數相差很多的弟弟來這裡玩，結果身體突然出了問題，所以才撥打了一一九。

一〇二號室的正上方是二〇二號室，那一間沒有人住。然後那間房正上方的屋頂，今天晚上……一想到這裡，我瞬間就被猛烈的惡寒給籠罩。於是我也沒好好跟向井打聲招呼，就直接回房間去了。

隔天早上，因為我爬不起來，所以翹了大學的第一堂課。雖然從第二堂課開始我就去上了，不過純粹只是因為我不想待在房間裡罷了。

可是即使去上課也完全聽不進去，休息時間和朋友閒聊的時候也心不在焉的，到學生餐廳吃午餐更是味如嚼蠟。那個深夜時分在門沼Heights的屋頂上跳舞的人影，一直在我的腦海裡揮之不去。

這還是我有生以來第一次看到那樣的東西。我不知道自己的自覺到什麼程度，但受到很大的衝擊是無庸置疑的。雖說還不清楚其中的因果關係，但是發生了一〇二號室的中學生被送上救護車的事，所以也不由得令人聯想。他是學校放假呢？還是翹課呢？這些事都不得而知，總之他就是來找哥哥了。但昨天晚上，他原本是不應該會在那個房間裡面的。

儘管如此，在陽光灑落的校園裡、身處在眾多的學生之中，我也覺得昨天晚上的恐怖感稍微變淡了一些。

因為下雨的關係，加上也沒什麼照明，所以或許是我看錯了也說不定。有了這樣的想法之後，我的狀況也暫時恢復了。可是，這終究只是自己騙自己而已。要是印象很模糊也就算了，偏偏卻對那個時候的光景記憶猶新。

其實我從一早就在考慮要不要和社團的前輩或朋友聊聊。其中有個姓朋崎的男同學還有一個姓美堂的學姊跟我特別要好。我覺得應該可以跟他們說一下大概的經過。

不過他們兩個雖然都喜歡恐怖類型的小說和電影，但怪談就不同了。與其說是不喜歡，應該更像是沒在關注。相關領域的書籍他們完全都沒有讀過。而且只要是實話類型的怪談，兩人有時還會顯露輕視的態度。當然，對靈異照片或影片也是一樣的。

關鍵就在於作為創作物的話還可以當成娛樂，但是無法相信現實中真的會發生超乎常理的現象。不可能有幽靈這種東西。感覺他們似乎是這麼認為的。

所以我對這兩人怎麼也開不了口。

課程結束之後，我也開始苦惱了。

是要立刻回到門沼Heights，然後閉門不出迎接夜晚呢？還是先消磨時間之後，刻意在晚上回家呢？

如果是前者，感覺一個人待在房間裡等著外面變暗的這段時間會很可怕。話是這麼說，以後者的場合而言，如果在回家途中抬頭一看，就在門沼Heights的屋頂上發現那個的身影，又該怎麼辦呢?雖然沒有極端排斥，但我就是不想進去房間裡。

因為哪一邊我都不想選，最後我就邀朋崎「去社辦吧」。

這一天沒有社團活動。即便如此，只要到社團辦公室去看看，肯定會有幾個人待在裡面。我加入的文藝社就是這樣的社團。

結果我在社團辦公室跟學長姊們聊了些無關緊要的話題後，大家就一起去吃晚餐。在那之後，我們去了一個姓寶田的學長住處，他獨自住在公寓大樓。因為還拿出了紅酒，所以我也喝了一點。

「因為你長得太娃娃臉，要是去店裡的話就不能喝了。」

寶田學長邊笑邊向我勸酒，結果美堂學姊生氣了。

「他還未成年，這樣不行啦。」

話是這麼說，但我心裡覺得喝醉了再回去或許也不賴吧。但是他們沒讓我多喝，所以很遺憾，我的人還很清醒。

我向還想繼續喝的學長姊們打過招呼以後，就和朋崎兩個人離開了公寓大樓，當時應該是十點左右吧。總之等我到達住處所在地的車站時，已經是回家的人寥寥無幾的時間了。

走在通往門沼Heights的路上，我也開始感到焦慮。

如果那個在那裡的話……

光是想像，雙腿突然就變得遲鈍了。但我現在也只能回家。如果朋崎還是寶田學長在這裡的話，我就能拜託他們「請住下來吧」。話是這麼說，他們到了明天還是得回去不可。所以，我想在今天晚上好好確認一下。

即便如此，我還是在能夠遠眺門沼Heights的地方暫時停下腳步。接著專注凝神，持續眺望建築物的屋頂。

什麼也沒有。

屋頂從這邊看過去就是呈現一直線，如果上面有什麼東西的話，應該只有那個地方會凸起一塊才對。幸虧今天晚上有月光，因此雖然還有一段距離，但我覺得自己應該不會看錯。

即使暫且放下了心中的大石，我還是沒有鬆懈，繼續往前走。視線完全沒有從門沼Heights的屋頂移開，慢慢地靠近。

終於可以看清建築物的全貌了。屋頂上面果然什麼也沒有。從這端一直看到另一端，連隻貓都沒看見。

那天夜裡，我把會不會完全睡不著的不安拋諸腦後，沉沉地入睡了。就連我自己都沒意識到，或許是因為太疲倦了吧。

接下來有三、四天，當太陽西下、周遭變得昏暗以後，我就會很在意屋頂上面的情況。我轉到根本不想看的電視節目、播放完全不想聽的音樂，這麼一來，就算那個奇怪的聲音出現，我也不會聽到。

然而到了就寢的時間，也不得不把它們都關了。結果，即使沒那個意圖，耳朵還是會忍不住仔細去聽。明明討厭卻豎起了耳朵。人類的心理狀態在這種時候真的是很難理解。

慶幸的是聲音完全沒有出現。即便過了一個禮拜也是如此。

只有那天晚上而已嗎？

就在我感到安心的那天傍晚，外頭久違地下起雨來。這個瞬間，我想起了那個時候也是這種陰鬱的下雨天。

那東西該不會是下雨的時候才會出現吧？

都是因為做了討厭的想像，結果那天晚上我怎麼也睡不著。感覺現在屋頂上面好像又發出了「啪嚦、啪嚦、哐、哐、鏘」的聲響，精神完全無法放鬆。

但我好像還是在不知不覺間睡著，等到眼睛睜開時已經是早上了。

所以跟下雨無關嗎？

坐在開往大學所在地的電車裡，我依舊持續讓腦袋運轉，結果突然意識到一件非常關鍵的事，忍不住喊出聲來。

第一次聽到那個聲音的晚上，是個很明亮的月夜。也就是說，跟下雨毫無關聯。什麼時候會出現呢？已經不會再出現了嗎？到最後，我還是什麼都沒有釐清。

度過一段什麼事都沒發生的日子後，梅雨季節就來臨了。

萬一那個絕對會在下雨的日子裡出現的話，現在不管我怎麼盤算應該都無濟於事了。我好好體會了只有雨聲陪伴入眠的幸福感。至少在進入梅雨季節後的幾天內都還是如此。

某個晚上，我發現奇怪的聲響又夾雜在雨聲之中出現了。

恰、嚓嚓、沙、嚓嚓。

那個又在屋頂上出現了嗎？我雖然害怕到抖個不停，但豎起耳朵專心去聽，就覺得好像不是從天花板那邊傳來的。

所以，到底是哪邊？

就在我覺得疑惑、躺在床上把頭微微抬起的時候，突然就弄清楚聲音的來源，因此嚇了一大跳。

……是隔壁。

那個奇怪的聲音是從二〇五號室傳來的。

沙、嚓嚓、恰、嚓嚓。

可是隔壁房間的上田先前都不會在半夜發出這樣的聲音啊。雖然還是能聽到一些生活起居的聲響，但完全都在合理的範圍內。而且只要入夜之後，她通常都是很安靜的。或許是因為很早就上床睡覺的關係吧。

而且老早就過了午夜十二點了，竟然還發出奇怪的聲響。

她在做什麼啊？

因為床鋪就擺在靠二〇五號室的這面牆邊，於是我把耳朵貼到牆壁上。

恰、恰、嚓嚓。

真的聽見了。但還是不知道那是什麼聲音。感覺像是某種物體發出來的，至於實際上究竟是什麼就不清楚了。

沙、沙、嚓嚓。

不過聲音響起的同時，我也感受到了上田本人也在跟著動作的氣息。

在做伸展運動？

這時在腦海裡浮現的畫面，是她使用網購來的器材努力做著減肥運動的身影。這麼一想，好像也能理解那個怪聲或許是操作器材時發出來的。

可是，在這種深夜時間運動？

上田回家的時間並沒有很晚，所以我不認為她會挪不出做伸展運動的時間。最主要的是，這種運動不都是在洗澡之前做的嗎？至少今天晚上她已經洗過澡了。沐浴的聲音就算不想聽也還是能聽見。

我的心情很複雜。假設真的是上田在做伸展運動的話，我反倒還能安心。因為一旦知道那並不是某種真面目不明的東西發出的聲響，當然就可以放下心中的大石。話是這麼說，要是每天晚上都像這樣運動的話，那還真讓人受不了。到最後終究還是不得不去跟她埋怨一下。

無論如何，首先都必須先去確認聲音真正的來源。

我下了床之後又思考了一段時間。窺看女生房間什麼的絕對不是值得讚許的行為。可是，好像也只有這個辦法了。

我輕輕打開窗子，躡手躡腳地來到陽台。對面就是B棟的正面，一個人影都沒有。雖然A棟的左右兩側都蓋了民宅，但也完全看不到燈光。這樣應該就不必擔心我偷看的場面會被人目擊了。

門沼Heights的二樓陽台，是從二〇一號室一直線延伸到二〇六號室，房間與房間的陽台交界處都是用隔板隔開的形式。如果碰到火災等緊急情況的時候，可以打破隔板逃往隔壁的陽台。相反的，若是從防止犯罪的層面來思考，或許會讓人覺得有點可怕。萬一隔壁鄰居是個怪人的話，就會變得很危險了。

啊，就像是我現在這樣嗎？

我環顧周遭、確認有沒有會目擊我行徑的人，不禁露出苦笑。明明要是自己偷看的時候被上田發現的話，可就不是能讓人笑出來的情況了。

即便如此，當我想起她的胸部很豐滿後，竟然瞬間妄想了她穿上緊身運動服的樣子。就算我是個男人，可是就連我自己都覺得這樣很丟臉。

我走到二〇五號室那一側的隔板附近，那個聲音聽起來就更加清楚了，精神也隨之緊繃。因為現在已經能確定聲音就是從隔壁房間傳出來的。

那麼，上田她實際上到底在做什麼呢？

比起色色的妄想，我覺得此刻自己的好奇心還更加強烈。

我以環抱雙臂的姿勢靠在陽台上，裝出一副走到外面吹吹夜風的樣子。當然，現在根本就沒有人在看我，不過凡事必有萬一。做好準備後，我猛然只把臉給探向隔板的另一側，快速地窺看一下隔壁的情況。

欸？

我頓時陷入了不明所以的混亂。維持著只把頭探出隔板的姿勢，我凝視著那裡的窗子。

黑壓壓的一片。

不是因為拉上窗簾的關係，而且說到底這邊根本就沒裝窗簾。雙眼所見的就只有窗戶玻璃，只不過那裡好像也不太對勁。窗戶的外側縱橫貼上了像是細膠帶那樣的東西。彷彿室內會進行危險的化學實驗，所以為了可能突發的爆炸才預先貼上去的。
這奇怪的窗戶看不到些微亮光，室內黑漆漆的。
即使是這樣，還是能聽到這個烏漆墨黑的房間裡響起了「恰、恰、嚓嚓、沙、沙、嚓嚓」這些謎般的聲音。

我又度過了一個難以闔眼的夜晚。
我也想過要不要把床鋪移動到另一側的牆壁那邊，但這麼一來就非得和書架交換位置不可。大半夜的還去移動房間裡面的擺設也太沒常識了。
因為是隔壁房間製造聲響的關係，所以原本我是沒必要那麼在意的，但這麼做就會給一〇三號室的向井添麻煩。如果搬動家具的話，聲音肯定會傳到正下方的房間。這樣的話就換成我吵到他睡覺了。
結果等到我闔眼時，天空也透出了光亮。

我打算趁隔壁的上田出門上班的時候抱怨一下昨晚的事情。但我怎麼也起不來，還因此缺席大學的第一堂課。要是因為這種事導致出席日不夠的話，那可就太慘了。
然而，這一天的晚上沒有聽見聲響。隔天也是、後天也是，隔壁房間完全就是萬籟俱寂的狀態。

會和屋頂上的那個一樣消失，後來都聽不到了嗎？

從這個方向思考，我念頭一轉，覺得這兩個聲音並不是一起出現的。在隔壁發出聲響的，毫無疑問就是上田。雖然我不知道待在一個沒開燈的黑暗房間裡到底是在做什麼，但那個聲音的來源肯定就是她沒錯。

總而言之，我也只能祈禱可以像這樣一直安靜下去了。雖然還殘留些許不安，擔心會不會某一天又再次聽到聲音，但只要沒那麼頻繁的話倒是還能忍受。畢竟我也沒辦法因為這種事情就搬家。

因為聽見奇怪的聲音，覺得很可怕，所以想搬到別的公寓去。

這種理由是說服不了我們家二老的。特別是父親，應該絕對聽不進這種話。要是反倒惹他生氣，因此斷了我的金援那可就得不償失了。

等等，這間公寓的房租會異常便宜，莫非就是因為會出現奇怪聲響的關係嗎？

在那些聲音之中，也包含了上田所發出的噪音嗎？

如果真是這樣的話，二〇五號室兩邊的房間在門沼Heights裡頭應該是最便宜的吧？

竟然後知後覺到這種程度，就連我自己都很錯愕，但這時我才終於想到了這個可能性。

並不怎麼悶熱的梅雨季結束了，接下來一段時間都是連續的晴朗日子。雖然白天還是必須開冷氣，但入夜之後只要打開窗子就能睡個好覺。要是屋頂上的那個東西跑進來的話……我並不是已經不害怕這件事了。可是頭頂上那個聲音後來完全都沒有再出現過，所以我認為應該已經沒事了吧。

再過一段時間，大學就要放暑假了。學長姊還有朋友們都已經訂好了返鄉、長期打工、旅行等計畫，但我還是半點規劃都沒有。

好不容易離開父母生活，我並沒有回老家的打算。雖然我也想要錢，但打工實在太累人了。旅行的話也沒有能一起去的同伴。一個人獨旅什麼的更是想都不用多想。

我在被窩裡持續想著這些……

喀啦喀啦、叩隆叩隆。

屋頂上突然出現了聲響，我立刻起身。

那個又來了嗎……

我想都沒想就擺好架式、仔細聽著動靜，接著……

喀啦喀啦、叩隆叩隆、喀鏘、喀鏘。

聽見了某種東西從屋頂掉到陽台的聲音。

啪啦啪啦、喀恰喀恰喀恰。

奇怪的聲音接連不斷。跟屋頂相比，陽台這邊的聲音還更加清楚。

我下了床，走到窗戶旁邊，想拉開窗簾看看。然而，我突然想像那個跳舞的傢伙也跟著怪聲一起移動、下到我房間的陽台了，伸出的右手也因而停在半空中。感覺那個現在正經由窗簾的縫隙，往房間裡面窺看。

我趕緊關上窗戶，回到床上，然後把棉被直接蓋到頭部。

隔天，我睜開眼睛後就立刻去看了陽台。

什麼也沒有。

昨天晚上有聽到某種東西從屋頂掉到陽台的聲響，但現在什麼也沒發現。雖然鬆了一口氣，但也不能說是可以就此放心的狀態。

屋頂上的那個傢伙，應該是真的下來陽台這裡了吧？如果真是如此，接下來該不會就要進到房間裡面了？

這個想法瞬間在心中成形。

我開始討厭在大學下課後回去門沼Heights了。所以我又跟先前一樣跑去社辦跟大家一起消磨時間。然而，我突然意識到這樣只是讓回家的時間拖得更晚而已，根本就沒有解決任何問題。不過有一件可以被視為定心丸的事情，儘管很淡薄，但還是給了我勇氣。

不會一直連續多天聽到奇怪的聲音。

回顧至今為止的體驗，至少在幾天之內應該是安全的。當然這並沒有任何根據，所以接下來我想要採取行動。

雖然這個說法好像很了不起，但其實也不是要做什麼大事。不過就是聯絡一下房東、問問這間公寓的事情罷了。

問題是，應該怎麼問。

要直球對決，問問這裡過去有沒有發生什麼不好的事情嗎？還是要兜著圈子說，我住進這裡之後就發生了相當詭異的狀況，您對這件事有沒有頭緒呢？

只不過，不管是參觀公寓還是簽訂契約，跟我接洽的都是房仲業者，我完全沒有見過房東。租賃契約上有標註住址，我知道那裡距離門沼Heights並不遠，所以要去拜訪房東也並非什麼難事。

可是，我該怎麼開口才好呢？

這不是第一次見面就能突然說出口的事情吧。應該是等到彼此更熟悉以後，才有辦法用「其實有件事想要……」來開啟話題的內容，不是嗎？

從這層意義來說，一〇三號室的向井就很適合。可是他早出晚歸，實在沒什麼機會碰面。

雖然週六日放假，但是他好像幾乎每個星期六都還是會去公司。星期日他休息，但感覺要不是一整天都外出、就是整天都在睡覺。人家都這麼忙碌了，我還要跑去打擾，真的會覺得很不好意思。而且還得考慮到他住的是一樓，所以或許什麼也不知情的可能性。

房仲業者從一開始就被我排除在外了。考量到他們的立場和工作，就算知道些什麼應該也不會告訴我吧。

果然還是只有房東這條路可行。

我實在無計可施了。早知如此，當初搬家的時候我就應該立刻去房東家打聲招呼才對，真是後悔莫及。

抱持鬱悶的心情回到門沼Heights，看了一下信箱之後就爬上了樓梯。這個時候，我突然停下腳步。

我該不會已經跟房東見過面了吧？

在此之前，我在門沼Heights正面、一樓和二樓的走廊、還有樓梯等處見過一個打掃的老婆婆。雖然沒有說過話，但我們都會點頭致意。因為她總是在幫我們打掃公共區域，所以這是我向對方表達感謝的方式。

我一直認為那個老婆婆是這裡的住戶，但搞不好就是房東呢。雖然我對此也沒有半點根據。

這裡的住戶不多，都住了四個月了，至少都有機會見上一面。可是先前都沒有看到老人家，學生也只有我一個，其他都是三、四十歲左右的人。真要說的話，感覺帶給人「不擅長社交」這種印象的住戶相當多。而一〇三號室的向井很顯然就是其中的例外。

總而言之，我就先賭在這個可能性之上了。

我等著偶然相遇的機會，可是那個機會卻遲遲沒有到來，時間就這麼來到八月了。先前看到她都是在早上，所以這段時間內我會特別留意。可是天氣熱成這樣，根本就不會有人來掃地吧。

畢竟對方可是高齡長輩啊。

所以我決定改成鎖定稍微涼快一點的傍晚時段。結果作戰成功了，我終於遇到了那個老婆婆。接下來就看要在什麼時機、又該怎麼搭話了。

她從二樓走廊開始，接著是樓梯、一樓走廊、再到公寓的正面，依序打掃。如果在走廊上談，要是旁邊的房間裡有人在，一定會被聽到的。在樓梯那邊問的話又會妨礙通行。所以剩下的就只有正面那片空間了。

我從門後面探出頭的時候，老婆婆剛好拿著掃把在掃樓梯。等到她的身影消失後，我稍微預估了她打掃完一樓走廊的時間，若無其事地走出房間。

我的心臟跳得飛快。走下了樓梯，結果老婆婆立刻就從一樓的走廊那邊出現了。因為太過突然，讓我嚇了一跳，但我還是趕緊喊了她。

「一、一直以來都麻煩您了。」

樣子很狼狽，但也沒有辦法。幸運的是老婆婆沒有露出不好的反應。

「噢，你是住在二〇三號室的學生對吧。」

「對。您是房東太太嗎？承蒙您照顧了。」

之後想想，當時我的應對應該給她留下了不錯的印象吧。之後我和房東也變得親近許多，只要碰面都會聊上一會兒。但所謂的碰面當然不是偶然，而是我確實精算過的。在星期幾的幾點左右會開始打掃，一開始我就完完整整地問出來了。不能立刻就拋出最關鍵的話題，首先必須要讓關係變得更加親近。

之所以能像這樣長期布局，是因為根據先前的經驗，我能預想在這段時間內應該不會再發生奇怪的事情。我告訴自己，在這個階段焦急就是大忌。但即便如此，我心裡當然還是希望能盡早問問她。

而這個機會來得比預期的還要更早。

那一天的早上，我去了大學所在的街區。除了要採買各種東西之外，先前美堂學姊曾告訴我一間歷史書籍很齊全的舊書店，所以我打算過去看看。另外，我覺得睽違已久的陰天多少能緩解暑氣，這也是原因之一。

搭上回程的電車，然後在住處所在地車站下了車，明明在走到離門沼Heights不遠的地方之前都還沒有跡象，但此時此刻，漆黑的烏雲已經開始鋪天似地布滿天空。

要下雨啦。

我連忙抱著購物袋開始奔跑。不過才剛踏入門沼Heights的區域範圍，耳邊就響起啪啦啪啦的雨聲。下一個瞬間，一口氣演變成嘩啦啦作響的大雨。先前稀稀落落的小雨點就像是預告的信號一樣。

明明只差一點了。

結果根本來不及。就在我不禁想要放棄的時候……

「同學，這邊這邊！」

我看向聲音來源的方向，只見拿著掃帚的房東婆婆就站在一樓的屋簷下，頻頻對我招手。

我立刻跑了進去，接著驚人的雨聲伴隨著大量的雨水就一齊從天而降。

「真的是千鈞一髮呢。」

房東面帶笑容，對喘著大氣的我這麼說道：

「真的好險啊。」

雖然說是一樓的屋簷，但其實就是二樓走廊的正下方。如果可以從這裡直接往上走的話就能進屋了。可是，這裡的樓梯蓋在建築物的外側，而且上方還沒有頂蓋。就連二樓的房間也都只有少得可憐的屋簷遮蔽。如果下大雨的話，就算撐了傘也會在打開房門的過程中淋得一身濕。

要順便提一下希望二樓的走廊也裝個屋頂嗎？

我認為是個好機會，但是又隨即吐槽自己現在可不是說這些的時候。因為我們兩個人一時半刻都走不了，感覺很適合提起那件事。而且雨聲很激烈，就算一樓有住戶在家，恐怕也聽不到我們的對話吧。

陪房東持續聊著夏天天氣的話題，我也同時在思考該怎麼切入正題。只不過，無論怎麼聊，內容也大概就是那樣，感覺不管怎麼提起似乎都會很唐突。

這下麻煩了。

就在我絞盡腦汁思考時，終於把天氣的話題告一段落的房東，在那之後突然說出了我求之不得的話。

「這邊的生活如何呀？應該已經習慣了吧。房間有沒有什麼問題呢？」

「沒有。明明房租這麼便宜，房間卻非常寬敞，真是幫了大忙。」

總之，我先隨意誇獎了門沼Heights一番。一邊稱讚、一邊提到這裡住戶不多，接著又再次回到房租便宜這件事，然後像是突然想到似地提問。

「對了，我有好幾次都在半夜的時候聽見奇怪的聲音。我覺得有點傷腦筋呢。」
「是怎樣的聲音啊？」
我盡可能正確地重現那個聲音。
「喔，那個是下雨的聲音吧。」
因為房東回答得一副若無其事的樣子，所以我極力否定。
「那個聲音不一樣喔。即使是在雨勢不像現在這麼大的晚上，我也聽過好幾次呢。」
「不是啦，我說的不是現在下的這種雨。」
「啊？還有其他的雨嗎？」
看著當場愣住的我，房東臉上浮現了淺淺的笑意。
「沒事的。你不必擔心。」
「您的意思是？」
「不會有害的。」
「欸？」
「對大人無害的啦。」
我還是不懂房東她究竟想表達什麼。然而聽到她下面的這句話，我就感受到一股寒意攀上了背脊。

「所以我們這邊才不會讓有小孩的人住進來。」

確實，我從來沒有在門沼Heights這裡看到小孩的身影。因為這裡是套房式的集合住宅，所以也能夠理解，但實際上好像並不是這個原因。

和這邊規模差不多的公寓，從車站那裡到門沼Heights的途中就有不少。稍稍回想一下，在很多建築物前都能看到有小孩在那裡玩耍，而且幾乎都是年紀較小的孩子。可是反過來思考，即便是套房式的公寓，在孩子長大之前要讓一家三口過生活也是很充裕的。

成為中學生、高中生以後，就會想要自己的房間吧。房間的數量增加，房租理所當然也會跟著上升。所以在孩子年紀還小的時候，不就會盡可能住在租金便宜的套房，節儉度日嗎？從這個角度思考，門沼Heights正是相當合適的物件。但即便如此，這邊還是一個小孩都沒有。原因為何？正是因為房東婉拒有小孩的人家入住的關係。

這是為什麼？

我當然會對這點感到疑惑，於是就問了房東。

「先前也有房仲要介紹一對預計從關西那邊搬來的年輕夫婦。他們看了房子之後也很感興趣的樣子，可是我知道他們有年幼的孩子，所以就婉拒了。更早以前也有對來自東海地方[25]的夫婦，雖然孩子的年紀勉勉強強啊，但我還是婉拒他們了。」

25 位於日本本州的中央位置，通常指的是靜岡縣、愛知縣、岐阜縣、三重縣這四個縣。

然而，她只跟我說了這些。臉上依舊帶著淺淺的笑容。

而且後來她開始目不轉睛地盯著我看。就好像是第一次見面那樣，直勾勾地看著我。不，初次見面也好、熟識的人也好，像這樣凝視別人的臉，再怎麼說都太失禮了吧。

「怎、怎麼了嗎？」

就在我覺得有些不爽的時候……

「雖然我不認為這是什麼問題啦，但就是有些擔心。」

房東又說出了不明所以的話。

「您從剛剛開始到底想要說什麼呢？」

即便是我這種人，這時的語氣也稍稍變得強硬起來。雖然說話的對象是老人家，但總覺得有點被人當傻瓜看待的感受。

可是，房東接下來的話又再次讓我感受到了恐懼。

「因為同學你啊，真的很娃娃臉呢。」

看到雨勢稍微變小了，我就形式上向房東行了一禮，然後跑回我在二樓的房間。短短的時間就讓身體都淋溼了，但我一點都不在意。我只想盡早遠離房東，腦海裡想的就只有這件事而已。

進到房間，我把購物袋扔在玄關那裡後，就用毛巾擦擦濕漉漉的頭髮並換了套衣服，然後泡一杯即溶咖啡。

就算和房東聊過了也還是什麼都沒弄清楚。謎團反而還變得更難解了。而且恐懼感也因此增幅，這樣的感覺逐漸變得強烈。

儘管如此，喝過溫熱的咖啡以後，我的情緒也稍微平復了，開始有餘裕能思考一下房東所說的話。

為什麼住在這裡的話會對小孩有害呢？

因為出現在屋頂上的那個東西，會對小孩造成不好的影響嗎？

一〇二號室的那個中學生，就是被那個東西作祟了嗎？

能夠做到這種事的那東西，究竟是什麼樣的存在呢？

為什麼會依附在門沼Heights這裡？

這裡的住戶很少，是因為那個的緣故嗎？

明明知道這件事，房東為何會放著不管呢？

而且，房東跟那個又有什麼關係？

疑問一個接著一個冒出來。但是，所有的事情都一概不明。房東應該能解答這些疑問才對，但是看看她的態度，似乎也沒打算告訴我吧。

不對，那種事情怎麼樣都無所謂。雖然我想知道，但那並不是最重要的問題。讓我格外在意的，是房東最後的那句話。

因為同學你啊，真的很娃娃臉呢。

這是什麼意思？是想表達我的娃娃臉會讓人誤以為是孩童的意思嗎？但根本就沒有這麼一回事。因為我的身高至少是同年齡層男性的程度。再怎麼說，看起來都完全不是會被人用「小孩」來稱呼的年紀。

畢竟對方不是人類呀。

我瞬間覺得自己聽見了房東在耳際低語的聲音。

那天晚上，我開著電燈就去睡覺了。

幾天過去了，依然平安無事。

可是每當夜晚來臨的時候、上床睡覺的時候，我就會覺得很緊張。早知如此的話，我就去找附帶住宿的打工、在暑假期間離開這裡就好了。真是後悔莫及。

但最後落到不得不回這裡的窘境。

我認為自己現在只能相信房東所說的「對大人無害」了。每天晚上就寢時，我都這麼說給自己聽。這才總算確保了睡眠無礙。

那天晚上，我也認為今天平安無事、正準備鑽入被窩睡覺。

恰、沙、恰、沙。

從隔壁的二〇五號室，又傳來了那個聲音。原本都準備要睡覺了，這下腦袋也徹底清醒。因為屋頂上沒有聲響，所以我同時也感到稍微安心了一點。

嚓嚓、嚓嚓。

不明所以的聲音響起，讓我開始焦躁了。也感受到了神經被觸動的不悅感。我忍無可忍了……

咚、咚。

我輕輕敲了牆壁。雖然我很生氣，但當下還是保有不希望把事情弄得太複雜的理性。

咚！

沒想到，另一頭用力敲了牆壁，就像是在回應我的敲牆聲一樣。這完全是意料之外的反應，讓我不禁在床鋪上把身子給縮成一團。

只不過，憤怒立刻沸騰湧現。心裡一把火都燒上來了。

開什麼玩笑。

我想要大事化小，所以敲牆的感覺不過就是「你有點吵喔」的這種程度。但就好像是在抱怨那樣，對方用更猛的力道回敬我。

從床上爬起來後，我換上了襯衫和牛仔褲。眼下這種情況，我就只能直接去找上田埋怨幾句了。

套上拖鞋走到外面去，陰鬱的黑雲覆蓋了整片天空，還吹拂著微溫的風。這片昏暗的景象再加上皮膚所感受到的黏膩感，讓人相當不舒服，情緒也因此變得更加焦躁。

叮咚。

我按下二〇五號室的門鈴。等了一會兒都沒有人回應。

叮咚、叮咚、叮咚。

這次連續按了三次。可是還是一樣，完全沒有任何反應。

假裝不在家嗎？

我的火氣愈來愈大了。實在很想「咚、咚、咚」地用力敲門，但好不容易才克制住。

不要打擾到一〇三號室的向井。

我冷靜地做出判斷，就連自己都感到訝異。不過，對象是上田的話就另當別論了。陷入左右為難窘境的我，突然就握住了眼前的門把。

喀恰。

結果門把被我輕輕鬆鬆就轉開了。好像是沒上鎖的樣子。

但是要隨便開人家的門還是讓我遲疑了。萬一對方報警的話可是會被抓的。話是這麼說，在跟對方抱怨噪音的事情之前，我也不能回房間去。

於是我戰戰競競地打開了二〇五號室的門。

「上田小姐？」

我維持只把頭探進裡面的姿勢，往深處喊了她。

「我是住在你隔壁的。」

雖然想破口大罵，但只能發出低語般的音量。

門後的空間一片漆黑。如果跟二〇三號室的格局相同的話，一進去後就是三和土[26]，走廊從這裡開始延伸。然後一邊是廚房和擺放洗衣機的位置、另一邊是浴室和廁所等兩扇門。走廊的盡頭處有一扇跟起居空間做出區隔的門，應該就是這樣的配置。

「上田小姐，你在家吧？」

眼睛適應黑暗之後，我的膽子也逐漸大了起來。

「這麼晚了還發出奇怪的噪音，我實在很困擾呢。」

我覺得自己就是在這個時候首次意識到不尋常的感受。但因為對方一直沒有回應，所以再次被激起了怒氣，於是那種感覺似乎也立刻就煙消雲散了。

不要以為我會就這樣摸摸鼻子回去喔。

26　混合石灰、沙子、黏土、鹽滷等製成的土間用材料。現多用來泛稱土間空間，即使使用的是混凝土材質或是貼了瓷磚也會這麼稱呼。

是因為開了門又出聲喊人，讓我一解鬱悶的關係嗎？這時我下定決心要走進房間裡。事情演變成這樣，我無論如何都想當面念她幾句。

踏進三和土之前，我一隻手往後撐著門、另一隻手摸索到電燈開關後就按了下去。可是燈沒有亮。開開關關了好幾次，但還是烏漆墨黑的。

門沼Heights的門打開後就無法隨意放手，一旦放開了就會自動闔上。如果在這種情況下讓門關起來的話，門後的這條走廊就會再度陷入黑暗。因為完全沒有能讓外面的亮光進入的縫隙，所以基本上也沒有讓眼睛習慣黑暗這回事。就只會變得什麼也看不見而已。

即便如此，我也不想先回自己房間去拿個東西來頂住門。因為一旦回去了，我覺得自己就再也提不起打開二〇五號室房門的勇氣。

要用拖鞋來卡住門嗎？

在我這麼考慮的時候，就注意到了裝在門板上的U型鎖。這是跟防盜門鏈擁有相同機能的一種輔助鎖。

於是我讓門維持開著的狀態，然後先踏進玄關的三和土空間，接著打開U型鎖再把門關上。這麼一來就出現了十公分左右的縫隙，勉強可讓一些亮光照進走廊。雖然絕對不是充裕的亮度，但是要藉此讓雙眼習慣黑暗應該也足夠了。

「打擾了。」

我對著深處打招呼，脫下拖鞋。一踏到走廊上，臉就撞到了某種東西，嚇得我差點叫出來。用手一摸，才發現好像是掛簾。但因為是以細長的木片縱橫交錯構成的造型，只要亮度夠亮的話應該就能直接看到另一頭。就簾子的功能來說，這不過就是個替代品而已。

當我撥開這個造型奇特的裝飾品、在走廊上又前進了兩三步時……

咦？

先前不經意地察覺到的異常感突然又回來了。

好像哪裡怪怪的。

這個時候我才終於大吃一驚。原本應該要注意到的才對，可是至此之前竟然都渾然不知，這點也讓我倍感衝擊。

三和土那邊完全沒有上田的鞋子。

雖然也不至於會在走廊上擺鞋櫃，但是都沒有看到類似的東西。女生的鞋子應該比男生要多上很多雙吧。話是這麼說，這裡竟然連一雙都沒看到。

……太奇怪了。

我在走廊的途中停下腳步。雖然不知道完全沒看到任何一雙她的鞋子這件事究竟意味著什麼，但就是讓我心裡萌生一種不舒服的感覺。

忍不住想要回頭，但適應黑暗的雙眼又再次發現了一個更顯著的不尋常之處。

原本會在廚房空間看到的鍋碗瓢盆，這裡一樣都沒有。

還有一旁本該擺著洗衣機的空間也是空蕩蕩的。

這副感覺不像有人居住的光景，就存在於這個細長的黑暗世界之中。我依舊不明白這到底代表了什麼，但那種不舒服的感受卻更加強烈了。

我開始流汗了。因為現在是夏天，所以或許這也是理所當然的。然而，我冒出的是冷汗。

打開浴室的門，按下電燈開關，果然還是不會亮。外面的亮光已經照不到這裡了，所以看不清楚裡面的樣子，但是洗髮精、潤髮乳、香皂、毛巾等，這些一般都會擺在這裡的東西一個都沒看見。我也打開廁所的門確認過了，那裡也是相同的情況。

什麼都沒有。

可以稱之為二〇五號室前半部的這個生活空間，沒有絲毫有人在這裡居住的痕跡。

是在過隱居式的生活嗎？

回想起上田那陰鬱的表情，瞬間就做出了這個解釋。但就算真的是這樣，應該也會準備最低限度的生活必需品才對。

可是這裡卻空無一物。

而且，上田每天早上幾乎都是在同樣的時間離開房間，回家時也是一樣。那種每天規律按表操課的模式，無論怎麼看都像是個上班族。

但是，這裡什麼東西都沒有。

一回過神來，在射進黑暗的些許亮光之中，朦朧飛舞的塵埃粒子進入了視野。這條走廊恐怕已經很久都沒有打掃過了吧。所以我在這裡走動才會讓堆積已久的塵埃四處飛散。

這裡到底是……

什麼樣的地方啊。一想到這點，瞬間就陷入了難以忍受的恐懼。寒冷的氣息也從冰冷的走廊地板順著兩條腿一路向上爬。

二〇三號室的隔壁是二〇五號室。這裡是上田這個女性居住的房間。

即使腦袋能清楚理解這一點，但就是想否定自己的感覺。

不對，不能再待在這裡了。

然而，我還是準備伸手打開面前的這扇門。只要確認上田在不在另一頭的房間裡，一切就解決了。不知不覺間，我開始這麼說服自己。只要看到她的人，我就打算什麼也不提、直接打道回府。

舉起一隻手準備敲門，結果還是打住了。我用那隻手握住門把，慢慢地轉動。在門把轉到最後的同時，也把門拉向了自己這邊。

房間裡頭黑漆漆的。外面的光已經照不到這裡了。

一股悶臭味從裡面飄了出來。飄蕩在密閉房間裡面的，是近似霉臭的氣味。接著立即出現腐臭般的味道，讓我忍不住用手掌摀住了鼻子。

是食物什麼的腐敗了嗎？

相較於恐懼，對我來說厭惡的感受還更強烈。

恰、恰、沙、嚓嚓。

那個神祕的聲音在室內響起了。我拚命定睛凝神，但什麼也沒看見。

恰、沙、嚓嚓。

不過，感覺好像是從房間的深處傳來的。但我還是完全搞不懂那會是什麼聲音。

我只將頭越過門，專心地聽著。

沙、沙、嚓嚓。

像這樣直接聽到，總覺得好像就有辦法弄清楚聲音的真面目了。再給我一點時間，我認為自己就能找出真相。

嚓嚓、沙、嚓嚓。

後來，我注意到聲音產生了些微的變化。

嚓嚓、沙、嚓嚓。

聲音往自己這邊過來了。

那個發出聲響的不明之物，正朝著門這邊前進。

在漆黑一片的房間裡，往我的方向移動。

那個就像是在鋪設的木地板上爬著、繼續往這一邊過來。

對方能看到我這裡嗎？

內心突然浮現這個疑問。但是另一邊的東西到底是什麼？

住在這裡的上田。

我不這麼認為。而且完全沒有根據能保證對方就是人類。

那麼到底是什麼？

開始具體想像之後，我的兩條手臂都起了雞皮疙瘩。

快逃。

本能對自己下令了。但這個指令彷彿也同時傳達給對方……

嚓嚓、沙、沙、沙、沙。

聲音頓時加快了速度，朝著這邊進逼而來的氣息也逐漸強烈。

欸……

我的身體反倒因為對面的迅速反應而動彈不得。

沙、沙、沙、沙。

與此同時，對方也持續在靠近。

趕快逃。

這次是我說給自己聽的，但身體依舊一動也不動。

沙、沙、嚓嚓嚓。

聲音幾乎就在面前發生了變化，我也同時感覺到空氣在黑暗中的流動。就在眼前好像能看見什麼的瞬間……

喀恰。

我趕緊關上門。

磅！

有什麼從另一頭敲打了門板。

咚！咚！

然後響起了更大力的敲打聲。

接下來，門把開始被轉動。駭人的觸感傳到了手掌，我連忙用兩隻手重新握好門把。

如果被打開的話就完蛋了。

我雙手使勁、讓門把連半公分都沒辦法被轉動。冒出的汗珠不停地滑過臉頰，一顆顆從下巴滴落。

可是，這種情況下是逃不了的。因為想要離開這裡，當然就必須先將手從門把上鬆開。如此一來，房間裡的那個東西肯定就會打開門跑出來，然後追在身後、逮住想要逃跑的我吧。

我在腦海裡模擬後續的行動。

要從這扇門跑到玄關那邊，再打開門去到外頭。過程中沒有穿上拖鞋的時間，U型鎖就放著不管吧。不對，恢復原樣比較好，這樣門就會自動關起來。那東西還要開門的話，我就能爭取到一點時間。因為我自己的房間沒鎖，可以直接衝進去。進去後我就立刻鎖門，再扣上U型鎖。

感覺有辦法在被對方追上之前就逃回自己的房間。如果有什麼意外的話，應該就是這扇門另一頭的某種東西做出了不同於人類的舉動吧。

就在我拚命思考的時候，居然後知後覺地意識到，經由門把所感受到的那股力量突然完全消失了。

那東西離開這扇門了嗎？

可是，這樣應該會聽到之前那種聲響才對。

想逃走就要趁現在嗎？

無論如何，這都是大好機會。不過，我也開始猶豫到底該冒著發出腳步聲的風險跑起來，還是要躡手躡腳地逃走。

搞不好在我發出腳步聲的瞬間，門就立刻被打開，恐怖的東西就緊接著從裡面冒出來。雖然我有自信能逃走，但可以的話還是不希望被追著跑。可是如果要踮起腳尖通過走廊往回走，又很擔心門不曉得什麼時候會打開。到時候要是能立即做出反應那倒還好，就怕自己會恐懼到全身無法動彈。萬一落到這種下場，那可就沒戲唱了。

還是用跑的逃走吧。

明明做出如此冷靜的判斷，我卻不知為何在雙手悄悄地從門把上移開後，就開始慢慢往後退。眼睛盯著在黑暗中浮現的白色門扉，一步一步緩緩後退。我也做好心理準備，只要那扇門出現一絲一毫要打開的氣息，我就立刻轉身拔腿就跑。

去時容易、歸時難。

《請通過吧[27]》的歌詞在腦海中迴盪著。我從放洗衣機的地方和廁所門前走過，往回走到走廊半程的地方。

還有一半。

我這麼告訴自己後，就發現深處那扇變得極為模糊的門，開始一點一點地開啟。因為實在太暗，所以也無法確定，不過看到那幅景象，也只能認為它被打開了。

怎麼會……

脖子上爬滿了雞皮疙瘩。額頭也突然開始陣痛。我向後退的步伐加快了。其實我是想用跑的，但怎麼也不想背對深處的那扇門。

就在門開到一半的程度時，伴隨著「沙、沙、沙」的聲響，有某個黑黑的東西突然就從房間裡冒了出來。

看起來像是小孩子。不過，當然跟普通的孩子不一樣。搞不清楚到底是哪裡不對勁，但總之就是給人一種扭曲的印象。

那個東西，啪噠、啪噠……朝這裡過來了。明明想要立刻逃跑，但我還是以後退的方式在走廊上移動。

啪噠、啪噠……當我看著那個東西動作僵硬地持續朝著這邊靠過來，才意識到自己弄錯了。

不是小孩子……倒不如說是老人家。

是屋頂上的……那個老婆婆！

在我恍然大悟的當下，我的右腳退到了三和土、身體頓時失去平衡。

下一個瞬間，那個不曉得究竟是不是老人的黑色東西，就以一股從先前的緩慢步伐難以想像的驚人氣勢向我這邊衝過來。

即使就快要跌倒了，但我還是立刻往後轉、打開玄關大門跑到外面。根本沒有移動U型鎖

27 原題為《通りゃんせ》。是一種日本童謠式遊戲。類似其他廣為人知的童謠式遊戲，在一些論點中被認為歌詞裡帶有各種隱喻。

的鬧工夫，直接就衝回去打開自己住處的門，進去後就立刻關門上鎖，然後當場坐了下來。這個過程不知道有沒有經過五秒鐘啊。

感覺門板等一下就會被拍得震天價響，所以我不禁蜷縮起身子。然而，外頭靜悄悄的，一點聲音也沒有。

等到呼吸恢復正常後，我才慢吞吞地進到裡面的起居間。接著我把床墊從床上搬下來，移到二〇二號室那側的書架前，然後身體一橫就倒在上面。

雖然並不是睡得著的狀態，但總之就先讓身體躺下。

隔天，我一早就交換床架跟書架的位置，搞得大汗淋漓。即便只有一晚，我也沒辦法再睡在靠二〇五號室那側的牆邊了。結果就折騰了大半個早上。

中午我要到外面去吃飯時，二〇五號室進入了視野。在炎熱的盛夏陽光照射下看了看隔壁房間的門，感覺昨天晚上的體驗就好像是騙人的一樣。

那不是在做夢。

如果不刻意這麼告訴自己，就覺得一點自信都沒有。心裡明明很清楚那是真真實實的體驗、明明留下深刻的記憶，但自己卻也同時希望那就是一場夢。

現在那個房間裡面會是什麼情況呢？

今天早上，上田也一如往常地出門了，和平時並沒有什麼特別的不同。但其實我不是真的看到本人，就只是感覺到她出門的氣息、聽到聲音罷了。但即便如此，從星期一到星期五，她每天早上幾乎都是重複相同的上班過程，一點變化也沒有。這絕對是無庸置疑的。

到底怎麼回事？

那個像是黑漆漆老婆婆的東西跟上田之間究竟是什麼關係呢？她們一起住在二〇五號室嗎？

怎麼可能。

但要是不可能的話，上田她知道那個東西的存在嗎？而且昨天晚上的老人家跟門沼Heights屋頂上的那個黑色東西會是相同的存在嗎？

或許就是這樣吧。

搞不好上田她就是完全沒有感受到那個就在自己的身邊，所以才能泰然自若地住下去。

我突然很想看看二〇五號室裡面的樣子。

先是裝作若無其事、環顧一下四周，確認附近一個人都沒有。即便如此，保險起見我還是背對門、把手往後方伸出去握住二〇五號室的門把。結果門鎖起來了。

從窗戶吧。

現在已經不是吃午餐的時候了。我回到房間，然後直接前往陽台，隨即看了看周遭，還是沒有人。日正當中，又是這麼酷熱的盛夏，大家都不會在這個時段到外面走動。

走到靠二〇五號室的隔板那邊，我迅速地偷看了一下隔壁。可是窗戶的窗簾被拉上了。原本想看看有沒有縫隙，但是完全找不到。

沒轍了嗎。

就在我準備放棄的時候，竟然察覺到一件難以置信的事。

窗戶是不是開著啊？

而且仔細一看，竟然還是完全敞開的狀態。雖然這實在太不謹慎了，不過可能是因為住在二樓，所以才覺得沒關係吧。

打開是為了通風嗎？

恐怕是覺得如果關起來就去上班，等到回家後室內就會熱得不得了吧。不管是打開一點點還是全開，就沒有上鎖這點來說，其實意思都是一樣的。所以才會覺得讓房間通風還是比較好吧。

從上田那副看起來很神經質的模樣，實在很難想像她的膽子會這麼大。就算是二樓好了，但畢竟還是女孩子自己獨居。雖然附近一帶的治安確實很不錯，不過真的太缺乏戒心了。

雖然對我而言很幸運啦。

因為窗子大開的關係，只要吹來一陣比較強的風，我就能看到室內的樣子了。只不過，我等了好一段時間都沒有起風。幾乎可以說是無風的狀態。

沒辦法了。

我比先前還更謹慎地再次觀察周遭的狀況，確認完全沒有看到人以後，就把一隻腳踩上陽台護欄、費了一番力氣越過隔板。其實我幾乎是從旁邊跨過去，而不是從板子的上方通過的，所以越過這個表現方式或許會有點奇怪。

我的陽台什麼東西都沒擺，但上田這裡可就不一樣了。有已經完全枯萎的大大小小花草盆栽、壞掉的吸塵器、用繩子綁起來的組合式健康器材之類的東西、塑膠水桶和浴室用椅子、以及捲成一團的褪色窗簾等等。所以即使我只是要下到隔壁的陽台都還費了一番工夫。

等到我終於下到陽台，已經渾身是汗了。擦了汗以後我便立刻看了看四周，非常擔心自己現在的一舉一動會不會被人目擊。

不過，依舊一個人都沒有，這也讓我鬆了口氣。可是如果再這樣磨蹭下去，一不小心就會被人發現的。

於是我立刻當場彎下身子，以蹲踞的姿勢靠近窗戶那邊，接著將紗窗稍微打開一點點再掀開窗簾，試著窺探室內的情景。

這是……

映入眼簾的是一個很普通的房間。床鋪、衣櫃、梳妝台、電視、冰箱之類的東西都一應俱全。不見絲毫雜亂的這點也很有女性房間的感覺。位處與走廊交界處的那扇門是開著的，所以也能看見廚房那邊的情況。我盡力睜大眼睛，就看到那裡擺著鍋子和餐具之類的東西。

不是昨晚的那個房間。

話說回來，窗戶也有掛上窗簾呢。這是怎麼一回事啊？難道說大白天的時候，這裡是上田的房間，可是到了深夜就會變化成另一個恐怖的房間嗎？但就算真是如此，那個時候她人又在哪裡？為什麼沒有察覺到變化呢？

我真的想不通。

在那之後是怎麼回到自己房間的，我完全都沒有記憶。回過神來已經是傍晚了，肚子餓得不得了。這時我才終於想起自己沒有吃午餐。

我到車站附近去吃晚餐，回家後沖了個澡，就早早爬上床鋪。總之我覺得很疲倦，所以很快就沉沉睡去了。

直到再次清楚地聽見那個聲音從二〇五號室傳來。

即使我已經把床移動到另一邊，那個聲音還是很大。簡直就像是要讓我意識到它的存在，才因此改變了發出聲響的方式。

或者，應該說是製造聲響來呼喚我。

想到這裡的瞬間，背脊馬上就開始顫抖。接著，彷彿是從某個地方窺探到我的反應，靠二

○五號室那側的牆壁響起了聲音。

咚、咚。

就像是某種暗號，輕輕地敲著牆壁。

咚、咚、咚。

感覺很像是希望別人快點回應，牆壁傳出了溫和的聲響。

我當然沒打算回應它。但是我真的非常在意隔壁房間此時此刻到底是什麼樣的情況。

要再從窗戶那邊偷看一下嗎？

但不巧的是今晚的天候多雲，要在昏暗的情況下闖進擺了各種雜物的陽台真的非常危險。我也很擔心會發出聲響，而且也不覺得一旦落入要離開的處境時能夠迅速回到自己的房間。萬一有什麼疏忽，搞不好就會從陽台摔下去。

從玄關那邊比較好嗎？

可是今晚我不想踏進那扇門的後面。如果這次又沒上鎖的話，我打算透過門縫偷看一下、確認三和土、廚房、走廊等地方是不是跟昨天晚上一樣。

如果完全一樣的話……

那該怎麼辦才好？我自己也不知道。就只能搬家了嗎？我一邊想著這些、一邊來到外頭。

人一站到隔壁房間的門前，我就被一種古怪的感覺給籠罩了。

總覺得很奇怪。

昨天晚上看到隔壁房間內的走廊後，也感受到相似的異常感。可是我無視它、就這麼直接闖了進去，最後碰上了出乎意料的狀況。所以今晚我要仔仔細細地觀察，確認清楚有沒有出現奇怪的變化。

啊，門上面……沒有房間號碼。

我連忙看向自己的房間，就看到上面有橫向排列的「203」。然而我隔壁房間門板上的相同位置，卻是一片空白。

我又看向旁邊房間的門，腦海中浮現出問號。

上面標示著「205」。

二〇五號室是上田的房間。那現在我面前的這扇門又是怎麼一回事？不對，真要說的話，在我住的二〇三號室和上田住的二〇五號室之間，根本就沒有房間啊。

就在我絞盡腦汁思考的時候，突然忍不住喊了出來。

二〇四號室。

我不知為何如此確信。明明不存在，但是現在卻在眼前現身的房間，肯定就是二〇四號室了。那裡面住了那個像是黑色老婆婆的東西。莫非，房東其實知情嗎？

可是，為什麼？

各式各樣的疑問湧現，可是我已經不想去思考了。

我回到房間後就爬上床鋪。無論再聽到什麼聲音，我都決定要徹底無視、努力讓自己睡著。雖然根本睡不好，但總之就先忍忍吧。

暑假結束之前我就搬家了。房東爽快地退了押金和禮金，這讓我非常訝異，不過真是幫了大忙了。畢竟我的父母可不會幫我出第二次的搬家費用。

我想找看看有沒有跟門沼Heights租金差不多的新住處，結果就在距離大學比較遠的某站找到一個有六疊房間的公寓。而且這次是跟「公寓」這個稱呼很相符的建築物，突然就感受到一股落魄的氛圍。

不過，那是個很中規中矩的物件。後來我就在那個公寓的一室持續住到大學畢業。

幕間（二）

一

後來和三間坂秋藏碰面是十月上旬時的事。

在那之前，我完成了《如幽女怨懟之物》的第二部〈女將——半藤優子的陳述〉以及雜誌《GIALLO[28]》要刊登的短篇作品〈如椅人落坐之物〉，還出席了台灣出版社皇冠文化主辦的第二屆島田莊司推理小說獎頒獎典禮，真的相當忙碌。進入十月以後，《幽女》的第三部也要開始動工了。

只不過，那三個故事在這段時間內一直都占據了我腦海中的一隅。而且會在我正在做些完全無關的事情時突然回想起來。不知不覺間，這種有點詭異的體驗也接連不斷地出現。

差不多該跟他見個面聊聊這件事了嗎？

這麼決定後，我就約三間坂到常去的那間啤酒吧喝一杯。之所以會是「喝一杯」而不是「碰面」，是我個人表現出的微弱抵抗嗎？至於是對什麼東西的抵抗就先暫且不論了。

「真的好久不見，一段時間沒問候您了。」

「彼此彼此，你看起來氣色不錯呀。」

睽違半年才又見面的三間坂還是老樣子。我們各自點了偏好品牌的啤酒跟小菜後，就聊起了台灣之旅的事情。

「對了，《如幽女怨懟之物》寫得還順利嗎？」

不過他關心的好像是其他的事，等到話題告一段落時才這麼問我。

「前幾天已經進入第三部了喔。原本我是打算以遊廓客人的視角來寫，不過後來就換成新進作家了。」

「為什麼呢？」

「第一部是花魁、第二部是遊廓的女將，這兩者都是遊廓內部的人物。而且她們都是女性，所以我就打算把第三部設定為外部的人，然後是男性。可是這麼一來，大概就只會是客人啦、或是出入那裡的商人和業者之類的。我認為就他們跟故事之間的連結來說，後者有些難以擔綱重任。前者的話，如果設定成常客，無論跟遊廓還是遊女都能建立比較深刻的關聯性。」

「說得也是。作為第三部的視角，我是覺得相當不錯啦……」

但是有非變更不可的必要嗎？三間坂提出這個問題時的神情，完完全全就是個編輯。

「應該是我覺得原本的設定太過直接寫實了吧。」

「先前聽您說過這次作品的目標就放在這個地方。」

「我認為遊廓和遊女的……可以稱之為生態吧，在第一部已經做了充分的描寫。第二部

28 原刊物名《ジャーロ》，為光文社推出的推理專刊。目前以電子書的形式發行。

則是以不同的角度去詮釋。因此第三部的人物設定就必須是能讓視角跟遊廓和遊女再拉得遠一點、以便能客觀檢視那一切的角色。嗯，我是這麼構思的。」

「可是即使設定為新進作家，他的立場不也是會變成客人嗎？」

「如果直接照著設定的話就會形成這種結果呢。所以我寫了一個戰後把店買下、成為第三間遊廓經營者的女性，作家則是設定成她的外甥。」

「原來如此，如果是作家的話，即使對第一間和第二間遊廓裡發生的事件感興趣，也不會產生什麼不自然的感覺呢。」

「嗯。設定成作家的另一個理由就在這裡。如果設定成一般的客人，姑且不論第三間店所發生的事件，要是還要追溯過去兩間店的事件並進行調查，就會出現動機層面的問題了。為什麼他要熱中到這種程度呢？如果是從遊廓的客人這種立場來思考的話，通常都會希望不要被牽扯進去吧。」

「因為被懷疑跟事件有關，所以為了洗清自己的嫌疑——」

「也是有這樣的設定方式，但這麼一來就非得要刻意讓第三部的視角人物跟事件扯上關係了。」

「這樣就本末倒置了對吧。」

他真的理解得很快呢。

「另外雖然是比較瑣碎的部分，不過第一部是花魁的日記、第二部是女將的陳述，所以第三部我就想採用日記和陳述以外的形式。然後我想到的，就是作家的原稿這種體裁。」

「這種講究，很像老師的風格呢。」

三間坂彎起了嘴角，我也同樣笑著回應。

「說到原稿，我們是不是該來談談你送來的那三個故事了？」

「老師看完三個故事以後有什麼想法嗎？」

因為他單刀直入地問了，所以我也依循自己的感受回答。

「明明就是完全不同的兩個故事，可是總讓人覺得存在某些奇特的相似之處。要說非常相似的話倒也沒有，不過要完全無視的話內心又很猶豫。結果就這麼處在不上不下的狀態，等到察覺的時候，就覺得有些詭異。」

「太好了，跟我一樣。」

見他臉上出現鬆了一口氣的表情，總覺得有些滑稽。但是如果對調立場後再想像一下的話，我就能理解他為何會出現這種誇張的反應了。

「所以，您會怎麼解釋呢？」

話雖如此，他還是滿心期待地探出了身子。真是敗給他了。

「就算你這麼問我，光憑這些素材是不可能給出什麼解釋的吧。」

「但老師應該有一些想法吧?」

三間坂秋藏在這種時候就特別頑固。

「首先能想到的,就是這或許是屬於『Missing Link』的一種吧。」

「那是什麼?」

「直譯的話,意思就是『失落的環節』。原本好像是古生物學領域的詞彙。舉個例子,某種生物被認為是依據第一形態↓第二形態↓第三形態↓第四形態來進行四個階段的依序進化。換言之,第四形態就是現代的姿態。可是,大概從四十多年前開始,有鑑於完全沒有發現進化過程中的生物化石這個事實,進化論也開始居於劣勢——與其這麼說,或者可以認為它不再被當成一回事,當然現在已經被徹底無視了。」

「我懂了。」

他像個懂事的學生般點點頭。

「然而不知原因為何,那個生物就只有第二形態的化石沒被發現。狀況就設定成這樣吧。如此一來,就算該生物的四階段進化再怎麼理所當然,即便想要去證明也變得不可能了。」

「因為第二形態成為失落的環節了,對吧。」

「嗯。只不過,這個詞彙運用在推理懸疑領域時,意義就有點不同了。」

「變成推理的主題嗎?」

「有個常見的例子，就是某個地區發生了連續殺人事件，有好幾個人接連被殺害了。可是被害人的性別、年齡、出身地、居住地、職業到興趣等都完全找不出共通點。」

「這個設定不就像是《如無頭作祟之物》裡面那起由冬城牙城解決的終下市連續割喉魔殺人事件嗎？」

「不，那是無差別殺人事件，所以不太一樣。」

順帶一提，冬城牙城就是刀城言耶的父親，他是個被世人譽為「昭和名偵探」的人物。

「在失落環節類型的推理之中，無論怎麼思考都好像找不出共通點的被害者們，實際上卻存在著意外的連結。這一點會成為這個主題的……可以說是醍醐味吧。比起犯人的意外性，重點更應該擺在被害者們那些不為人知的意外關聯。這就是推理作品中的失落環節吧。」

「您想將同樣的模式也套用在那三個故事嗎？」

看著投來興致勃勃眼神的他，這次我點了點頭。

「如果只是兩個故事很類似的話還可以認為是偶然。可是，當數量變成三個的時候就另當別論了。而且說起從三個故事中隱隱約約感受到的類似之處，就像剛才說過的那樣，即便不能說是非常相似，但也無法用一句不像來全盤否定。最後只會莫名其妙地留下不愉快的感受。這實在很麻煩啊，特別是對我們這種喜歡怪談的人來說更是如此。」

這時我先點了續杯的啤酒再繼續話題。

「我們先來把三個故事整理一下吧。」
我這麼提議後，三間坂就迅速從包包裡拿出筆記本，準備開始做筆記。
「先講時代，第一篇〈從另一邊過來了 母親的日記〉，我認為比較接近現代。」
「因為寫日記的大佐木女士有使用手機和網路對嗎。」
「只不過考量到入手那本日記的經過，就要回溯到好幾年前吧。」
「後來我有再去跟姑姑問了一下，不過還是沒什麼收穫。儘管如此，她倒是有告訴我拿到日記的時間，印象中是五、六年前的事了。」
「你從姑姑那邊拿到日記是在——」
「應該是四、五年前左右吧。」
「也就是說，這篇故事至少是十年前左右、大概是二〇〇〇年前後的事情吧。」
他立刻把這個推測寫進筆記本。
「第二篇的〈異次元宅邸 少年的敘述〉很明顯是昭和十八年以前吧。」
「因為出現了『東京府』這樣的描寫。」
「使用這個名稱的期間是從明治元年到昭和十八年。」
「想從這裡再把年代範圍縮小的話，《少年俱樂部》的《快傑黑頭巾》可以當成線索嗎?」
「我查了一下，《快傑黑頭巾》開始在《少年俱樂部》連載的時間是昭和十年的一月。另外，江戶川亂步的《怪人二十面相》是從隔年的一月開始連載的。」

「意思就是，少年敘述的故事背景是昭和十年到十八年之間——」

「不，還能再縮小一點。從感受不到戰爭的氛圍這一點來判斷，我認為會不會是昭和十年後的兩、三年之間呢。如果當時的《少年俱樂部》正在連載《快傑黑頭巾》的話就很明確，時間就是昭和十年。因為連載一直持續到那一年的十二月為止。」

「只看那個故事相符的部分，應該可以認為是在連載期間……」

「嗯，但是也無法斷定。」

三間坂在筆記本上寫下推定年代之後，就突然投來惡作劇般的眼神。

「話說回來，『異次元宅邸』這個標題用字，是不是不太切題啊？」

「原本是取名為《裂縫女》的，可是這次的主題是『家的怪異現象』吧。」

「其實我從一開始就沒有設定主題。」

「但你的感受就是這樣的。最主要的是，這個故事奇特的部分並不是被裂縫女追趕的時候，而是主角躲進晨雞宅邸倉庫二樓以後的部分，不是嗎？」

「您說得對。對宅邸本身萌生的不協調感……那也是進了屋子後才感受到的某種異空間體驗，算是獨到之處嗎？」

「所以用『異次元宅邸』是沒有問題的。」

「我對於這點並沒有異議。」

如此誠懇地表示自己沒有意見。三間坂這個人真的是個奇怪又有趣的傢伙呢。我心裡這麼想，然後又接著往下說。

「第三篇的〈幽靈物件　學生的體驗〉應該是一九八〇年代到九〇年代初期吧。」

「是因為沒有出現手機跟網路嗎？」

「另一方面是集合式住宅使用了『Heights』這個字，所以可以知道並不是那麼久遠的年代。像是Heim啊、Heights啊、Maison啊、Corpor啊，人們隨意為建築物冠上這些名字也是這二、三十年的事而已吧。即便如此，從內文中也感受不到七〇年代的氛圍。不過這終究只是我的主觀認定。」

「因為這篇就像是那些在網路上到處複製貼上轉發的文章一樣，所以沒辦法去追本溯源。不過從某個地方可以判定最初的文章或許是在二〇〇〇年前後發出的。」

「這麼說來，因為有『距今二十多年前住過的』這段敘述，所以七〇年代末期到八〇年代初期的可能性才會比較高嗎。」

由於他附和了，我便繼續推進。

「接下來是場所。第一個故事是近畿地方的某處，而且好像是大阪、京都、奈良之外的地方——」

「那個姓黑田的町內會會長說過『這裡要說是近畿，其實也算是近畿啦』，所以到底是在哪個縣呢？」

「第一印象會覺得該不會是三重縣吧。」

「但三重縣不是東海地方嗎？而且某些分類法也會歸屬中部地方[29]對吧。」

「法令上是如此，但是考量到歷史背景的話，也可以說它屬於近畿地方。而且即使同樣位於三重縣內，也還是有區分出關西文化圈和東海文化圈。也就是說，它符合『這裡要說是近畿，其實也算是近畿啦』這個說法。」

「那我們就視它為三重縣吧。」

「雖然也不能斷定啦。」

我含糊不清地回答，三間坂便讓我打住、表示「暫且先這樣」，同時在筆記本上寫下「有可能是三重縣？」。

「第二個故事，是除了東京以外的關東某處吧。因為少年的祖父去東京府的親戚家是當天往返。」

「也就是茨城、栃木、群馬、埼玉、千葉、神奈川的其中之一是吧。」

「可是完全沒有能進一步篩選的線索。要說充其量還能做到的，大概就是去調查當時的交通運輸資訊，再從選項裡面的六個縣之中挑出有辦法辦到當天往返東京的地區。而且少年的村

29 本州的中央部分，一般指新潟縣、富山縣、石川縣、福井縣、山梨縣、長野縣、岐阜縣、静岡縣、愛知縣等九個縣。其中也包含了北陸地方四縣、中央高地、東海地方的部分縣市與區域。

子是在六個縣裡的哪一個，也會隨著其解釋而有所變化。」

「調查這個好像也沒什麼意義呢。就算順利的話，應該也只是讓選項從六個縣減少到五個或四個縣吧。」

「大概會是這種結果。」

等我認同後，他才在筆記本上寫了「位於關東某處，不過是東京以外」。

「第三個故事，學生寫到『沒有考上目標志願的老家當地大學，所以落入了離都的窘境』這段，所以可以得知他離開老家所在的東京都，去某間地方大學就讀。」

「至少可以視為離開關東了嗎？」

「從離都這樣的表現方式來看，這樣的思考應該不成問題？」

「接著是房東婆婆，她曾經拒絕過預計從關西和東海搬過來的年輕夫婦，所以可以排除關西跟東海。」

「會不會是關東、東海、關西以外的本州地區。」

「為什麼？」

「如果是在北海道、四國或九州的話，她還會特別這麼提起嗎？」

「因為跟本州分開的關係嗎？」

「嗯，從感受層面去思考的話。」

雖然是非常粗糙的推理，但就是有這樣的感覺。

「話是這麼說，感覺剩下的地域已經沒有辦法再縮小範圍了。」

「感覺上，有沒有可能是東北還是中國地方[30]啊。山陰[31]也有可能嗎？」

「怎麼說？」

「學生有提到後來去讀的那間大學位在遙遠的地方。」

「確實有這段記述呢。」

「然後房東婆婆說的話沒帶什麼方言，我在想這一點是不是能當成什麼線索——」

「啊，確實呢。」

「可是啊，也不知道他回想過去的體驗再寫下來的時候，到底會不會連方言都正確無誤地重現。」

「所以應該要先著重在那個人所說的內容嗎。」

「還有，對體驗者來說，那已經是二十多年前發生的事了。如果大學畢業後又回到東京，學生時代聽過的方言或許都已經忘得一乾二淨了吧。第一個故事，日記中的大佐木夫人的先生說話會出現關西腔，當然是因為那是她的丈夫，而且她自己也是奈良出身的。把熟悉的方言寫下來，可以說再自然不過了。」

三間坂在筆記本上寫下「本州的某處？不過要排除關東、東海、還有關西」之後，接著開

30 由鳥取縣、島根縣、岡山縣、廣島縣、山口縣等五個縣所構成。位於本州的西端。

31 因解釋方式的不同，在區域劃分上也有多種說法。最常見的範圍是鳥取縣、島根縣這兩縣。

口問道：
「關於時代和場所的討論，看來好像派不上什麼用場呢。真是遺憾。」
「真要說的話，建築物的比較也是相同的情況喔。」
我心想還是不要貿然推進會比較好，便說出了自己的想法。
「大佐木家搬入的是位於住宅區裡面的新成屋。少年逃進去的是隔壁村子的大宅邸。學生住的是由A、B兩棟建築構成的門沼Heights裡的其中一間房。條件真的天差地遠呢。」
「發生怪異現象的場所主要是在小孩房和家裡面的陰暗處、宅邸本身、集合式住宅的屋頂和隔壁房間，這邊也是大相徑庭呢。大佐木家跟門沼Heights也只有屋頂上這個部分有出現一致性而已吧。」
「體驗者也一樣。主婦、小孩、學生，同樣差異很大。當然也不存在每個故事共通的登場人物。」
「假設那種人真的存在，以晨雞宅邸的那個孩子來說，到了門沼Heights的時代應該有七十幾歲了。啊，那個房東婆婆嗎？」
「年紀方面相符了，可是晨雞宅邸那個故事裡沒有出現女孩子。真要說的話，應該就只有少年的青梅竹馬加代吧。換成大佐木家的場合，也沒有出現符合條件的女性。」
「好像是呢。」

「不管怎麼思考，三個故事都找不出共通點。」

「就算是這樣，但還是感覺發生的現象似乎有類似的……」

這個時候，我跟他都緩緩望向彼此、一直凝視著對方。彷彿兩個人現在即將要踏進禁忌的領域，所以像是要取得對方的同意那樣交換著視線。

二

「那就進入正題吧。」

「要來比較三個故事中的怪異現象對吧。」

我果斷地點頭回應了三間坂的確認，接著就先針對用詞進行了一番彙整。

「從現在開始，第一個故事的場所是大佐木家、第二個是晨雞宅邸、第三個是門沼Heights，體驗者分別以大佐木夫人、少年、學生來稱呼吧。」

「好的。」

「在所有的故事裡都有的共通要素，就是神祕的聲響吧。」

「大佐木家是家裡面的陰暗處、晨雞宅邸是禁閉之間、門沼Heights是隔壁的房間。聲音是從這些地方傳出來的。」

「只不過，認定那些都是相同的聲音，究竟恰不恰當呢。」

「因為三個人對擬聲的詮釋都不一樣嗎？」

「就算聽的是同一種聲音，擬聲表現會因人而異也是很正常的事吧。所以這個無法當成線索。」

「老師是這麼想的嗎？我覺得也可以逆向思考一下。」

「逆向？」

「例如水龍頭漏水的場合，很多人不都會使用『波噠波噠』、『嘟嘟』、『滴噠滴噠』之類的表現嗎？」

「原來如此。三個人聽見的都是平時就已經聽到習以為常的聲響。所以表現也會截然不同。可以這樣解釋啊……」

即便對三間坂犀利地指出這一點感到佩服，但我還是冷靜地繼續討論。

「儘管如此，也不能將它們視為同一種。所以，我們必須徹底探究神祕聲音來源的真面目，至少必須確認它們存在於三個住宅裡的可能性。」

「要做到確認存在這種程度不是還滿困難的嗎？像大佐木家是在昏暗的地方聽到的，如果那裡真的有什麼東西的話，大佐木夫人肯定會看到才對。」

「確實沒錯。如果聲音本身就是某種怪異現象，以這個情況來說，發出聲音的本體也不會實際在那裡出現。」

「屋頂上的聲響又如何呢?這個剛剛也提到過，是大佐木家和門沼Heights兩邊都遭遇過的現象，就這點來說不是很雷同嗎?」

「無論哪一邊都是某種東西打在屋頂上的聲響呢。而且在門沼Heights的故事中還出現了那個未知存在掉到陽台上的聲音。」

「不過隔天早上學生到陽台看了一下，什麼東西都沒有。」

「因為是只有聲音的怪異現象。」

「這兩者是不是能視為相同的現象呢?雖然兩邊的聲音都還不清楚它們的真面目。」

「我突然想到一個怪異的現象。」

「是什麼啊?」

看他興致盎然的樣子，我心想竟然會這麼期待啊，然後回答。

「不是下雨的雨。」

「啊?」

「學生去找門沼Heights的房東詢問屋頂上的聲響時，老婆婆說『那個是下雨的聲音吧』，但學生否定了這個說法。當時正下著雨，結果房東就說出了『我說的不是現在下的這種雨』這句話。」

「這是什麼意思？」
三間坂滿臉驚訝，於是我就舉了具體的例子來說明。
「你知道一個叫做查爾斯・霍伊・福特、出身於美國紐約州的作家嗎？」
「不認識，是很有名的人嗎？」
「作為小說家並不成功，但是在超常現象研究的領域是先驅般的存在，以此廣為人知。總之他是霍華德・菲利普斯・洛夫克拉夫特[32]在作品中都曾提到過的人物。」
「所以是很厲害的人耶。」
看來提到洛夫克拉夫特的大名對他來說似乎是有效的。
「福特以繼承遺產為契機，放下工作開始埋首於調查。遷居倫敦的時候就是去大英博物館、回到紐約州的時候就是前往紐約公共圖書館。他跑得很頻繁，持續在調查某樣東西。」
「能讓他這麼熱中投入，到底是在調查什麼啊？」
「就是不太可能發生的異常現象。」
「所以才會被洛夫克拉夫特提起啊。」
看著一臉欣喜地表示理解的三間坂，就連我也露出了微笑。
「在福特調查的眾多奇怪現象之中，有一種被他命名為『天空的馬尾藻海』、非常不可思議的類似事件。」

「馬尾藻海，就是指那個通過該地域的飛機或船舶都會突然消失的著名魔鬼海域，沒錯吧。」

「有處被墨西哥灣暖流和北大西洋暖流等四股洋流圍繞的海域，因為漂著馬尾藻這種海藻，所以才被取了這個名字。由於這些漂浮的海藻會聚集在一起，所以好像也被稱為『黏著海』。真的是一個和魔鬼海域很相襯的別名呢。話說，你也知道馬尾藻海啊。」

「小學時代我有讀過給兒童看的相關讀物。」

「所以從那個時候開始，你就對奇怪的領域深陷到無可救藥的地步了。」

「老師也是一樣吧。」

「不，我是到了長大成人以後才完全掉進恐怖領域的世界的。」

「我還以為您要說什麼呢——嗯，就不扯其他的事了。所以那個『天空的馬尾藻海』到底是怎麼樣的現象啊？」

我把能想到的例子都舉了出來。

「一八七六年的美國，肯塔基州的某個鎮有肉片降下。有人鼓起勇氣去吃看看，據說是鹿肉或羊肉的味道。九二年，阿拉巴馬州的科爾柏格的天空掉下鰻魚。九六年，路易斯安那州的巴頓魯治，空中落下了大量的死鳥。裡面摻雜了野鴨、啄木鳥等各式各樣的禽鳥，還有很像金絲雀卻又不是金絲雀的奇特鳥類，讓人感覺非常不舒服。還有個沒那麼久遠的例子，一九七三

32 美國作家，怪奇科幻小說的先驅者之一。其筆下作品的世界觀建構了克蘇魯神話體系，對後世創作影響甚深。

年，阿肯色州的某個高爾夫球場有小青蛙從空中掉了下來。一九五四年的英國伯明罕也曾發生數量驚人的青蛙從天而降的事件。其他最常見的，就是空中有魚掉下來這種事例吧。」

「『天空的馬尾藻海』這個比喻，指的並不是在那裡消失，而是難以置信的東西從那裡冒出來的現象嗎？」

「嗯，真的是很適切的命名呢。」

「福特只收集事例，並沒有特地去討論現象嗎？也就是說，從合理角度去思考的話，也能認為那是一時被龍捲風捲上天空的東西在之後又掉下來而已。」

「這個想法過去就在科學家之間流傳了。那是他們在龍捲風或火山噴發等現象中尋找這種異常降雨成因所做的解釋吧。不過，這些現象中有個非常有意思的地方，就是從天而降的青蛙身上沒有沾附泥巴、魚的身上也沒有纏上海藻。」

「所以龍捲風跟火山爆發的說法就不適用了呢。」

「福特是這麼思考的。在天空的某個地方，存在一個會吸進各式各樣東西的空間。蓄積在裡面的東西，會隨著暴風雨或降雨往地面傾盆而下。」

「那個地方就是天空的馬尾藻海嗎。」

「就算這是事實好了，但為什麼全都是青蛙、或者全都是鳥類，也就是同種類的生物一起掉落呢？還沒辦法說明這一點。」

「這麼一說，就感覺愈來愈詭異了呢。」

「人們經常說無論是山還是海，都仍然存在著人類無從理解的不可思議事物，所以天空會不會也是同樣的情況呢。」

「截至目前為止，我都還沒思考過這種事情呢。」

「柯南・道爾有一部怪奇短篇作品《*The Horror of the Heights*》，我第一次讀的時候就覺得著眼點實在很厲害。」

「雖然我很想聽聽關於那部作品的事，但現在還是先言歸正傳吧。」

「你難得這麼自制耶。」

「因為我不是刀城言耶啊。」

三間坂一臉正經地回應。

為了蒐集各地的奇聞怪談而旅行日本各地的刀城言耶，有個只要聽到自己不知道的故事，就會渾然忘我到失控的壞習慣。雖然還不至於那麼嚴重，但我和三間坂都擁有類似的毛病。即使對象是還沒看過的小說或電影，本質也是一樣的。

「這個題材感覺也可以用在刀城言耶系列。」

「因為雖然是合理的解釋，但怎麼想都覺得不可能嗎？」

「但在那之前，謎團本身也太過籠統了。明明是三個不同的故事，卻不可思議地存在類似的地方……到底為什麼呢？要是被問了這樣的問題，就算是刀城言耶恐怕也會傷透腦筋吧。」

「所以老師的意思是，您對於我提出的這個問題也覺得相當困擾嗎？」

「不會，倒不如說還樂在其中呢。」

「我想也是。」

此時我們兩個人詭異地相視而笑，然後才終於回到原本的話題。

「意思就是，大佐木家和門沼Heights的屋頂上，都降下了跟雨水不同的另一種『雨』嗎？」

「雖然缺少可以斷定的線索，不過我認為這個可能性很大。」

「那個到底是什麼雨啊？」

「石頭吧。小石頭雨。」

「小石頭從天上劈哩啪啦地落下……如果是這樣話，跟大佐木夫人和學生表現的擬聲語也完全搭得起來呢。」

「因為下石頭雨跟下魚雨同樣都不是罕見的例子。」

「可是，為什麼大佐木家和門沼Heights會下起小石頭雨呢？」

「我說啊——」

我用訝異的表情和聲音回應他。

「如果能釐清這一點的話那可就省事多了。因為至少三個故事裡，跟其中兩個相關的謎團已經開始被解開了。」

「老師說得沒錯。」

三間坂點頭同意。

「石頭雨這個現象，突然讓我聯想到超能力或是念力呢。」

「念力嗎？據說那類事例大多是由青春期女性所引發的。當學者們造訪鬼屋之名被傳得甚囂塵上的人家，調查的結果大多都顯示所有異常現象的根源，其實就在那家孩子裡的少女身上。」

「但是最後幾乎都會發現如果不是詐欺、就是小孩子的惡作劇。」

「嗯。大佐木家確實有個三歲的女孩，但門沼Heights則是一個小孩都沒有。」

「一〇二號室那個中學生當天只是碰巧來玩而已吧。所以其實不是石頭雨嗎？」

「雖然這是現階段最符合的解釋……」

「少了小孩這個條件，再怎麼樣都很難說得通。」

「總之這個先保留吧。」

還以為他肯定會很灰心，結果又把話題轉到另一種聲音去了。

「大佐木家是從小孩房的牆壁和家中陰暗的地方、晨雞宅邸是從禁閉之間、門沼Heights是隔壁的房間，這些地方都傳出了未知的聲響。關於這個部分也存在類似石頭雨那樣的案例嗎？」

「很遺憾，在我的認知裡是沒有。要不要把這些聲音都視為相同的，這個問題還是必須好好思考一下呢。」

「就我的感覺是一樣的。」

「其實我也是這麼想。而且聲音分別是從大佐木家的陰暗處、晨雞宅邸那近乎暗處的禁閉之間、還有門沼Heights漆黑的隔壁房間裡傳出來的。共通點就在於出現聲音的地方全部都是黑暗的場所。」

「三個人使用的擬聲沒有相似之處嗎？」

「某個東西在移動，然後拖行……類似這種感覺吧。不過做出這種舉動的到底是什麼東西，那就不得而知了。」

「大佐木家的情況應該是小清做的吧，晨雞宅邸會不會是裂縫女呢？至於門沼Heights，感覺不是隔壁那個姓上田的女性。能想到的聲音來源真的是各有不同呢。」

「雖然這有點跳脫聲音的討論，但你不覺得晨雞宅邸裡那個禁閉之間，跟門沼Heights不存在的二〇四號室在某些地方有點相似嗎？」

「對，很有這種感覺。」

是因為即使在無意識之間領悟到、卻又無法明確理解的相似之處被我點出來以後，自己也因此再度察覺到這點了嗎？只見三間坂顯露出強烈的反應。

「您覺得這兩個房間到底是怎麼回事？」

「雖然不過就是種感覺罷了，應該是……封印不祥之物的空間吧。」

「禁閉之間就如同它的字面意義，關得緊緊的無法進入，那二〇四號室為什麼可以那麼容易就進去呢？」

「說到底，二〇四號室原本就是個不存在的房間。至少在普通住戶的眼裡是絕對看不見的房間。只不過，因為那個學生察覺了門沼Heights的怪異現象，二〇四號室才會因此出現在他房間隔壁也說不定。」

「從二〇四號室這個房間號碼，可以知道它原本是位在二〇三號室和二〇五號室之間——不對，實際上它並不存在，但是不是能判斷當初有人在門沼Heights興建時下了咒術呢？」

「這或許可以當成一種解釋。」

「如果同樣的事情在晨雞宅邸的案例也說得通的話，會是什麼情況呢。」

「你是指禁閉之間嗎？」

「對，還有，如果封印在那兩個房間裡面的某種東西實際上根本就是相同的存在，事情又會怎麼發展？」

「就算時代和場所都天差地遠的不同住宅，或許都發生了相似的異常現象。」

「沒錯吧。要是把大佐木家小孩房的牆壁裡面……正確來說應該是壁紙裡面也算進去的話，三個故事就連結在一起了。」

「聚焦在『封印了某種東西』這個印象的情況下，小孩房的壁紙裡面也很符合就是了……」

「太牽強了嗎？」

「與其說是牽強，倒不如說大佐木家那個叫小清的孩子、晨雞宅邸的裂縫女、門沼Heights的老婆婆等，這幾個被懷疑是問題始作俑者的真面目都還是天差地遠。」

「另一方面，在大佐木家的案例中，悠斗曾經用手按著額頭、說了『從這裡，進得去嗎？』這句意味深長的話。門沼Heights的案例，學生也感覺額頭在痛。您不認為這些其實是在暗示晨雞宅邸那個裂縫女額頭的裂痕嗎？」

「確實可以這麼理解。只是光靠這條線索就把這三者都視為相同的情況，會不會有點勉強呢。而且我們也無法得知晨雞宅邸那個禁閉之間裡到底是不是封印了裂縫女。因為她有在祈願之森出現，所以應該要判斷她是可以自由行動的吧。」

「……老師說得對。」

這次三間坂失落地垂下了頭。雖然我也不是要幫他打氣，但還是立刻推進話題。

「在我讀第三個故事的時候，有一個類似的地方讓我非常在意。」

「是什麼？」

他迅速把頭抬起來。

「格子。就是格子門或格子窗的那個格子啊。」

「裂縫女在晨雞宅邸唱了歌。是在那些奇怪的歌詞裡出現的那個格子嗎？」

「嗯。然後少年也像歌詞的內容那樣、抓起了收在柳條箱裡的那件有著障子門格子圖案的和服。」

「那個到底是想表達什麼意思？」

「實際的情況我並不清楚。可是少年的命運就好像被裂縫女掐在手中，讓人感覺很不舒服。」

「我也這麼覺得。不過，其他兩個故事有出現格子之類的東西嗎？」

雖然他頻頻歪頭思考，但這個方向並不是毫無道理的。

「大佐木家小孩房的壁紙上畫了牧場柵欄、客廳窗簾上面也印有看起來像是柵欄的圖案。這些看上去不也像是格子狀嗎？」

「……有道理。」

即使開口附和了，但感覺他還是無法接受。

「門沼Heights的二〇四號室，從三和土要踏上走廊那邊的地方掛了一張奇特的簾子。那張簾子的樣子是由細長的木片縱橫交錯構成的。另外還有陽台那邊的窗戶玻璃，外側也縱橫貼上了細膠帶。」

「看上去就像是格子的簾子和窗戶上的膠帶……」

「我覺得大佐木家的故事令人感興趣的地方，就是小清絕對不會從柵欄的另一頭跑到這邊來。這種情況，不就像是被封印了嗎。」

「晨雞宅邸那個禁閉之間，還有門沼Heights的二〇四號室都……不對，可是門沼Heights的怪事是發生在屋頂上面啊。」

「這只是我的推測而已，二〇四號室的牆壁上會不會畫了象徵格子的圖案呢？玄關處掛有簾子、牆壁畫了格子圖案、窗戶上貼著膠帶，事發房間的四邊都被格子給包圍了。所以那個東西才沒辦法在隔壁的二〇三號室出現。只不過，室內還是有沒出現格子的地方。」

「是天花板吧。所以才會跑到屋頂上。那地板的情況呢？如果什麼都沒有的話，不是可以認為下方的一〇三號室也會發生同樣的奇怪現象嗎？可是從那個姓向井的住戶身上並沒有感受到那種感覺。」

「因為是室內地面，地板肯定鋪了木板吧。或許是排列方式呈現出縱橫線條，因此發揮了格子的功用也說不定。另外，雖然二〇四號室是個不存在的房間，但還是可以視為位在二〇三號室和二〇五號室之間。只不過，我們到底該判斷它是位處一樓哪間房的上方才對，這個問題實在很困難。」

「老師說得對——」

但此時的三間坂臉上浮現出難以言喻的表情。

「不過思考的對象是怪異這種東西，總覺得這樣的解釋太過理性了……」

「嗯，我知道你想說什麼。可是啊，即便對象是不合理的存在，要是我們也採取非理性應對的話，就不會產生任何結果、也完全無法往前推進。」

「這……確實沒錯啦。」

臉上露出了似是理解又好像無法理解的曖昧神情後，他就像是要轉換心情似地開口。

「也就是說，這三個故事裡的失落環節，就是格子嗎？」

「不，我並不是那個意思。」

「可是比起那些感覺很相似的聲音，這一點不是更加明確嗎？」

「沒錯，就是這樣。所以作為銜接三個故事的共通存在，我認為必須要把關注放在格子上才對。」

「但是它並不是失落的環節嗎？」

三間坂看起來很訝異，我也因此反省自己的說明出現了不夠充分的地方。

「當我們理解真相的瞬間，在此之前看起來七零八落的事件就一口氣連結起來了——所謂的失落的環節就是這樣的東西。所以如果是連續殺人事件的場合，就意味著隱藏在被害人之間的意外關聯性。」

「那麼，換成這三個故事的場合就是……」

「明明是完全不一樣的故事，但為什麼會發生感覺很類似的怪事呢?我們要弄清楚其中的原由。」

「這、這樣不是很棒嗎！」

見他直率地表現喜悅，我反而有些慌了。

「你先等等。我的意思並不是肯定會存在失落的環節。因為或許我們最後也不得不得出一個結論，就是這些都是七零八落、毫無關聯性的故事。」

「您說得當然沒錯，但不管是老師還是我，都意識到這三個故事之間存在著奇妙的共通性。靈光一閃之後，就判斷這其中肯定有什麼蹊蹺。」

「喔，嗯，是沒錯啦。」

「這樣的話，即使可能性很低，但我們還是有機會找出失落的環節，不是嗎？」

討論怪異等不確定性的現象時，三間坂這個人就會變得很積極。這個時候，我心中同時摻雜著愉快和畏懼的情緒。話雖如此，站在對方的立場，肯定也會體認到我跟他是很相像的類型。

「你說得對。好，我知道了。」

這麼一來，我也徹底奉陪到最後吧。

「像這樣相互較勁也可以說是為了進行相關的討論。為怪談賦予某種解釋什麼的，原本是件庸俗的事。那種行為根本不解風情。但現在這種情況就另當別論了。不如說只要去尋找尚未被發掘的失落環節，或許隱藏在幕後的真正怪異現象就會露面了。」

「欸……真正的怪異現象。」

「雖然不能肯定那種東西到底是不是真的存在，但這麼想的話應該會比較有趣吧。」

「沒錯。」

雖然他彎起嘴角一笑，但是當視線落在筆記本上以後，口中又吐出微弱的呢喃。

「可是……嗯。到目前為止所討論出的結果，時代也好、場所也好、體驗者也好、關係人也好，全部都是凌亂分散的狀況。關於最關鍵的怪異部分，也只是釐清它們之間很相似，不過就是這種程度罷了。能稱之為共通點的，就是三個建築物似乎都封印了某種東西，還有與其密切相關的『格子』這個關鍵字而已。即便如此，我們兩個還是都不明所以地感覺到這三個故事之間好像存在著難以釐清的連結。簡單歸納之後，就是這樣的結論。」

「現在再次聽到這些，就讓我更加體會到我們兩個採取的對策到底有多麼欠缺考量。」

「接下來，您有打算採取什麼方針嗎？」

「一樣。就是找出共通點。」

「可是……」

三間坂的視線又再度落在筆記本上。他的樣子，看起來就像是在暗喻要找出比目前更多的共通點是不可能的。

三

看向低垂著頭的三間坂，我若無其事地問他。

「思考一下截至目前為止的討論，假設這三個故事的怪異現象都是相同的，首先應該要先想到的是什麼？」

「還是只有存在哪些共通點而已吧……」

「要是那個共通點就是某個物品的話呢？」

「啊，對耶！」

他猛然抬起臉。

「那個東西就會成為媒介——」

「把相同的怪異現象傳播到其他的場所。」

「原來如此。要是那個最關鍵的東西移動的話，依附在它上面的怪異也會一起同行嗎？」

「不過，這次我們打從一開始就已經知道時代跟場所是有差異性的。因此，其實是同一個物品這種單純的想法就完全沒有被想到。嗯，這也是沒辦法的事啦。」

即使還在聽我說著安慰的話語，他已經從包包裡拿出了〈從另一邊過來了〉那篇母親的日記，然後趕緊翻了起來。

「這個怎麼樣？」

好像是立刻就發現什麼了，他邊說邊用手指指著日記的某一處。

「大佐木家要搬家的時候，女兒夏南從先前住處附近那兩戶熟人的祖母那裡收到了餞別禮物。這兩戶人家都有跟夏南年紀相仿的孩子，而且母親們也都有往來。」

「其中一人好像送了人偶對吧？」

「武內家是新娘人偶，佐伯家是手鏡和梳子。」

「這真的只能說是果不其然呢。」

在怪談的世界裡，自古就流傳著被稱為古物怪談或古董怪談的故事。前一個持有人的記憶——大多是對物品抱持的強烈執著——殘留在鏡子或梳子等物品上，然後為買下或得到它們的人帶來了災禍。就是這樣的故事。以寶石為首的裝飾品，還有櫃子、鏡台等家具、穿在身上的衣物等，會引發靈障的東西相當多樣化。換言之，將意念灌注在物品上的幾乎都是女性。這個「事實」也喚起了更深一層的恐懼。

三間坂秋藏當然也具備這樣的知識。所以他對我這句意味深長的話也立即做出了反應。

「要說這個答案太普遍倒也沒錯，不過也是因為這樣才更有可能。」
「母親問了搬家後就開始自言自語的女兒是在和誰說話，那時她說是新娘人偶。」
「沒錯。」
「日記讀到那個地方的時候，就讓我有種那是不是小孩子想蒙混過去的感覺。」
「蒙混嗎？」
「夏南或許是想隱瞞小清的存在。至少一開始是如此。」
「因為是祕密的朋友嗎？」
「或者是小清要她保密。」
三間坂臉上浮現了驚訝的表情，但隨即又恢復原樣。
「在晨雞宅邸的故事裡，少年逃到倉庫的二樓，那邊擺了大量的長持，裡面有放人偶、放鏡子、還有放梳子的。」
「在同一個長持裡面放進數量多到驚人的同一種東西，從這點就能看出對每個物品的強烈執著呢。」
「抱有這種意念的，會是那個裂縫女嗎？」
「光靠那篇的文本來判斷的話就是這樣吧。只不過，裂縫女到底是什麼人物？那麼多的東西為什麼後來會流散各處？所有的東西、每一件都被灌注了駭人的意念嗎？它們又是經過什麼途徑輾轉來到武內家和佐伯家的祖母手上呢？那兩戶人家都沒有發生過什麼嗎？無法理解的事情還是堆得跟山一樣高呢。」

「武內家和佐伯家都發生了異常的事件，為了擺脫燙手山芋才把東西推給大佐木家，或許可以這麼判斷啦……但考量到不管是母親們還是孩子們的交情都很好，又是兩家的祖母把東西送給夏南的，所以會不會有些牽強呢？」

「倒不如說那兩家什麼事也沒有。但因為大佐木家一次收齊了新娘人偶、手鏡和梳子，所以才因此發生了詭譎的現象。這個解釋更明快俐落吧。」

「原來如此。」

因為他露出了笑容，所以我趕緊繼續往下說。

「只不過，無論是新娘人偶、手鏡還是梳子，在門沼Heights那個學生的房間裡一件都沒看到不是嗎。」

「……好像是這樣沒錯。」

雖然三間坂這麼回應，但還是邊翻閱印著〈幽靈物件〉內容的稿子邊確認。

「真的沒有。」

「因為不管是哪一樣都跟男學生無緣吧。」

「原本覺得找到一個很棒的突破口，但結果還是落空了嗎。」

情。

雖然我很猶豫該不該再讓沮喪的他重拾淡薄的期待，但還是說出了一件令我有些在意的事

「雖然是我天馬行空的推測而已，不過有個東西讓我覺得它會不會就是三個故事之間的共通存在。」

「是什麼啊？」

三間坂立刻就上鉤了。

「大佐木夫人的日記中寫到，搬家後她在古董店買下一個有很多小抽屜的高聳五斗櫃。」

「嗯嗯，是有這段記述。」

「她好像只覺得那是個有點與眾不同的櫃子，但我想那個會不會是藥櫃呢？」

「所以才會附那麼多的小抽屜吧。」

「那種藥櫃在晨雞宅邸倉庫的一樓也出現過。」

他立刻開始查詢晨雞宅邸那部分的稿子。

「找到了。這裡清清楚楚地寫著『高聳的藥櫃』。因為這跟普通的五斗櫃不一樣，所以兩者是同一件東西的可能性——」

三間坂這時唐突地閉口，然後又翻開了〈幽靈物件〉的稿子，不安地說：

「話是這麼說，那麼男學生不是也應該要跟這東西牽扯上關係嗎？」

「學生的體驗談裡面就有一段能夠這麼解釋的記述喔。」
「在、在哪裡？」
「你翻太後面了，在更前面的地方。」
三間坂又從第一頁開始重看，立刻就發現那個部分了。
「是這裡吧。『其他必要的生活家具全部都是在這裡買的。而且附近有間大戶人家剛好丟了大型垃圾出來，他們不要的東西裡面就有雖然很老氣但還很堪用的桌子和櫃子等物，所以我就偷偷搬了回來』，有這麼一段話。」
「那個櫃子就是『高聳的藥櫃』，如果判定它們全都是同一個的話，三個故事就串聯在一起了。」
「喔喔。」
他像是不經意地大大呼出一口氣。不過，緊接著就突然換上思索的表情。
「假設真的是這樣，那個五斗櫃不就是年代相當久遠的東西嗎？」
「若是把晨雞宅邸那篇故事的背景視為昭和十年的話，到了大佐木夫人買下櫃子的時候，應該已經過了將近六十五年了。」
「所以，果然不是……」
「不，那倒也未必。晨雞宅邸在當地應該也是有權有勢的人家。所以家具擺設肯定也會使用上等貨。如果櫃子是由技術紮實的專業家具職人製作，並且有經過妥善的維護，用上個一百年應該也不是什麼難事吧。」

「剩下的問題，就是場所了。」

三間坂確認筆記本後又接著開口。

「大佐木家應該是在三重縣，晨雞宅邸可能是東京以外的關東某處，門沼Heights則是關東、東海、關西以外的本州某處。這是我們大致的推測。」

「完全是毫無章法呢。」

「儘管如此，那個櫃子還是被帶到各地……」

「雖然並不是毫無可能，但有點難度。」

「除非能發現新的事證來支持這個可能性，不然感覺確實太勉強了。」

宛如要對意志消沉的他窮追猛打，我又繼續說下去。

「而且仔細想想，如果是擁有百年歷史價值的櫃子，即使是在古董店買的應該也要價不斐吧。對於剛買下獨棟新成屋的大佐木家來說，手頭會這麼寬裕嗎？」

「認為沒有好像比較恰當呢。」

「還有學生那篇也有個問題。這麼氣派的櫃子，無論有什麼理由，會這麼輕易就被附近人家當成大型垃圾丟出來嗎？」

「不，我覺得他們不會丟掉吧。」

「對吧。」

此時，我們兩個幾乎在同一個時間垂頭喪氣地攤在椅子上。

「所以，它們果然是完全沒有任何關聯、各自獨立的故事嗎？」

「喜愛怪談異聞的作家和編輯想盡辦法要將它們建構成擁有關聯性的同一個故事。經過一番惡戰苦鬥，最後以慘敗告終。」

「最後得到的是這種結果嗎？」

問了三間坂想點什麼後，我先追加了續杯的啤酒。因為一直說個不停的關係，現在喉嚨渴得不得了。

就像是一場安慰他的聚會那樣，我用剛送來的啤酒輕輕地跟他碰杯，然後一口氣咕嘟咕嘟地喝掉三分之一左右。好不容易感受到自己重新活過來之後，我開口了。

「三個故事有某些地方很相似……讓我們這麼認為的最大理由，應該就只是一種感覺而已吧。還有，那會不會是喜歡怪談的我們特有的嗅覺反應呢？就連發現格子這個奇妙的共通點，現在看來感覺都像是後來才添補上去的。」

「那種抽象的感覺——雖然沒辦法適切地表現，但我心裡很清楚。看第一個和第二個故事的時候，我都實際感受到了。」

「說到抽象，不管是少年還是學生，都把怪異的存在稱為那個。明明晨雞宅邸的故事中就有裂縫女這個名字、門沼Heights的故事裡也確認過樣子就像個老婆婆，但是他們兩個人都用了那個這種表現方式。這會不會是襲擊他們的怪異，就是完全來歷不明、莫名其妙的詭異存在的證據呢？但就算這麼說，這也不能證明兩個人體驗的根源就是一樣的。可是，我覺得自己在這些地方無論如何都感受到相同的恐怖氣息。大佐木夫人之所以沒有記下這些，就是因為她沒有直接親眼看到某些東西吧。」

「只能用『那個』來稱呼的存在……嗎？」

他一臉不快似地迅速把視線從我身上移開，愣愣地嘟囔著。

「起初我們在談這三個——不對，在談前兩個故事的時候，老師您下意識地閃避了吧？」

「……嗯。」

雖然我對於爽快承認是抱持抗拒感的，只是無法斷然否定的情緒也很強烈，於是便曖昧地點了頭。

「那個時候您是怎麼了？在那之後有釐清什麼嗎？」

「……這個嘛。」

我再次態度曖昧地搖了搖腦袋，即便如此，我還是想試著說明自己感受到的那種奇特的不安感。

「之所以會迴避聽那些故事，我認為是我覺得自己不會單純享受完故事……然後就這麼結束了。不過我也沒有什麼根據。只不過，我想自己多少也被『盡量別去聽』這種不安感給束縛了。」

「當下的時間點，說穿了就是毫無來由的不祥預感嗎？」

「如果要找一個最接近的表現方式，就是那樣吧。」

「看完第三個故事之後，您覺得如何？」

「那個——」

才剛說出幾個字，我立刻就語塞了。完全不曉得該怎麼表達會比較好。到最後實在沒辦法了，於是我就姑且直接說出自己的感受。聽的人是三間坂秋藏，我覺得他一定有辦法理解的。

「我還是沒辦法好好詮釋，但我覺得自己好像知道了什麼……」

「即視感嗎？」

「嗯……可是，這三個故事原本就是感覺有些類似，但好像又並非如此，屬於很不明確的類型。不過，當我思考自己是從其中的哪個部分察覺到即視感的時候，就覺得又有些不同……」

「這種感覺真的很妙呢。」

「最有可能的情況，就是我過去曾經讀過跟那三個故事很類似的另一個故事，或者是從某個人那裡聽來的體驗，但後來我卻忘記了。」

「意思是或許有第四個故事嗎？」

我對突然顯露興致的他感到抱歉，緩緩地左右搖頭。

「可是，不管我怎麼想都想不起來，還覺得或許不是這樣吧。說是這麼說，但也不是過去讀過的小說裡面有出現類似的內容……」

「不是某個人經歷過的怪談故事，也不是作家創作的小說，這樣的話——」

三間坂像是突然進入了思考狀態。

「會不會是參考文獻啊？」

「怎麼會。」

「老師經常閱讀民俗學相關的書籍吧。」

因為我從編輯時代開始就很喜歡，成為作家之後為了獲得創作的靈感，所以也會買些感興趣的書籍。他當然也很清楚這一點。

「那些參考文獻收錄了書籍作者去進行田野調查時蒐集到的當地怪談奇聞，有沒有可能在那之中就有跟那三個故事很類似的民間傳說呢？」

「地方的傳承嗎。」

「對。基於這個原因，老師就沒有把那個故事視為怪談了。可是它還是留存在記憶的深處，然後因為接觸到那三個故事，沉睡的記憶就受到刺激了。但是又不到足以回想起來的程度，所以才會感覺到奇妙的即視感。」

「這個解釋很出色喔。」

被我如此直率地誇獎後，欣喜的三間坂低頭行了一禮。

「真的是很有說服力的說明。可是——」

我一接著說下去，他的臉上就出現了困惑的表情。

「不侷限於民俗學相關的書籍，即使是閱讀小說以外的書，只要出現自己感興趣的內容，我都會做筆記。碰到地方的民間傳承或傳說等場合也都是這樣處理。我會在還沒有忘記的時候，把書名、頁數還有簡單的關鍵字記下來。」

「即使回去翻閱那些筆記，還是沒有跟那三個故事類似的傳承或什麼的嗎？」

「很遺憾。」

「可是啊，就算感受沒那麼強烈好了，如果還是有出現讓人不禁感到在意的故事……」

「我無法否定這個可能性。可是，只要我感到在意的話，哪怕只有一點點應該也是會記錄下來的。要是我沒這麼做的話，就表示即便真的出現那樣的故事，最後還是被我直接略過了。要說即便在這種情況下卻還是感受到了些微的即視感，這似乎不太可能吧。」

「所以或許也能判斷是因為被直接略過了，所以老師才沒辦法確實回想起來嗎——我這麼思考會不會太過勉強？」

「不過，你提到有沒有可能是參考文獻這一點，我覺得是很不錯的切入點呢。」

「欸？」

雖然還是不知道該怎麼跟一臉困惑的三間坂說明才好，但我接著開口了。

「雖然不是參考文獻，但或許是很類似的東西也說不定。不管怎樣，我都會在《幽女》寫一寫想喘口氣的空檔去資料室翻一下。」

「好的。那接下來，我這邊打算盡可能去找看看還有沒有其他類似的故事。」

「還會有類似的東西嗎？」

我很訝異，他則是用認真的語氣回道：

「明明是毫無關聯性的故事，但不知為何在怪異現象的部分卻很類似。我覺得這樣的事例在此之前都沒出現過。至少就我所知的範圍內是這樣沒錯。」

「我也一樣。」

「這麼一來，不是都會想徹底查查看還有沒有其他的例子嗎？」

「因為身為獵奇愛好者的血液正在沸騰的關係嗎。」

我咧嘴一笑，但三間坂依舊是一臉嚴肅。

「如果除了現在既有的三個故事之外，又找到幾個類似的事例，老師不覺得就能編輯成一本相當獨特的怪談作品嗎？我很重視這件事，所以能多問就盡可能多問，只要一有機會就拜託大家，若是知道類似這種內容的故事請務必要告訴我。」

「原來是這麼回事啊。」

驚訝的同時也覺得很感動。因為我後知後覺地意識到，在我們兩個進行討論的過程中，他同時也以編輯的身分在探尋企劃的可能性。

感覺好像看到了過往的自己啊。

想著想著嘴角也彎了起來。當然，跟編輯時代的我相比，三間坂秋藏作為一個編輯可說是極為優秀。這一點是無庸置疑的。所以我才會光是發現有一點相似的地方就不禁感到喜悅吧。

「如果這個企劃有付諸實行的那一天，還請老師務必要擔任監修。」

因為他誠懇地低下了頭，讓我有些慌了。

「這麼重大的任務我承擔不起啦。」

「那麼，解說就麻煩您了。」

「……可是啊，我們一路徹底討論的結果就是現在這種情況。感覺寫不出什麼解說吧。」

「為了讓這個企劃成立，就必須收集更多的例子。所以肯定還會出現能做出不同解釋的空間，不是嗎？」

「也是呢。只要能確定彼此都會把蒐集故事的所有資訊完完整整地告訴對方。」

「老師這句話聽起來好像是在暗示什麼呢。」

因為三間坂一臉訝異，於是我便帶著淺笑問他。
「關於第二個故事〈異次元宅邸〉，你不是還有什麼事瞞著我沒說嗎？」
「啊，原來是這個呀。」
他像是完全忘得一乾二淨似地抓了抓頭。
「雖然一開始就說出來也沒問題，但我覺得這麼一來，老師或許就沒辦法毫無罣礙地讀那篇體驗談了。」
「這句話別有深意呢。」
「就連我自己也是看過故事之後才得知那個事實的。」
「所以你就判斷之後再讓我知道應該會比較好嗎？」
「是的。不過，您都這麼說了——」
「不，沒關係。」
因為我拒絕了，三間坂看起來很驚訝，但他的臉上立刻現出了笑容。
「您好像已經明白了呢。」
「你太高估我啦。單純只是現在時間也晚了，所以想說下次再談吧——不對，應該也是要爭取時間吧。」
「那麼在下次碰面之前，我會繼續努力去找到第四個故事。老師就去資料室查查那個雖然不像是參考文獻卻很相近的某種東西。您看這樣如何？」

「嗯。就這麼辦。」

雖然我們是約好了才告別，但下一次再見到三間坂的時候，已經是大約三個月後的年尾了。只不過，那時只是在鍋物料理店喝喝河豚鰭酒的忘年會，幾乎沒有談到與那三個故事相關的內容。因為我們兩個都沒有完成各自的課題。

四

邁入新的一年，我的作品《如幽女怨懟之物》（原書房）在四月出版了。因為跟先前的刀城言耶系列風格不同，坦白說我對於會獲得怎樣的評價感到有些擔憂。不過，那只是我在杞人憂天而已。幸好很多讀者都確實理解了我的意圖。我還真不知道因為那些評價，自己到底有多麼高興、又獲得了多大的鼓勵啊。

這一年的四月下旬，我開始撰寫新作品《窺伺之眼》（角川書店）。關於相關經過，只要去看這部作品的「序章」就會明白了，這裡就不多加贅述。但這部作品是由我過去蒐集的怪談〈窺伺宅院之怪〉和某民俗學者在學生時代體驗的恐怖事件紀錄〈終結宅院之凶〉合併構成的，是非常特別的內容。從擁有後設結構這層意義來說，或許它有點類似我初期的作品「作家三部曲系列」。扣除我自己沒被捲進事件之中、由始至終都處於旁觀者立場的這個事實，感覺該作也洋溢著某些令人懷念的氣氛。

但是在我撰寫該作的過程中，那三個故事還是持續占據了我腦海中的一隅。說得更精準一點，是三間坂秋藏想蒐集到其他類似的故事、然後將它們編輯成書的企劃，時不時地在我的腦海裡奪陣掠地。

這是因為，《窺伺之眼》跟三間坂的企劃很類似的緣故。

但我並不認為自己是在模仿他的企劃。雖說構成很相近，但那種設定本身並不具備獨創性。只要使用的故事不一樣，當然就不會造成什麼問題。

只是，說是這麼說，內心多少還是對他感到抱歉。就算內容真的不同，若是實話類型怪談這個領域陸續推出構成很相似的書籍，後面才出版的書再怎麼樣都會被認為是在模仿。

於是我在撰寫新作的過程中就和三間坂在神保町那間熟悉的啤酒吧見面。我像是想獲得事後同意那樣向他道歉，希望能得到他的諒解。

然而，原本還以為他會面有難色，沒想到他竟然高興得不得了，著實讓我嚇了一大跳。

「倒不如說我求之不得呢。因為如果能先讓知名的出版社推出這種作品，我這邊要提出企劃案也會比較容易過關。」

我才剛剛滿懷感激地心想「原來如此」，想法卻頓時一轉。

「萬一《窺伺之眼》賣得不好，那不就糟糕了。」

明明不是作者也不是作品出版社的責任編輯，他到底哪來的自信呢？真是不可思議。

「不會有問題的。」

「而且兩邊的作者——在我這邊的情況或許是監修者的立場啦——都是老師的話，一定能夠看到加成作用的。」

「欸……」

原本我只是想要得到三間坂的理解，結果現在卻反而演變成不接下企劃監修者不行的局面了。真不愧是有兩把刷子的編輯。不過我也不能一聲都不吭。

「關於這件事，等到找出和那三個故事類似的體驗談，然後分量足以編輯成一本書之後再討論吧，你覺得怎麼樣？」

「確實應該這樣。那麼，接下來我也會繼續努力去找的。」

結果，這好像反而讓他的鬥志燃燒得更加旺盛了。

即便如此，我還是因為跟三間坂談話而獲得了安心感，接著就專注在《窺伺之眼》的寫作上。雖然途中因為要寫提供給雜誌《梅菲斯特[33]》用的怪奇短篇〈帶著前往之物〉和一些簡短的隨筆文章，所以不得不中斷寫作，但我覺得大致上應該算是有順利進行吧。

接著時間來到八月下旬，我完成了《窺伺之眼》。處理這本書的期間，因為必須調查跟

33 由講談社於一九九四年創刊、以推理懸疑、奇幻、科幻等題材為中心的小說刊物。也催生出知名文學新人獎之一的「梅菲斯特獎」。

民俗學相關的資料，所以我時常把自己關在資料室裡，將裡面的各種文獻給徹底翻了一遍。過程中，我也沒忘了要把可能跟那三個故事有所連結的東西——類似某種參考文獻的不明確存在——給一併找出來。其實那是完成《如幽女怨懟之物》之後就應該立即進行的工作。沒錯，儘管跟三間坂約好了，但是我什麼都還沒做，時間就這麼過去了。這真的太糟糕了，但其實我非常在意這件事。

然而，順便找找這種行為好像也不會獲得什麼理想的結果。不管是相符的書籍還是資料，我完全都沒有找到。

在我進行的過程中，三間坂寄來了厚厚一包A4大小的包裹。打開一看我就愣住了，因為裡面放的是第四個故事的稿子。看了附在裡面的信以後，我又再次驚嘆不已。這個故事的來源稿件在十幾年前寄到了他學生時代的學長所任職的出版社。是名為《光子的家是什麼樣的地方？》自薦原稿的其中一部分。

作者是住在東京都、名叫生方沙緒梨的女性。原稿的內容寫下了她的父母受到奇怪的宗教影響，到後來被奉為教祖崇敬、最後迎接極其詭異離奇結局的來龍去脈。好像是個很難定位為紀實文類或小說的故事。

當時他的學長讀過一次之後，就被某種異樣的氛圍給吸引了。可是作為紀實文學很明顯筆力不足、作為小說來閱讀也覺得分量不夠。這種情況下是很難成為出版企劃的。於是那個學長就聯絡了生方沙緒梨，和她碰了個面。

和沙緒梨見面談談後就讓學長非常震驚。因為這時他才知道沙緒梨只有二十二歲。以這個年紀能寫出這種程度的內容真的很厲害。學長很高興，認為這個人值得給她一些建議。

只是聽了她的話之後，心情立刻就降到了谷底。因為學長得知了這一切都是跟生方沙緒梨的父母和家族相關的真人真事。那是距離當時的時間點約十年前、於當事人十二歲左右所發生的真實事件。

沙緒梨現在終於從那場衝擊中恢復了。是不是應該趁著記憶還算鮮明的時候好好記錄下來呢——這樣的想法禁錮了她。話雖如此，想要詳盡地寫下來或許會碰到阻礙。成為故事舞台的那個家，現在是不是有人住呢？家人被捲入其中的附近居民，現在還住在那個地方嗎？對於以上這些事情的擔憂也讓她動了想把內容改編為小說風格的念頭。沙緒梨是這麼說明的。

雖然能理解這種模稜兩可的原因，不過考量到是這樣的題材，學長告訴她最好還是以紀實文類的方式來寫。這麼一來就能在企劃會議中提案，敲定出版的可能性也絕對不低。

但是她搖了搖頭。好像是沒有辦法再寫得比現在更詳細了。即使是這樣，她對於完全小說化也很抗拒。雖說是改編成小說風格，但並沒有摻入虛假的部分，一切都是真實發生過的事。以沙緒梨的立場來說，她不希望破壞現在的體裁。這是不會傷害到任何人、而且還能把過去究竟發生了什麼給傳播出去的最適切寫法。她如此主張，也表示不能讓步。

即使覺得可惜，學長也不得不放棄了。不過道別時的那句「如果你還寫了什麼的話，請一定要讓我看看」卻是他的真心話。然而，之後就再也沒有收到沙緒梨的聯絡。時間就這麼飛馳而過，直到三間坂提出那個奇特的請託以前，學長似乎完全把那件事給忘得一乾二淨了。

「第一次從你那邊聽到那個很像怪談的故事時，我就覺得心裡似乎有某種疙瘩，但就是怎麼也想不起來。最後就歸咎是自己多心了。」

把三間坂叫到公司附近的咖啡廳後，學長就開門見山地說道。

「然後是第二次吧，就是看到你那封『如果知道類似的故事請通知我』的信件。我才突然想到，過去收到的自薦原稿好像有寫到類似的事情。所以即便忙得要命，但為了可愛的學弟，我還是去把置物櫃裡面堆積如山的原稿好好翻了一遍，最後終於找到這個。」

學長遞出來的，就是生方沙緒梨最初的那份原稿。

都已經是十多年前的自薦原稿了，真虧這位編輯還把它保留下來，實在很令人敬佩。我對三間坂這麼說以後，他就表示那個學長好像是個不擅長整理東西的人。

原稿是由夾在「前言」和「結語」之間的合計九個章節所構成的，但是據三間坂所說，最重要的就是第七章而已。話是這麼說，如果直接就從第七章開始讀應該也會一頭霧水吧，於是他就為我加上了其他章節的梗概。真不愧是能幹的編輯。下面我就直接使用他歸納的內容。

生方沙緒梨《光子的家是什麼樣的地方？》各章內容

第一章　介紹住在東京都內某處的父親高士和母親光子、當時十七歲的長女志緒利和十六歲的次女果生莉、三女沙緒梨和四歲的弟弟慎也等人構成的六人家族。從「泡沫經濟崩壞的稍早之前」這句記述，可以判斷應該是一九九一年或九二年發生的事。

第二章　母親的表妹一家買下了蓋在北陸地方[34]某處的家，搬了過去。前去慶賀的母親順道在那裡玩了一陣子，結果發生了各種不可思議的現象。本章是以母親的敘述重新建構了當時的狀況。

第三章　母親表妹的家開始成了附近住戶的話題。相關經過還是經由母親的話來描寫的。那時沙緒梨曾經去那個家拜訪過一次，本章記下了當時的印象。

第四章　以附近的主婦為中心，開始出現會在母親表妹家進出的人。這個時候，在那個家所目睹的現象都被稱為「奇蹟」。已確認奇蹟頻繁出現的時間點，是在母親前去拜訪的期間。那一帶的人們都稱母親表妹的家為「光子的家」，大概是變成新興宗教的聚會場所了。隨著信徒人數增加，那個家也跟著不斷擴建。

第五章　母親長期待在她表妹的家。先前沙緒梨拜訪的時候，就感覺那是個可怕的地方。本章提到因為這個緣故，讓她絕對不想再去那個家了。

34　本州中央面向日本海的區域。範圍是新潟縣、富山縣、石川縣、福井縣等北陸道四個縣，或是除新潟縣以外的三個縣。

第六章　父親和兩位姊姊為了把母親帶回來，經常前往光子的家。這時，沙緒梨和弟弟兩個人就留在都內的家。父母兩邊的祖父母都已經過世了，附近也沒有能馬上拜託他們照顧的親戚。這是散發出沙緒梨濃厚不安的一章。

第七章　母親表示「因為要舉辦重要的儀式，一定要過來一趟」。所以這章寫的是沙緒梨無可奈何之下前往光子的家的體驗。

第八章　記述了事件之後的經過，不過沙緒梨的記憶有出現曖昧不明的部分，所以內容是以之後從阿姨（母親的姊姊）那邊聽來的內容為基礎。

第九章　本章記述的是沙緒梨後來的生活和困擾她的惡夢，以及她是如何去克服的。

看了關鍵的第七章之後，我真的驚嘆不已。因為我開始認為先前三個故事之中的〈從另一邊過來了　母親的日記〉和〈幽靈物件　學生的體驗〉裡描寫的怪異現象元凶，會不會就在這個光子的家裡面呢？

只不過，地區依然是天差地遠，年代也對不上。況且，它跟〈異次元宅邸　少年的敘述〉之間的關係又該怎麼去思考才好？我又再次掉進了討論那三個故事時所深陷的困境。

我撥了電話給三間坂，他也有相同的感覺。而且他還罕見地感到恐懼，那種感覺甚至擴散過來，讓我覺得心神不寧。確實，在讀完生方沙緒梨的體驗之後，我就被難以用言語形容的不快感給束縛住。比起恐怖或是害怕什麼的，更加明顯的是毛骨悚然的感受。這樣的情緒，或許其實是最棘手的也說不定。即使讀的時候沒什麼感覺，之後就開始漸漸產生作用。等到察覺了，就不明所以地心生畏懼。三間坂應該也是陷入了同樣的狀態吧。

這麼一來，不就只能和生方沙緒梨取得聯繫、直接採訪她本人了嗎？我這麼提議，結果三間坂好像已經嘗試過了。但據說她已經搬家，現在下落不明。即便目前有在調查沙緒梨阿姨的住處，不過很遺憾，他認為希望很渺茫。

「突破口或許就藏在老師的資料室裡面了。」

掛掉電話前，三間坂這麼鼓勵我。

因為出現了第四個故事而為之振奮的我，幾天之後就把自己關在資料室裡。我一件一件謹慎確認看起來很可疑的書籍或冊子、線裝本、成疊的印表紙、新聞和雜誌的剪報、手寫的文件等等。這是非常需要耐心的作業，我也相當沉浸其中。拜此所賜，我在第三天的傍晚就發現了想找的書。

為什麼我會忘了這本書呢？試著思考一下就知道那是個沒什麼意義，但是能讓人接受的理由。

這本印有敦見勉這個名字的四六判[35]精裝書《刻進我的人生》，是以昭和三年出生的作者在七十五歲左右回顧自己人生而寫下的原稿所製作的書籍。也就是所謂的個人自費出版書，就

35 書籍尺寸，長約188mm、寬約130mm。

算能進入到一般的書店也僅限少部分的地域，印量也很少，擺在店頭的時間肯定也非常短。

這種書為什麼會來到我手上呢？應該是在哪裡的舊書店發現，確認內容之後得知是戰前到戰後的風俗資料，所以才會買下來吧。之所以會用應該這個字眼，是因為我對於這本書是在何時、何地買下的都完全沒有印象。

關於內容也是同樣的情況。我覺得自己沒有從頭讀到尾，就只是跳著看而已。一定是在舊書店拿起這本書、隨意翻閱的時候，視線就停在〈第十四章　關於某個狂女〉這個標題上了，然後就當場大致讀了一下。會是這樣嗎？因為微微留下了那時候的記憶，所以接觸到那三個故事的當下，才會感受到相當奇妙的即視感。可是，因為並不是基於某個目的才買下的，所以我就忘了這本書的存在。這個想法應該雖不中亦不遠矣。

我馬上開始重讀《刻進我的人生》的第十四章。雖然確實是在重讀，可是我對那篇文章卻毫無記憶。像是觸碰到近似模糊不清的氛圍……就只有這種感覺。只不過，裡面寫的內容卻讓我渾身打顫。

莫非這會是真正的元凶嗎？

我把第十四章影印下來後，就立刻把書寄給了三間坂，然後再寄出電子郵件簡單敘述了一下發現的經過。自不待言，他的回信顯露了喜悅。然而，就在他打電話告訴我「已經讀完了」的時候，那種歡欣鼓舞已經完全沉寂下來。

「我認為這本書第十四章記述的內容，跟『晨雞宅邸』以及生方沙緒梨的體驗之間都存在密切的關係。因為時代是戰前，所以我想至少應該會跟『晨雞宅邸』有關——」

「遺憾的是那本書裡面提到的家好像是位在中國地方的某處。」

「對。現在相近的事例已經收集到五個了，但依舊是七零八落的狀態。話雖如此，我還是不認為它們是一點關係都沒有的獨立故事。這到底是怎麼回事呢？現在這種有點詭異的狀況是……」

三間坂說到一半突然打住。就在我正準備回應的時候……

「而且……」

他又接了下去，但支支吾吾的。

「怎麼了？」

他的狀態實在很令人介懷，於是我就用更強的語氣問他。

「有什麼覺得在意的地方嗎？」

其實我也想到了一件事。但是「怎麼可能」的感受也同樣強烈。怎麼可能發生那麼荒謬的事，那不過就是我多心罷了。

然而，他很明顯欲言又止。如果不確認的話，我會在意得不得了。

「注意到什麼了嗎？如果有的話就告訴我吧。不管多瑣碎的事情都沒關係。事到如今也沒什麼好隱瞞的吧。」

三間坂好像也從我的語氣中感受到什麼了。接著他反過來問我。

「該不會，老師也是？」

「看來我們好像都經歷了相同的體驗呢。」

「怎麼會……」

「屋頂對吧？」

他頓時語塞。

「讀那本書的時候，感覺好像有小石頭掉到屋頂上、發出了很奇怪的聲響。對嗎？」

「……沒錯。」

在虛弱的回話之後，他突然提高了音量。

「到底是怎麼一回事啊？如果只有我的話或許還能認為是聽錯了，然後對自己的膽小一笑置之。可是，如果連老師也聽到那個聲音的話……」

說到最後，聲音又回到了無精打采的狀態。所以可以的話，其實他並不想說出這些。不過我下定了決心，應該還是告訴他才行。

「寫在那本書第十四章裡面的事件，會不會就是所有故事的開端呢？」

「就算時代、場所、體驗者，全部都……天差地遠嗎？」

「嗯。雖然還不知道是什麼、在哪個部分、又是以什麼形式牽扯所導致，但這五個故事恐怕全部都是綁在一起的。」

「……」

「我們的屋頂上都降下小石頭雨——不對，都出現了那個聲響，不就是因為我們在追查怪異的元凶嗎？」

「也就是說，接下來……」

「其他的怪異現象會不會也找上我們。不過，這就不得而知了。」

「……真討厭。饒了我吧。」

甚為悲戚的聲音傳到了我的耳邊。

「特別是生方沙緒梨在光子的家經歷的體驗，一想到會不會發生在自己的身上，就絕對睡不著覺了。」

「或許是因為我們先讀了她的手稿的關係，相較於敦見勉作品的內容，Koushi（こうし）大人的故事帶給我們的影響感覺還比較強烈。」

所謂的Koushi大人，就是在光子的家被人們信仰的神明名諱。

「我的想法也一樣。相較於《刻進我的人生》的第十四章，我認為《光子的家是什麼樣的地方？》的第七章要邪惡太多了。可是，讀那篇原稿的時候，還有讀完之後，都沒有發生什麼奇怪的事呢。」

「因為我們兩個對那方面的感受都變得遲鈍了吧。」

「遲鈍倒也無妨。所以，因閱讀者而異……」

「就算出現不好的影響或許也不奇怪。」

「即便是什麼事都沒發生的人，要是後來讀了〈關於某個狂女〉的話……」

「或許就會出現開始產生異變的人。就像我們這樣。」

「現在該怎麼做才好？」

「總之，必須要快點找出解決的對策。」

「如、如果有什麼頭緒……」

「電話裡說不清楚，見面後再說吧。」

雖然我完全沒有三間坂所謂的頭緒之類的，但真的不能再讓他變得更加不安了，所以我便裝得煞有其事。

約好的時間是五天後的傍晚。他好像希望明天就能做個了結，但我們彼此都有工作在身。而且在碰面的日子到來之前，我必須要找出一些解決的對策。時間不管有多少都不夠用。

他擔心情勢會不會迫在眉睫了，但我告訴他沒關係。當然，我一點根據都沒有。不過，就算遭遇了其他的怪異現象，一開始應該就只會出現聲音而已。我不覺得會有更勝於此的危害。

但因為我的根據就只有這個解釋，所以也沒有特地告訴他。

接下來連續刊載的，就是生方沙緒梨的《光子的家是什麼樣的地方？》中相當於第七章的〈拜訪光子的家 三女的原稿〉以及敦見勉《刻進我的人生》的第十四章〈關於某個狂女 老人的紀錄〉。這兩篇的標題都是我們兩個一起構思決定的。

此外，在這裡想先向各位提出忠告。即使還在閱讀前者的過程中，換言之就是還沒有讀到後者，卻在日常生活中聽見了未曾聽過的奇怪聲響，請大家暫且先闔上本書會比較好。

當然我相信不會有什麼實際的危害，但或許狀況會因人而異，所以慎重起見，還是在這裡先向各位報告。要是聲音停止了、已經什麼都聽不到的話，應該就沒有問題了。話雖如此，還是希望各位能自行負起判斷的責任。

那麼，以下就要發表第四跟第五個故事。另外，後者跟第二個故事一樣，在考量到時代性的情況下，會直接保留現今已經變成歧視用語的詞彙。還望各位理解。

第四個故事　拜訪光子的家　三女的原稿

「早上十點之前一定要過來喔。」

前幾天媽媽打了電話過來，一再地囑咐我。

「那天有很重要的Koushi大人儀式，預計要舉辦一整天。所以沙緒梨你不要遲到，要從一開始的階段就參加。」

只不過，一想到這件事的目的，跑一趟的動力頓時就煙消雲散了。因此，雖然還是跟要去學校的日子一樣在相同的時間醒來，我卻還是躲在棉被裡、一直要起不起的。

坦白說，我想見見媽媽，當然也想看看爸爸。姊姊們就不至於了，但慎也不一樣。或許我最想看到的人，就是弟弟吧。那孩子聰慧的面孔和可愛的舉止，還有開心說著話的模樣，即便是現在，只要閉起雙眼的話就還會清楚且鮮明地顯現。

媽媽也好、爸爸也好、還有姊姊們也是，絕對都跟過往的時候有所不同了。那個時候我應該就已經有所覺悟。不過，會不會只有慎也安然無恙呢？我還是抱有這種期待。爸爸和兩個姊姊，因為已經是大人了所以才會被洗腦。那時候的我就像個孩子般這麼認為。

如果真是這樣的話，當初又是什麼影響了媽媽呢？這一點我完全想不通。雖然我能確定那個後來被人們稱為「光子的家」、原本是媽媽表妹住家的場所，肯定就是原因所在。

在那一年的春天第一次造訪那個家之後，媽媽就開始頻繁進出那裡，也漸漸變得古怪了。就連把附近的居民都捲進去、成為宛如新興宗教教祖般的存在，也都是因為那個家的關係。

「讓媽媽待在那個家並不是什麼好事。」

在雨淅瀝淅瀝下個沒完的梅雨季節，表示「這次我一定會帶她回來」而前去接媽媽的爸爸，最後也一去不返了。

「爸爸他呀，從以前就是媽媽說什麼他就耳根子軟。所以如果不是我過去的話是沒用的。」

等著高中放暑假、告訴我她絕對會把父母帶回來的志緒利，在離開家之後也跟爸爸一樣沒再回來。

「我要先讓姊姊清醒點，再跟她一起說服媽媽和爸爸，然後四個人一起回家。所以你不用擔心。」

和大姊一樣幹勁十足前往那個家的果生莉，最後同樣沒有回家。

還留在這個家裡的，就只剩下我還有慎也兩個人而已。因為鄰居坪內家的奶奶會在白天幫我照顧弟弟，所以即便第二學期開始了，我姑且還是能去上學。吃飯的時候也是自己簡單做做。至於錢的問題，媽媽購物用的錢包裡還有，所以還算是有辦法過日子。順帶一提，姊姊們理所當然地迅速從高中休學了。

這段日子，媽媽她經常打電話回家。

「沙緒梨你帶著慎也一起過來吧。」

不過我總是告訴她：「我不去。」因為先前去那個家的時候，我就不明所以地感到不適。是不是有什麼東西在看我？

那種感覺一直揮之不去。只要稍微大意，就會讓那東西有機可乘的。因為感受到那種令人生厭的情緒，所以我絕對不會讓自己的視線離開慎也。我在踏出那個家之前都不斷地告訴自己，一定要好好守護弟弟。

事到如今，我怎麼可能帶著慎也去那個曾讓我經歷那種體驗的家。

到後來，連爸爸也開始打電話給我了。緊接著，志緒利姊姊和果生莉姊姊也接在父母之後打來。

我反過來勸他們回家。而且還要他們為弟弟著想，拜託他們快點回來。然而，父母和兩位姊姊總是重複著相同的一句話。

「你們兩個也過來光子的家，我們就能一家團圓，過著幸福的生活了。特別是慎也，這裡有個很棒的世界在等待他喔。」

我唯獨對媽媽他們說的後半句話展現出激烈的反應，但是我也不清楚自己為何會這樣。雖然不明白原因，可是我知道在那個家等待弟弟的，絕對不會是什麼很棒的世界。

然而第二學期開始的幾天後，我在放學途中過去鄰居家，慎也已經不在那裡了。
「跟你說呀，你爸爸和兩個姊姊在中午過後就突然跑來接走他了。」
聽坪內家的奶奶說完事情經過之後，我差點就要當場暈倒。
「媽媽在那邊的家等慎也過去。他們是這麼告訴我的呢。」
宛如在找藉口的語調。所以奶奶她對於是不是要把弟弟交給他們，應該也猶豫了好一陣子吧。我們家的情況變得怪怪的，附近一帶的鄰居好像也漸漸知道了這件事。所以奶奶她肯定感到很迷惘吧。
但是，親生父親和姊姊們過來接人、還說這孩子的媽也在等著他，不過就是一介鄰居的奶奶也無法置喙。無計可施之下，才會把弟弟交給他們的吧。
「這樣做好嗎……」
奶奶像是在顧慮茫然自失的我，嘴裡呢喃著。這當然不好啊。可是我也不想再增加奶奶的困擾了，所以只能勉強自己露出微笑。
「我打通電話去那個家找媽媽一下。」
「嗯嗯，這樣比較好喔。一家人還是住在一起最好了。」
這麼說完後，好像是突然想起了生方家那不太尋常的複雜隱情，奶奶趕緊補上一句。
「我們家是絕對不介意照顧沙緒梨和慎也的喔，應該說很歡迎你們。請幫我跟你媽媽問候一下。」

「好的，真的非常感謝您。」

即便我低下了頭，但也發現坪內阿姨正從走廊的深處窺探著這邊。掛著絕對看不出歡迎心意的恐怖表情、直勾勾地盯著我看的阿姨身影，就出現在視野範圍內的一隅。

不能再麻煩坪內奶奶了。

即便年紀還小，但是我當下就做了悲壯的決定。從今以後，我必須要靠自己來獨力養育慎也了。現在回想起來，那真的是相當孩子氣的不智想法，不過那個時候的我是非常認真的。或許我對這個年紀相差很多的弟弟，萌生了近似於母愛的情感也說不定。

即便如此，當我回到家、站到電話前面之後，就算拿起了聽筒，也遲遲無法撥打那個家的電話號碼。

嘟——

長音持續在耳邊響著。

嘟、嘟、嘟、嘟。

最後變成電話無法撥出的連續短促聲響，我只好放下了聽筒。我就這樣一再重複這個過程，無論如何都沒辦法聯繫媽媽。

太陽下山了。我一個人吃了晚餐、寫功課。之後開了電視來看，但是完全不覺得有趣。我再次來到電話前面，但還是打不出這通電話。

嘟——

又聽見了熟悉不已的長音。一直把聽筒貼在耳朵上，就覺得那個聲音好像要直衝大腦而來，感覺有點可怕。

嘟、嘟、嘟、嘟。

回過神來，聲音又變成短促音了。我「喀洽」一聲把聽筒掛回去。

嘟嚕嚕嚕嚕嚕——

此時電話突然響了。我提心吊膽地接起來，是媽媽打的。

「慎也都到這個家裡來了，最後就只剩下沙緒梨了耶。」

明明是媽媽沒錯，但是一聽到那個聲音，我就不明就裡地打起哆嗦。

「你也快點過來吧。」

「……我不去。」

「爸爸和你兩個姊姊、還有慎也都在這個家耶。現在就只有你一個人待在那邊生活，怎麼想都太奇怪了吧。」

「那媽媽你們回來這邊就好了。」

「那裡太骯髒了。嗯嗯，不光是家的問題而已，那塊土地上的每個地方也都一樣。其實除了這個家以外，所有的地方都不太好啊。」

「才沒有那種事。」

「那是因為你還只是個孩子，所以還不能理解而已。可是啊，只要你到這個家裡來、聽聽媽媽是怎麼說的肯定就沒問題了。你爸爸還有姊姊們都確實理解了呀。」

即便如此，我還是繼續表態「我不去」。然而，一路聽媽媽說下來，我也開始心想如果只是去一趟、聽聽她怎麼說的好像也不會有什麼問題吧。

當時那種不可思議的感受，到底是怎麼回事呢？

如果被施了催眠術的話，就會出現那樣的感覺嗎？

但慶幸的是，我在千鈞一髮之際回神了。就某種意義來說，也是托媽媽的福。要不是媽媽提到了那個名字，或許我就不會恢復理智了。

「因為待在這個家的話，就能得到Koushi大人的庇佑。」

我猛然倒抽了一口氣，隨即把電話掛斷。

Koushi大人……

那好像是媽媽他們在那個家裡信奉的神明。雖然說是神明，但是關於祂的事情我都一概不知。這一點時至今日也依舊如此。

為什麼媽媽表妹的家裡會出現那種東西呢？為什麼媽媽會意識到祂的存在？那到底是在

家中的哪裡發現的？又是基於什麼樣的理由而信仰祂的？況且不光是媽媽，到底是發生了什麼事，才會把她的表妹一家還有附近的鄰居們都一起捲進去的呢？而且，母親在那裡面的立場還近似教祖的存在，這又是為什麼？

首先可以確定的，就是這些應該都和那個家裡發生的所謂「奇蹟」脫不了關係。那些奇蹟和母親有關應該也是真的吧。只不過，光靠這樣根本無法說明什麼，盡是一些難以理解的事情。真要說起我知道的，大概就只有一件事而已。

像Koushi大人之類的來歷不明的東西，是絕對不能信奉祂的。

該不會那一連串的事情發生的時候，我就已經跟媽媽處於對弈的局面了吧？

第一次造訪那個家的時候，雖然還沒有認知到Koushi大人的存在，但媽媽肯定感受到了某種讓她傾心的感覺。另一方面，或許我卻在瞬間就對那個地方有所忌諱。

因此，就像媽媽她擁有能夠讓周遭的人們迅速皈依、成為Koushi大人信徒的力量，我的身上是不是也存在可以讓大家大夢初醒的能力呢？

就在我繼續寫著這篇原稿的同時，這種感覺也愈發強烈。但就算是這樣，事到如今我還是一籌莫展。當時的我即便年歲有些許增長，但不過就是個中學生罷了，不過就是沉溺於無意義的空想之中的程度。

中學生就辦不到嗎？畢竟姊姊她們也已經是高中生了呢。而且真要說的話，爸爸他們也都是徹徹底底的成年人了。即便如此，他們還是沒辦法把媽媽給帶回來。也就是說，跑去勸降的人反倒被對方招安了。

回顧過去的部分就到這裡打住吧。接下來我想要盡可能正確記下發生了什麼事。

總之，那天晚上我姑且先掛了媽媽打來的電話。然而隔天也是、後天也是，電話依舊執拗地響起。只要電話鈴聲一響，還不用拿起聽筒我就知道是媽媽打的。雖然不太會有人打電話來我家也是原因之一，不過我也是立刻就能察覺到那讓人不快的聲響究竟有何不同。

就像是有好多的蒼蠅在亂飛亂竄……

只要是從那個家打過來的電話，響徹的刺耳鈴聲就會讓我萌生這種令人厭惡的聯想。如果一直聽下去，感覺精神好像都要變得不正常了，真的很恐怖。於是我趕緊把聽筒拿起來，然而在聽到媽媽聲音的瞬間就後悔了。

到一開始的三通電話為止，我都還在試著說服媽媽、要他們回家裡來。但是一旦和母親說上話了，感覺自己的內心就彷彿會在不知不覺間被人刺探，陷入了無可救藥的不安。擔心自己又會陷入先前那種像是被施了催眠術的狀態。

但不管我怎麼無視，電話還是持續響個不停。其實只要把電話線拔掉就好了，可是當時的我好像還沒想到這一點。無可奈何之下，我怯生生地接起來，然後因為盡可能不想聽到媽媽的聲音，還把聽筒拿得遠遠的。之後我就適時附和一下，一心想著希望能趕快結束這通電話。

然而，不久之後就發生了讓我無法繼續逃避的情況。

下一個星期六的早上，光子的家要舉行重要的Koushi大人儀式。因此母親再三要求我一定要出席。如果只是這樣的話我還是會拒絕的，然而當我知道慎也要在那個場合擔綱重任，內心就被大大動搖了。我覺得自己一定要去幫助弟弟。

我就這麼下定了決心、再次前往那個家。

因為我從家裡出發的時間比較晚，所以來到光子的家前面時，周遭已經染上一片夕陽的色彩。

要幫助弟弟。

明明已經下了這樣的決心，但坦白說，我對於要到那個家去還是感受到難以忍受的厭惡。到了當天早上我還是拖拖拉拉的，所以其實已經大遲到了。

Koushi大人的儀式肯定已經結束了吧。

我覺得自己恐怕就是打著這個主意。那種來歷不明的儀式，別說是開始之前了，就連過程中我都不想露面。等到一切都結束以後，我再悄悄地低調現身，接著就神不知鬼不覺地把弟弟給帶回家。我在心中盤算著如此順遂的發展。

慎也要在儀式中擔綱重任……

他們到底打算讓弟弟做什麼呢?說實話,我真的十分在意。不過我心裡也很清楚,要阻止這件事幾乎是不可能的。於是我便判斷等到儀式結束、疲憊的眾人開始休息時再把弟弟救出來會比較好。

……不,實際上並非如此。那只是我在自欺欺人罷了。我只是因為真的不想到那個家裡去,所以才想找一個讓自己可以拖拖拉拉、晚點出發的理由。

雖然媽媽變得很奇怪,不過慎也應該不至於會遭遇什麼危險。

大概也是因為我有這樣的自信吧。連續生了三個女兒,才終於懷上一個男孩,所以父母都很寵愛弟弟。因此當媽媽開始一個人待在那個家的時候,我真的非常震驚,覺得這個情況很不尋常。

到了現在,我好像也多少能理解了。媽媽她該不會是在一心一意地等待光子的家變成適合慎也的環境吧?最後終於準備妥當了,所以才會把爸爸、姊姊們還有弟弟一起接過去?

從重要儀式舉行的時間點和弟弟被賦予大任的這個事實來思考,我就不得不這麼認為。

不管怎麼說,我會到這個家來,是為了和弟弟一起回到我們的家。後面的事怎麼樣都無所謂。不要被媽媽責備、也不要被爸爸發現、更要避開姊姊們的耳目,總之就是要把慎也帶出去。我打算只將精神集中在這件事。

剛準備要打開門,就意識到這個家靜悄悄的。簡直就像是沒有人住的房子一樣,鴉雀無聲。

我不知道除了媽媽他們以外，這裡到底會聚集多少附近的人（可稱之為信徒的人們）。可是，至少應該會有十幾個人吧？即使那些醜陋的增建持續不斷地擴大，但這樣的人數塞在一間屋子裡，照理來說應該會感受到他們的氣息才對。然而，現在根本連些微的聲響都沒聽到。

或許大家正在休息吧。

這麼一來，對我的計劃而言根本適逢其會。剛好在這個絕妙的時間點抵達，真的是天賜良機。

我小心翼翼地不要發出聲音，把門打開，然後躡手躡腳地接近玄關。接著，就看到門的旁邊貼了一張紙，上頭還寫著奇妙的文字。

Koushi大人的幸運，將會造訪於玄關被迎接的人。
對於穿過窗戶而來的人——

看完全文之前，我就已經把視線移開了。

那是媽媽用毛筆寫下類似警語之類的東西。我記得先前就曾聽爸爸提過，這個家裡面的很多地方都貼了同樣的紙。那是爸爸還保有理智、多次來到這個家想說服媽媽和他一起回家時告訴我的事。

如果讀了這種東西，我的精神狀態肯定也會變得怪怪的。因為漢字旁邊都有標上平假名，所以我能讀出來，而且或許還可以理解其中的意思，所以我才會把頭別開。

然而，這時我才後知後覺地領悟到，像這樣直接從玄關進來其實並非上策。簡直就像是被媽媽的警語給幫了一把，總覺得心情很複雜。

這個家的周遭原本好像是個寬廣的庭院。可是伴隨信徒的增加，這間屋子也跟著擴建，朝四面八方延伸而出。要是從上空眺望的話，肯定是一副歪七扭八的模樣。

我一邊伸手確認擴建部分的窗子、一邊繞向這個家的另一側。如果運氣好碰到開著的窗戶，我打算從那裡進去。

只不過，每扇窗戶都是關起來的。最後好不容易發現沒有上鎖的窗戶，可是因為位置太高，根本爬不上去。雖然束手無策，我還是繼續往後方前進，結果就發現一扇後門。我輕輕地把手擱在門把上，結果直接被我打開了。

確認裡面沒有人之後，我就脫了鞋、悄悄地踏進去。「噫！」腳底感受到讓人驚嚇的冰冷，讓我輕聲驚呼，連忙用手遮住嘴巴。

這裡是個很像倉庫的房間。排列著好幾個架子，上面放了很多寶特瓶茶飲和果汁、米袋和麵粉袋、沙拉油和調味料、杯麵、以及餅乾類的東西。這副情景根本就宛如小型的超市。

擴建屋子也好、購置食材也好，難道說全部的信徒都是在這裡一起生活的嗎？

內心剛浮現這個疑問，視線就落在牆上一張媽媽所寫的警告標語上。

> 抱持感謝的心所吃的東西，會成為更好的糧食。
> 得到允許而送入口中的東西，是暫時的養分。
> 擅自偷吃的東西，會讓人腹痛不已。

這感覺就像是會貼在小學配膳室裡面的內容。雖然並沒有寫了什麼奇怪的東西，不過讀的過程中就令人感到不快。

場合不對……

這麼說正確嗎？以一個貼在像是食品倉庫的房間裡的標語來說，感覺並沒有什麼問題。但是聚集在這個家裡面的幾乎都是成年人。我不覺得有特別提醒的必要性。話是這麼說，但這段內容作為對小孩子的呼籲又太艱深了。總覺得這張標語的存在，怎麼想都很古怪。

待在這個房間裡，我也漸漸變得不太舒服。

穿過架子之間後就發現一扇門。我站到門前，豎起耳朵仔細聽了一段時間，觀察另一頭的情況。

什麼聲音都沒聽到。似乎也感受不到有人在這裡的氣息。

即便如此，我還是在門前駐足不動，持續猶豫了好一陣子。從這裡開始就無法再回頭了。是因為我在無意識之間察覺到這點的關係嗎？

最後我終於把手握上門把，接著緩慢又安靜地把門打開一點點，從門縫偷偷窺看另一邊。能看到走廊和門的一部分。確認沒有人之後，我戰戰兢兢地邁出步伐，結果地板突然發出了「嘰咿」的聲響。

感覺心臟好像要停止跳動。走廊上並排的兩扇門之中，會不會有哪一扇突然打開、然後媽媽就出現了呢？我真的很害怕。沒錯，我對媽媽感到畏懼。或許我是直到此時此刻，才終於意識到這個難以置信的事實。

慶幸的是無論哪扇門都沒有打開。就連位於走廊盡頭處的那扇毛玻璃門也是一樣。萬籟無聲，一點聲音都沒有。

「呼！」我吐出了一口大氣。因為是繞到後面再從後門進來的，所以知道自己好像正位在這個家的深處時，就放下了心中的大石。

或許是因為有了餘裕，我這才發現走廊上貼的那張紙。

走在正中央者，將通往前方。
從邊端前進者，將於此停留。
攀爬牆壁者，將墜入黑暗。

雖然覺得很蠢，但我還是走在走廊的正中央。事到如今我也不想裹足不前，當然也不想墜入什麼黑暗。而且，根本沒有人有辦法爬這個牆壁吧。

說到牆壁，剛才的倉庫也是、這條走廊也是，牆上都畫了由縱向跟橫向的黑線構成的奇特圖案。並不像棋盤的格子那樣井然有序，而是畫得毫無章法。就是這樣的感覺。然而，這遠遠稱不上是什麼時髦的裝飾風格，要是持續凝視它還會覺得頭暈目眩。

我一手扶著牆壁，把頭低下去讓心情恢復平靜後，就不再看向兩側的奇怪線條，專心一意地打開那兩扇門。

無論是哪個房間，裡面都擺了幾張鐵管構成的粗糙三層上下鋪，擠得滿滿的。這副光景就宛如軍隊基層士兵的寢室。

附近的人都睡在這裡嗎？

不管怎麼想都太不尋常了。明明自己的家就在附近，為什麼還非得住在這樣的房間、睡在那樣的床上不可呢？

無法理解。

我甩了甩頭，靜靜地朝著走廊另一頭的毛玻璃門走去。

到了那裡，我再次豎起了耳朵，確認什麼動靜都沒有後，便把毛玻璃門稍微打開一點，再悄悄窺探對側的情況。

那裡是個看上去像是起居室的房間。只不過，沙發和低矮的桌子都被隨意亂擺，即使先撇開沒有人在這裡的因素，只看眼前的景象就令人覺得冷清淒涼。完全看不出這裡是人們齊聚一堂的場所。

我提心吊膽地踏進去後，就看到牆上同樣畫了縱橫交錯的線條，目光也再次被貼在上頭的紙張給吸引。

> 信奉Koushi大人之人，無論何時都能得救。
> 無視Koushi大人之人，絕對會遭受果報。
> 懷疑Koushi大人之人，將永遠徘徊於黑暗之中。

我很明顯就是懷疑Koushi大人的那種人。但絕對不是懷疑其是否存在。這個家裡存在某種東西，這點應該是不會錯的。問題在於那是什麼？真的是值得信仰的對象嗎？會是能被眾人以

「大人」來尊稱的存在嗎？

怎麼想都不覺得那會是什麼正派的東西。

就算沒有那段最初在這個家裡感到不祥的記憶，按照一般的思考邏輯，應該也會有人覺得這裡很可疑吧。就連小孩子都能判斷了，為什麼大人們會接連成為媽媽的信徒呢？我實在覺得很不可思議。

離開那個像是起居室的房間，我踏入了另一條走廊。但還是一樣感受不到任何人的氣息。明明已經踏入這個家的深處了，為什麼還是一直飄蕩著冷冽的空氣呢？

媽媽他們到底在哪裡啊？

當我從某扇門前經過時，聽到裡頭傳出了窸窸窣窣的說話聲。這時才真正開始萌生了詭異的感受。

大家都在這個房間裡面嗎？

站到門的前面後，心臟突然開始撲通撲通地劇烈跳動，讓我嚇了一跳。因為上一次出現這樣的狀況是在小學的發表會，而且我還得一個人在全校小朋友的目光注視下站到舞台上。

起初我以為是媽媽在說話。由於只聽到女人的聲音，再加上都是同一個人開口，所以我就認為肯定是媽媽在對信徒們講述關於Koushi大人的事情。但是在我把耳朵貼在門板上仔細一聽後，才知道那不是媽媽。

好像很激動？

在那個獨自說個不停的女性聲調中，夾雜著近似哀號的啜泣聲。

這是……在害怕吧？

現在她正半似喊叫、半似哭泣。不知原因為何，感覺那激烈的語氣似乎還帶有乞求原諒的後悔意念。

不可思議的是，除了女人以外，都沒有聽見其他人的聲音。就算是靜靜地聽她說話好了，多多少少還是會清清喉嚨、打噴嚏或是動動身體才對吧。然而，根本沒有出現其他的聲響或氣息。

在沒有其他人的房間裡，面對著畫有奇怪圖案的牆壁，渾然忘我地自言自語的女人……

我的腦海中突然浮現這樣的光景。很想趕快離開這個地方，但另一方面，卻無論如何都想知道這扇門的後面到底在做什麼。如果對方只有一個人的話，應該也不必太擔心會被發現。

我緩慢且安靜地轉動門把，一點一點地把門打開，並同時從眼前開啟的縫隙窺探室內。

……一個人都沒有。

這個只擺了桌子和摺疊椅的房間，感覺就像是間寒酸的會議室。如果放在普通的尋常家庭裡，這裡就是個毫無特色的無機質房間。因此只看了一眼，立刻就知道裡面沒有人。即便如此，我卻還是能聽到女人的聲音。

透明人……

因為我是認真這麼覺得，所以兩條手臂馬上冒出了雞皮疙瘩。我打從心底相信，那是某個住在附近的阿姨，被Koushi大人用邪惡的力量變成看不到的人了。因為我當時還是個十二歲的孩子，會這麼想也是無可厚非的。可是在那種情況下，或許即便是大人也還是會這麼認為吧。

有發出聲音，卻看不到人影。

然而，聲音突然出現了變化，變成不同人的聲音了。

有兩個人嗎？

我無法壓抑自己的好奇心，於是又把門再打開一點、將頭探了進去。結果立刻就明白透明人的真面目了。

是電視。正確來說，是電視的畫面，那是錄影帶的影像。只不過，那是比透明人還更恐怖、極為異常的影像。

電視櫃擺在門這一側的牆邊一隅。那裡放了錄放影機和四、五十卷左右的錄影帶。現在播放的應該就是其中的一卷吧。在這個沒有任何觀看者、空無一人的房間裡……

我踏進房間後，畫面上出現的是一個六十歲左右的微胖女性。外貌看上去就像是附近的鄰居阿姨，但那張面孔卻不太尋常。她雙眼圓睜，像是被什麼給附身一樣、情緒激動地說得口沫橫飛。

「……是這樣。沒錯，我背棄了三條御言。不，我完全沒有破戒的想法。倒不如說我一直都很守規矩。我比這裡的任何一個人都還更遵循御言。可是，那個……該說是一時鬼迷心竅嗎，一不小心就……我、我當然非常後悔。我真的有在反省了。從今以後我會洗心革面……」

說到這裡，女人突然哭了起來。

「啊啊啊……請、請原諒我。我已經受不了了。請饒、饒……求、求求您了。我完全沒辦法入睡。因為、來、來了。那個……每天晚上，都會來。再這樣下去，我會精神失常的。不、不對……不是只有過來而已。那、那個……不是只有過來而已。偷、偷、在偷看。」

女人在這裡暫時閉口。

「而且……而且……那、那個……不要啊！」

在這個阿姨發出尖叫的同時，我也跑出了房間。心臟又再次劇烈跳動，不過已經不是單純加速了，而是宛如擂鼓一般。實際感受到胸口的疼痛，也讓我陷入了恐懼。因為感覺要是再像這樣持續跳下去，可能就會因為心臟破裂而死。

我靠在走廊的牆壁上喘氣，心跳也漸漸趨於和緩。休息到覺得這樣應該就沒問題的時候，我就繼續往下走。其實我很想立刻就奪門而出，但總覺得自己好像還有辦法留在這個家。

果然是因為我還是很掛念慎也嗎？還是因為經歷了不明所以的體驗，所以沒辦法做出正常的判斷了？又或者是激發了小孩特有的麻煩好奇心，所以就顧不得後果了嗎？就連我自己也不知道原因。

那••個是什麼呢？

穿過走廊的時候，我也對畫面中那個女人所說的話在意得不得了。是在說Koushi大人嗎？

一開始我是這麼想的。那個阿姨違背了重要的教條，於是Koushi大人勃然大怒，為了懲罰她才因此現身。

可是，總覺得有點奇怪……

這麼說來，那個女人畏懼的樣子也很不尋常。而且會有人用「那個」來表現被奉為「Koushi大人」的存在嗎？

總覺得那是非常恐怖的東西。

如果要形容我自己感受到的印象，就是這麼回事。只不過，沒辦法浮現具體的形象。與其這麼說，或許該說是絕對不想浮現那個畫面吧。

我來到走廊的盡頭處。一邊留意室內的情況、一邊把門打開，現在終於出現了會在一般家庭看到的起居空間。這裡原本就是媽媽表妹的家，所以這個空間感覺原本就是作為起居室使用，擺設風格都很一致。

話是這麼說，但畫在牆壁上的那些再熟悉不過的黑線，還有兩張標語也映入了眼簾。

信仰愈是虔誠，每個人都能變得幸福。
信仰一旦動搖，天罰將降臨其身。
若是心無信仰，災厄將造訪眾人

不知另一側之人，會由Koushi大人引導。
畏怖另一側之人，將被教祖的教誨所拯救。
忌諱另一側之人，那個將自黑暗中前來陪伴。

看完之後，我心裡覺得不太舒服。

第一張的第一行還可以，第二行也算是能接受的內容，但第三行就太荒謬了。這不就是強行把連帶責任加在別人身上嗎？

至於第二張標語，最讓我害怕的就是「那個」。錄影帶中的女人相當畏懼的「那個」，會不會就是這裡提到的東西呢？幸好我不知道「另一側」到底指的是哪裡，坦白說真的鬆了一口氣。因為要是知道的話，我肯定會很厭惡那個地方的。

當然，我完全沒有要信奉Koushi大人的意思。可是，我現在人就在光子的家裡面。待在這裡的期間，也無法保證不會受到什麼影響。我完全不在意標語上的警告（應該就是那個阿姨所謂的三條御言吧）。但說是這麼說，我也沒打算要刻意去忤逆它。

把慎也帶出這裡，然後一起回家去。

接下來只要努力別打草驚蛇，盡可能平安無事地離開這個家。我心中所求的就只有這件事而已。

就在我變得膽怯的時候，電話鈴聲突然響了，把我嚇出一身冷汗，彷彿身子就要原地凌空彈起。

而且，那不是外線電話的鈴聲，是內線的鈴聲。

嘟嘟……嘟嘟……

擺在房間內一角的電話櫃，上面的電話持續響個不停，內線鈴聲完全沒有中斷。

可是，到底是誰、又是從哪邊打來的？

其實在電話響起之前，我的腦海裡就冒出「這個家該不會一個人都沒有吧」這種令人生厭的想法。

確實還有沒進去確認過的房間。剛剛也只是在一樓勘查，沒有上去二樓。即便如此，只要這裡有任何一個人的話，就算嘴巴閉得緊緊的，應該至少還是能感受到氣息才對。照理來說，多少發出一點聲響不是理所當然的嗎？但是截至目前為止，我都沒有聽見什麼聲音。

空無一人的家。

如果不這麼思考的話，就無法解釋為何會安靜到這種程度。話是這麼說，現在內線電話正在響呢。

到底是誰、又是從哪邊……

當然，我只要接起來就會知道了。可是在這種情況下，我真的該接嗎？讓某個人知道我人在這裡的話，真的不會出事嗎？

在我迷惘的這段時間，鈴聲還是一直響個不停。如果不趕快接的話可能就會掛斷了。

一想到這裡，我便快步走向了電話櫃，經過轉瞬之間的遲疑後，就把聽筒拿起來靠向耳際。

……

什麼都沒聽見。不光是這樣，也絲毫感受不到有人的氣息。

在聽筒接觸耳朵部分的另一頭，一個人都沒有的漆黑空間，無止盡地擴大。內心瞬間浮現了這樣的想像。

呼呼呼呼呼。

那片黑暗之中吹過了一陣風。並不是真的聽到了，終究只是在腦海之中浮現的想像。

在那片黑暗的深處，有某種東西正以驚人的氣勢朝著這邊過來。以擺在它對側的電話櫃為目標步步進逼。

咦？

要是因為過度的恐懼讓自己動彈不得，那個可能就會在瞬間抓住聽筒。

「……」

在真的聽到什麼之前，我就連忙掛上了電話。

在沙發上休息一段時間後，我又再次開始探索這個家。雖然很在意剛才那通電話，但是我盡可能讓自己不要去思考這件事。

直到現在，我才注意到屋子裡一點都不熱。就算是日落時分好了，現在也才九月而已。在這個各地紛紛傳出殘暑依舊嚴酷消息的時期，這裡如此涼爽也太詭異了吧。不對，與其說是涼爽，不如說是冷颼颼的。所以我有時也會冒出雞皮疙瘩。明明是這樣，不知為何還是會感受到濕氣。無論去到哪裡，潮濕又令人不適的空氣都飄蕩在這個家的每個角落。搓揉兩條起雞皮疙瘩的手臂，竟然還覺得黏黏的。像這種不舒服的感受，我還是第一次遇到。

即便如此，我還是一間接著一間查看不同的房間。像這樣把毫無意義地擴大且錯綜複雜的一樓的每個角落都搜過一遍後，還是沒發現半個人。二樓的情況也是一樣。媽媽、爸爸、志緒利和果生莉姊姊、還有弟弟慎也、以附近居民為首的信徒們，完全都沒有見到其中的任何一個。

在接起那通詭異電話之前所感受到的不快預感，恐怕是命中了。

每個房間都沒有人。睡在床上的人、坐在椅子上的人、走在走廊上的人、閱讀標語上那三條御言的人、在倉庫整理食材的人、在廚房做菜的人、在飯廳吃飯的人、在起居室放鬆的人、在浴室洗澡的人、在廁所方便的人，一個都不存在。

是因為儀式已經結束了，所以大家都離開了嗎？

可是，這個家除了作為宗教場所之外，不也是信奉Koushi大人的信徒們一同生活的地方嗎？說穿了，這裡就是眾人的家。

或許是家就住在附近一帶的人暫時先回去的關係。一想到信徒好像都是附近的居民這個事實，就覺得可能性很大。可是媽媽他們不一樣。至少媽媽他們五個人應該要待在這個家裡才對啊。

可是這裡卻一個人也沒有……

從二樓的小孩房（好像是媽媽表妹的女兒的房間）眺望宛如淡色的血液、被赤褐夕照暈染的天空，我因為人生首次體會到彷彿要窒息的恐懼而畏懼不已。

明明絕對會有人在，實際上卻空無一人的家令人心生恐懼。

明明這裡真的沒有別人，但我就是很害怕，無論如何都覺得有某些東西就躲在走廊轉角或門的後面。

自己孤身一人待在這種屋子裡，沒有什麼比這個更加駭人的。

根本不該來的。

望著窗外逐漸變暗的天色，我打從心底感到後悔。就在這個時候，我突然注意到蓋在寬廣庭院裡的奇特偏屋。

我有去過那邊嗎？

因為擴建的部分接連不斷地延續，在這個家裡到處走動的過程中，我也漸漸分不清楚自己現在到底在什麼地方了。雖然有打算查看所有的房間，但或許唯獨漏了那個大型建築物也說不定。我的心跳又再次開始加速。

從二樓往下俯視，那裡看起來就像是一座教堂。好像是用一條短走廊連接到主屋這邊。感覺那個地方真的非常符合讓身為教祖的媽媽和信徒們聚在一起向Koushi大人祈禱的場所。

大家都在那裡吧。

我像是用跑的那樣下到一樓，開始尋找通往那個建築物的入口。

只要關在那樣的偏屋裡面，就算有小偷闖進來翻箱倒櫃，肯定都不會有人察覺的。雖然我對他們的輕忽感到傻眼，但是又反過來想到大家的信仰竟然狂熱到這種程度，瞬間就覺得毛骨悚然。

剛剛在二樓時，我推測應該會有入口的那個房間是起居室，可是裡面到處都找不到通往偏屋的門。我把靠近那邊的鄰近房間都一一檢查過了，但還是沒看到像是入口的門。心想是不是要從外頭進去，所以我來到庭院，但是只看到窗子，並沒有發現門。而且窗戶不僅上鎖還拉上了窗簾，所以也沒辦法看看室內的樣子。

無可奈何之下，我只好從後門走出去，然後繞著這個家走，可是還是找不到任何的方法。而且還只看見了討人厭的東西。

> Koushi大人的幸運，將會造訪於玄關被迎接的人。
> 對於穿過窗戶而來的人，教祖的懲戒將降於其身。
> 從後門侵門踏戶的人，那個將會在夜裡到來。

媽媽留下的三句御言，就貼在玄關門的旁邊。雖然我完全沒有要放在心上的打算，可是當第三行映入眼簾的時候，我就感受到腹部突然湧出了極為沉重又讓人情緒不快的某種不祥感受。

如果一開始我就看到這一句的話……

我就不會繞去後門那邊，而是直接從玄關進去了吧。雖然我不相信什麼Koushi大人，但依舊無法乾乾脆脆地無視它嗎？

還有，那個是指什麼？

我想起了其他的標語上也有出現相同的敘述。就在那個起居室裡，我推測那邊會不會有門通往那處宛如教堂的偏屋。那個房間貼著兩張標語，其中一張上面就提到了「那個」這個詞彙。

忌諱另一側之人，那個將自黑暗中前來陪伴。

共通點就是「夜晚」和「黑暗」嗎？也就是說，那個應該會在周遭暗下來之後出現。因為急遽西沉而減弱的陽光，以及反而開始更添濃厚氣息的漆黑夜幕，就算我不想去注意，也不得不意識到這點。

好想回家。

雖然我如此深切地祈求著，但如果就這麼逃走，等於是捨棄了弟弟。我之所以會來到這個家，也是因為決心要把慎也給救出去。如果不是因為這樣，我想自己絕對不會跑這一趟的。

話雖如此，如果我年紀再大一點的話，或許就可以當天晚上先住在便宜的商務旅館，到了隔天再來一趟。然而，這對當時的我來說是辦不到的。況且我身上也沒有能住旅館的錢。我帶的錢大概就只比回家的電車車資多一點而已。

我從玄關再次進入這個家，接著往那個當倉庫的房間走去。我在那裡挑了杯麵和盒裝餅乾，再到廚房去燒開水、又從冰箱裡拿出瓶裝茶，一個人吃了晚餐。起初我是坐在飯廳的餐桌那邊，但是因為冷到讓人不舒服，就立刻移動到起居室去了。然後我一邊吸著麵條、一邊不停地環顧室內。因為不管怎麼想，能通往那個偏屋的門應該就只會在這個房間的某個地方了。

看著看著，我突然在意起展示架和書架之間、貼有標語的那面牆壁的模樣。雖然跟其他地方一樣都有縱橫交錯的線條，可是總覺得好像有點不同。

我把吃到一半的杯麵擱在桌子上，壓抑自己急躁的情緒、慢慢朝著那面牆靠了過去。

……是門。

仔細定睛凝神，就看到牆上有淺淺的線，就好像畫了個縱長的長方形。所以，縱橫線條的圖案有稍微錯開一點。

可是，沒有門把。

即使找遍了這面牆，也沒發現像是門把的東西。因為我這一邊沒有合頁，所以我心想會不會是要用推的。於是我把手按上去使力，但還是文風不動。所以要像拉門或障子門那樣往旁邊拉嗎？不過沒有施力點，所以似乎也不對。

因為是隱藏秘門的關係嗎？

即便不是小孩子，或許也都會這麼認為。這下我也愈來愈確信大家應該就是待在教堂裡面了。因為是重要的儀式，所以全部的人肯定都在那裡吧。莫非是要待上一整晚嗎？

起初我還打算坐在起居室的沙發上，然後就這麼等待某個人從牆壁上的那扇門出來。不過我在途中就睡著了。雖然跟平時的睡覺時間相比還早得很，但我不知不覺間就垂下了眼皮。

好累……

我萌生了這樣的實感。不習慣的交通移動、要把弟弟救出來的使命感、還有在這個家感受到的連鎖緊張感，我的疲勞好像凌駕了尚有自覺的部分。如果再這麼睡下去，總覺得不到早上是起不來了。這麼一來，我肯定會在毫無防備的狀態下被什麼人給發現吧。我得避免這個情況發生。

我倒掉還剩下一半左右的杯麵，然後把容器丟進垃圾桶，就到浴室去沖了個澡。其實很想立刻上床倒頭就睡，但又覺得直接去睡覺的話就太不衛生了，這樣不太好。

更衣間也貼了標語。明明不想去看，可是它就這麼進入了視野。

> 真正的信奉者，能洗去一日的汗水。
> 懷疑的信奉者，會沾染償還之血。
> 其餘的愚昧之人，將沐浴於污物之中。

我不禁嚇了一跳。但知道只是毫無意義的恫嚇後，就覺得有點火大。

身為教祖的媽媽，就是像這樣帶給信徒不安、激起他們對Koushi大人的信仰心嗎？可是，這樣的話語有辦法唬住成年人嗎？因為就連我這個小孩子都覺得實在愚蠢到家了。

不管是更衣間還是浴室都相當普通。勉強擠一下的話，就算是兩個大人也有辦法容納，但就是非常窘迫的狀態。若是那些信徒們要在這個家裡面生活，那洗澡時到底該怎麼辦才好呢？

用溫熱的水沐浴全身，心情真的相當舒適。這個瞬間是我踏進這個家以後首次感受到什麼叫愉悅。

然而，就在我抹上洗髮精的時候，肚子突然痛了起來。突如其來的絞痛遍及了整個肚子，讓我當場坐了下來。我知道自己的臉在瞬間褪去了血色。可以的話我好想躺下來，但淒厲的疼痛讓我無法做到。

嗚……嗚……

我發出痛苦的聲音，一個勁地前後搖晃著上半身。這麼做並不會讓身體舒服點，但我就是沒辦法忍著維持同一個姿勢不動。

淌下大量冷汗以後，腹痛也終於到達了頂點。

> 擅自偷吃的東西，會讓人腹痛不已。

當腦海內冒出了標語上的御言後，我就感受到臀部那邊有種強烈的不對勁與溫熱感。伴隨著「啊」地一聲呻吟，我失禁了。

其餘的愚昧之人，將沐浴於污物之中。

進來洗澡之前看到的那句警告，緊接在先前那句話之後於我的腦海中顯現。這兩句話持續不斷地在我的思緒中迴響。

雖然正在沖著溫暖的熱水，但我的身子卻顫抖個不停，不知不覺間，我哽咽落淚了。

我將浴室洗澡的地方清理完畢後，又再度把全身給沖洗了一遍。過程中，我的視線也一直對著毛玻璃那邊。

那個或許會來偷看。

當然，每個地方都沒有看到寫有這種警告的標語。但是現在已經有兩句御言應驗了，讓我不禁覺得真相未明的「那個」就算在某個時刻現身也不奇怪。

儘管如此，我還是沒有要相信**Koushi**大人的想法。說穿了，不過就是對標語所寫的文字感到恐懼而已。這或許是小孩子才有的矛盾吧。

標語上的御言出現了兩次「那個」，這個事實讓我膽戰心驚。

視線頻頻看向毛玻璃，一想到那個的臉可能會突然就貼在上面，我就感到坐立難安。在這種毫無防備的狀態下，光是想到可能會被窺看，惡寒就不只一次竄過了我的背脊。

可是，其實我也沒辦法就這麼跑出浴室。除了害怕那個的存在之外，失禁的衝擊也讓我狼狽不堪。我想要洗到自己覺得已經徹底清潔乾淨為止。如果不這麼做的話，我擔心離開這個家以後，就會變成跟過往的自己完全不同的人。

我一直沖澡沖到自己覺得已經夠了，就用更衣間的浴巾擦拭身體。我沒有帶換洗衣物過來，所以也只好忍耐一下、先穿同一套衣服。由於我深切地理解到眼下並不是能悠悠哉哉換穿睡衣的場合，所以完全不覺得不舒服。

暫且先回到起居室，拿起盒裝餅乾和瓶裝茶以後，我就準備前往二樓的小孩房。原因是在我的印象中，只有那個房間的床鋪感覺還算是姑且能睡上一晚的地方。

傍晚搜索這個家的時候所感受到的那股寒意就好像是騙人的，入夜後就變得很悶熱。雖然這讓我很想把門跟窗戶都打開，但猶豫了一下，最後就只開了窗戶而已。我不僅把門關好，甚至還上了鎖。其實我很想用桌子擋住，可是自己一個人實在搬不動，而且我的眼皮已經重到快睜不開了。

一爬上床鋪，過沒多久我就沉沉睡去。但是在那之前，我依舊很在意自己看到的那張牆上標語……

能順利入睡之人，便能在安穩中歇息。
為失眠所苦之人，就會理解信仰心的不足。
夢見惡夢之人，那個將前來掰開雙眼。

在我不自覺地發出嘟囔聲、然後醒過來之前，我好像一直睡得很沉。所以醒來以後，腦袋也只有一小段時間還轉不過來，意識隨即就清醒了。

……我做夢了。

而且是一個可怕的夢。但不可思議的是，我完全記不得任何跟夢的內容有關的東西。就算是在夢境中，可是那只是幾秒鐘以前才體驗過的事呀，結果完全忘得一乾二淨了。

因為那是恐怖到想要立刻忘掉的夢嗎……

所以大腦就以快到難以置信的速度把記憶給抹除了？一想到這裡，我下意識把棉被往上拉到肩膀一帶。

感覺氣溫比睡覺之前稍微下降了一些，不過還是滿悶熱的。即使是這樣，後頸還是會感受到一陣寒涼，還有背部也是一樣，所以我沒有側睡。如果背部沒有接觸到床單的話，感覺就無法安心。

街燈的微弱亮光從忘記拉上窗簾的窗戶照了進來。外頭很暗，是因為天空布滿了雲，所以月亮跟星星都無法露臉的關係嗎？到底還有幾個小時才會天亮呢？

從床鋪這裡可以看到的範圍內並沒有時鐘。但我也沒有爬下床去找時鐘的想法。我打算直到朝陽的光照進這個房間之前，都要蓋著棉被待在床上。

啪噠。

出現了某種聲響。不是二樓，好像是在一樓，但或許並不在這個家裡面。

是在庭院那裡嗎？

就在我這麼想的時候，突然意識到會不會是那個很像教堂的偏屋。

嚓嚓嚓。

這次響起了很像摩擦聲的聲音，絕對是一樓沒錯。而且感覺是從起居室傳出來的。

那扇隱藏秘門打開了嗎？

我心中瞬間浮現了下面這個畫面。

踏出教堂的門，穿過通往主屋的短走廊，接著打開秘門、再進入起居室的某種東西身影……

媽媽？

我猛然坐起身子，但立刻改變了想法。

如果是那個的話該怎麼辦？

可是，會在這種深夜從教堂出來的，除了身為教祖的媽媽以外就沒有別人了吧？還是說，那是被大家祭祀的Koushi大人？不對，根本就沒有什麼Koushi大人。更不用說莫名其妙的「那個」了，想必也不存在。那不過就是媽媽筆下御言裡提到的東西而已。

我拚命讓心緒平靜下來，結果像是在走廊那邊到處移動的某種氣息，現在一點一點地傳了過來。而且我還同時聽見了奇怪的聲響。

……喳、恰、喳恰恰。

到底是什麼聲音？

而且又是誰發出來的？

雖然被好奇心驅使，但是恐懼的意念還更勝一籌。況且就算那是媽媽好了，此時此刻的我也不禁希望她能直接回到偏屋去。

我努力注意一樓那邊的情況，就發現聲音漸漸在遠離。但就在我下意識地放下心中大石之後，聲音沒過多久又再次出現了。聽著那一再循環的聲音，我終於意識到那東西是在觀察一樓所有的房間。

咚、咚、咚。嚓啦、嚓啦、嚓啦啦。

那個現在開始爬上樓梯了。

要到二樓來了！

二樓隨即出現了在走廊上移動的聲響。

滋、滋、喀恰。

是某個房間門被打開的聲音。

滋、滋、喀恰……滋、滋、喀恰

那個慢慢往這邊過來了。現在已經到了隔壁的房間，接下來就是我這間了。就在我開始發抖的時候……

滋、滋、喀恰。

響起了小孩房的門把被轉動的聲音。不過我已經把門鎖好了，應該是打不開才對。

喀恰、喀恰、喀恰。

門把持續不斷地被轉動，可是門依然文風不動。我覺得真的該大大稱讚一下睡覺前先把門鎖好的自己。

瞬間，走廊上恢復了寧靜。我想像著那個把耳朵貼在門板上、探聽房內動靜的樣子，裹在棉被裡的身體就狂抖個不停。

再這樣下去，走廊那邊就會察覺到我的氣息了，於是我拚命憋氣、待在床鋪上一動也不敢動。這個時候……

嚓啦、嚓啦、嚓啦啦。咚、咚、咚。

響起了走下樓梯的聲音。我隨即吐出一口大氣。

放棄了啊。

感到放心的瞬間，汗水立刻泉湧而出。我想找個東西來擦，於是走下床，打開了五斗櫃。發現裡面有條可愛的手巾，所以我就拿來用了。

我邊擦汗邊走到門前面，探聽一下走廊上的情況。感覺那個原本打算進來小孩房的某種東西，已經要回去教堂那邊了。只要那東西回去原本的地方，我應該就可以放心了。雖然內心這麼想，但我還是豎起耳朵在聽，結果這時就聽見了奇怪的聲響。

嘰咿、喀恰喀恰、磅。

好像是起居室裡面有什麼動靜。類似的聲音持續不斷地傳來。

到底是在……

才剛剛浮現這個疑問，我的身體瞬間就變得緊繃。

該不會，是在找小孩房的鑰匙吧……

樓下傳來的，莫非是拉開起居室櫃子的抽屜，在裡面找東西的聲音？

就在我意識到這個駭人可能性的時候，一樓的聲音戛然而止。

一段時間後——

咚、嚓啦、咚、嚓啦、咚。

那個踩著樓梯拾級而上的腳步聲，又開始清晰地響起。

不趕快逃走就糟了。

可是，要逃到哪裡才好呢？就算移動到二樓其他的房間也無濟於事。況且要是現在打開門跑到走廊上，或許就會跟爬樓梯上來的那個東西撞個正著了。

從窗戶……

我連忙跑到窗戶邊俯視庭院。可是月亮和星星都沒有露臉，街燈的亮光又太微弱了，幾乎連屋子的牆面都看不清楚。在這種狀態下要邊找立足點邊往下爬，就算換成大人來爬應該都很困難。更遑論是一個十二歲的少女了，根本就不可能辦到。

該怎麼辦……

在我被絕望給籠罩的過程中，那個應該就已經爬完樓梯上來了。

唏踏、唏踏、唏踏。滋……滋……滋……滋……

已經能聽見走廊那邊傳來了直接朝著小孩房過來的腳步聲。

這樣會被發現的。

站在窗邊的我突然想要鑽到床鋪底下。遺憾的是那裡做成收納用的空間，所以完全躲不進去。

喀恰喀恰。

冒出了細微的聲響。就像是把鑰匙插進了門上的鑰匙孔……

此刻，我在轉瞬之間想像了自己躲在掛衣物的布衣櫥裡面的畫面。這個房間裡還能讓自己藏起來的地方，應該就只有那裡了。

喀恰。

只不過，就在耳朵聽見門把轉動聲響的瞬間，我就立刻跳回床鋪上。

我把棉被直接拉到肩膀處，閉上了眼睛。還盡可能忍耐、讓自己別把雙眼給閉得緊緊的。因為這樣看起來會很不自然，我還是必須表現出一副像是熟睡中的樣子。

裝成睡著了來度過這一關。

我僅存的救命稻草，就只剩下這個辦法而已。

我閉著眼睛，費勁地壓抑時不時變得急促的鼻息。如果不能穩定且規律地呼吸，看上去就不像是在睡覺了。

要是身子發抖的話，當然會很容易被拆穿。可是，當下我的身體正因為恐懼而僵在那裡，這實在是不幸中的萬幸。接下來只要好好調節呼吸的話，總會有辦法蒙混過去的。

嘰咿咿。

伴隨微弱的摩擦聲，門被打開了。

不要，好可怕……

我竭盡全力讓自己不要忍不住躲進棉被裡。一旦不小心做了這個動作，裝睡就會敗露，那可就玩完了。

裝出熟睡樣子的同時，我也把全部的精神都集中在耳朵。只不過，無論等了多久都沒有感覺到有人走進來的氣息。

相反的，我感受到從門口那邊傳來了足以讓人發疼的邪佞視線。那個東西正直勾勾地盯著睡在床上的我。心中不經意地顯現了這樣的光景。

拜託直接回去吧，不要進來這裡。

我專注地祈求著，眼下能做的也只剩祈禱了。希望那個東西能認知到眼前就是個人畜無害的女孩子睡在這裡而已，然後就這麼回去原來的地方。

唏踏、唏踏。滋滋、滋滋。

然而，那個突然走了進來。而且我還知道它正毫不遲疑地直接朝著我的枕邊過來。

不要、不要、不要、不要！

我在內心叫喊著，簡直就是尖叫狀態了。

別過來、不要過來、不要過來！

我相信繼續像這樣在內心放大音量的話，就能嚇阻那個東西。

唏踏、唏踏、滋滋、滋滋、唏踏、唏踏。

可是，那個還是接近我這邊了。難以言喻又令人不快的氣息逐漸排山倒海而來。光是那種無法忽視的真實感，就足以讓我立刻跳下床鋪、從窗戶逃出去。要壓抑這樣的衝動，究竟耗費了多少的心力呢？

滋滋、唏踏。

那個已經來到床鋪的旁邊了，我確實能感覺到它就站在枕邊。而且更是能深切意識到現在它正在凝視著我的臉。

下個瞬間，那個東西冷不防貼了上來。那個的臉，現在就位在我的臉部正上方。要是現在張開眼睛的話，無疑會和它對上視線。根本不必微微張開眼睛偷看，光是經由那個的氣息就已經能充分理解這一點。

我睡著了。我睡著了。我睡著了。

我專注地給自己施加暗示。到了這個節骨眼，也沒有其他的辦法了。就算沒辦法真的睡著，也要盡可能讓自己看起來更接近熟睡的樣子。只要醒來以後已經到了早上，就能把那個東西在深夜來到這裡的事當成一場惡夢了。

這是一場夢，因為我睡著了。這是一場夢，因為我睡著了。

這完完全全就是在逃避現實，但是我也無可奈何。總之，我絕對不能在清醒的狀態下意識到那個東西存在的事實。

臉部上方的氣息好像突然消失不見。現在好像已經沒有東西從正上方窺看我了。

直接離開這裡吧……

我一心一意地祈求著。突然……

嘟。

有某種東西落在額頭上，差一點就要讓我喊出聲來。

……欸？

與其說是額頭，應該要說右邊眉毛上有某種細細的東西。

什、什麼東西？

因為完全看不見，所以恐懼也跟著倍增。可是張開眼睛還更加可怕，我絕對不會這麼做的。

劈噠。

這次細細的東西落在右眼的正下方。

噫……

就在我發出不成聲的哀號時，先前看過的一句御言就在瞬間於腦海現身。

夢見惡夢之人，那個將前來掰開雙眼。

該不會是……手指頭？

落在我右邊眼睛上下的，該不會就是那個東西的手指吧？意識到這件事的瞬間，我嚇得全身的寒毛都彷彿豎了起來。

似乎是在等待我的反應，眉毛上的那根指頭突然往下滑到眼皮附近。緊接著，我又感覺右眼正下方的手指也稍微往上挪動了一些。猛然就迎來立刻要讓人發瘋般的恐懼。

不要、走開、別過來、不要……

這時兩根手指開始使力，接著強硬地從右眼的上方和下方將上眼皮和下眼皮掰開。

那個正在掰開我的雙眼。

我兩隻眼睛使勁用力，拚命地抵抗。現在根本不是擔心自己醒著的事情暴露的時候

我不要看。不要。絕對不想看到。

光是想到要和那個東西的臉面對面，內心的恐懼就攀升到頂點。然而，更勝於此的戰慄還在後面等著。

我努力忍受著異常的痛苦。無論如何，我都要繼續努力不讓右眼張開。接著我也將同樣的

力氣施加在左邊的眼睛。

那個將前來掰開雙眼。

事情真的就像標語文字所說的那樣發生了。我的雙眼周圍各被四根噁心的手指頂著、像是要強行把我的眼珠挖出來。

四根手指？

即使現在正遭逢驚人的恐慌襲擊，我還是從這個矛盾之處察覺到另一個駭人的事實。

那個東西有四條手臂嗎？

不過我隨即略過了這一點。這是因為實在太痛，我的兩隻眼睛都快閉不起來了。如果再繼續抵抗下去，我臉上的皮膚肯定會被抓破吧。

一想到臉會被弄傷，凝聚在雙眼的力氣立刻就放鬆了。畢竟對於一個十二歲的女孩子來說，比起跟那個東西正面對峙，或許在臉上留下深深的傷痕還更令人感到畏懼吧。

然而，就在我睜開兩隻眼睛的瞬間，就立刻了解自己恐怕到離開人世之前，這輩子都會對這個錯誤的判斷感到極其後悔。

如果要說還有什麼能多少算是慶幸的，大概就是房間裡很暗吧。所以不管是那個的臉還是身影，我都沒辦法看得很清楚。

張開眼睛之後第一個看到的景象，是那個東西的額頭。正中央有一條不忍直視的縱向傷口。那綻裂的前額還能看到裡面紅色的肉，而且有個意想不到的東西就像是被埋在那裡似的。

眼珠。

那個和普通的眼睛差不多大小的眼珠子，正骨碌碌地轉動著。接著它突然停了下來，一個勁地盯著我看。

即使時間已經過了十年之久，就只有那張臉上的獨眼讓我怎麼樣也無法忘記。就算是現在，它偶爾還是會在夢裡面出現。然後就在夢中目不轉睛地凝視著我。

當它出現時，我就會再度體會到「那個依然存在於某個地方」這種絕望的情緒。然後我就會衷心祈禱不要再出現和我碰上相同遭遇的人，特別是不要出現受害的小孩子。

或許我之所以會想要寫下這篇原稿，就是為了把那個東西的存在公諸於世，並提出警訊也說不定。

回到原本的敘述吧。

當我回神時，已經是早上了。

感覺自己做了個毫無道理的惡夢。

我去了趟廁所，然後到盥洗室想洗洗手和臉，結果不禁當場愣住。眼前所見就像是要告訴我那絕對不是一場惡夢。

在我兩隻眼睛的上下方，留下了像是指甲抓痕般的傷痕。

突然，身體開始不停地發抖。我像是用爬的那樣上了樓梯，回到小孩房，然後直接爬到床上，再將棉被拉起來蓋到頭部。明明是經歷了恐怖體驗的場所，但是我卻沒有考慮過其他的房間。結果，直到太陽從雲層中探頭的中午過後，我都一直待在那裡。

之所以會下床，是因為感受到了陽光，再加上肚子餓的關係。在此之前就只靠餅乾和瓶裝茶充飢。明明碰到了那種遭遇，照理說應該是不會感到飢餓才對，但好像也已經到達極限了。

搖搖晃晃地走下樓梯，來到那個當食材倉庫的房間。我在那裡想起標語上的文字，肚子又突然痛了起來，結果食慾就這麼沒了。原本還餓得不得了，但就是覺得不想再吃放在這裡面的東西。

我離開這個屋子，找到一間便利商店，買了麵包和果汁。因為必須要留下電車車資，所以麵包只買了一個。附近有個公園，我就在那邊吃東西，不過卻感到味如嚼蠟。即使看到於盛夏時節在沙坑玩耍的母子，都覺得那很不真實。假使那個孩子被沙子吞噬、就此消失，那個時候的我或許都不會感到特別驚訝、也不會抱持什麼疑問吧。

後來我重新回到那個家，穿過門從玄關那裡進屋時，才終於感到困惑。

現在我該怎麼做才好呢？

我已經非常確定家人都不在這裡，繼續找下去大概也是徒勞無功。可是如果就這麼回去的話，我就不知道自己到底為什麼要來這一趟了。

去附近的人家那裡看看吧。

腦海中頓時冒出了這個想法。裡面一個信徒都沒有，會不會是大家都回自己家了？如果真是這樣，或許就會有人知道媽媽他們到底去了哪裡。

就在我想到接下來要採取的行動時，剛好就走進了起居室。看到那扇隱藏的秘門此時正張開它的大嘴，我不禁停下了腳步。去拜訪一下附近鄰居的這個想法，已經從腦海中消失得無影無蹤。

戰戰兢兢地靠近牆壁上那個切出一塊長方形的洞。我一邊走、一邊窺探著洞裡面的情況，只見那扇現在全開的內開門後面，有一條短短的走廊往前延伸。還能看到位於盡頭處的那扇門也是打開的狀態。

媽媽他們就在這前面的偏屋裡面。

我想要只把頭探進門後呼喊，但是怎麼也發不出聲音來。在那之後才意識到那裡靜悄悄的。起初我以為是徹夜進行儀式的關係，所以大家都還在睡覺吧。只不過那裡完全感受不到任何氣息。

他們該不會也不在這裡吧？

我懷抱著微小的希望，踏上了那條短走廊。愈是接近位於深處的偏屋，畫在正面牆壁上的奇怪圖案也逐漸變得更加顯眼。

就跟這個家裡面的牆上那些縱橫交錯的線條一樣。不過有一點大大不同，就是畫得宛如鐵絲網的縱橫線條，感覺就像是朝著我這一邊張開。至少在我看來就是這樣的感覺。

為什麼只有這裡是這樣？

我繼續走完剩下的走廊，朝著應該是偏屋所在的那面深處的牆壁前進。就在踏進建築物的瞬間，雙腳再次停了下來。接著，我環顧了室內，立刻當場愣住。

對於眼前的光景，我真的無法馬上理解。

正面牆壁的右邊角落是媽媽、左邊牆壁的中間位置是爸爸。轉過身去，門所在的這面牆的右側是志緒利姊姊、左側是果生莉姊姊，他們每個人都是以頭部插進牆壁的狀態倒下的。更正確的說法，是爸爸媽媽的整個頭都埋入了牆壁，而姊姊們是半張臉嵌進去的模樣。

……死了。

當然只是乍看之下的感覺而已，所以我也不是很確信。不過當我看到他們四個人的瞬間，我立刻就領悟到一切都已經太遲了。是因為媽媽他們的狀況看起來太過異常了嗎？

四個人看上去都完全不像是頭部撞破牆壁後才因此插進去的。那幅光景看起來的感覺，就只能認為是被牆壁給吸進去了。實際上牆壁完全沒有龜裂、周圍也沒有飛散的碎片。就連埋進頭部的部分也是，與其說開了一個洞，更像是往內收縮縮緊。

柔軟的牆壁將媽媽他們的頭給一口吞下。

荒謬至極的畫面清晰地在腦海裡浮現。然而，我卻不明所以地意識到這可能是千真萬確的事實。

慎也一定是被正面牆壁那個打開的部分吞進去了……

明明什麼根據都沒有，但我就是知道。弟弟已經再也回不來了，這個令人心碎的悲戚事實也涵蓋在其中。

在那之後我有打電話報警嗎？我什麼都不記得了。當我恢復神智之後，金澤的阿姨已經陪在我的身邊。

後來的事情全都交給阿姨去處理。雖然阿姨和我們家不太常往來，但之後也只能拜託她了。詳細的經過，我想留到下一章再記述。

第五個故事　關於某個狂女　老人的紀錄

對於要不要寫下這一章真的讓我苦惱許久。因為內容跟其他章節相比真的是雲泥之別。一個不小心，或許還會讓人懷疑執筆者的精神是不是不正常。而且截至目前為止都盡可能留意要基於事實描寫的用心，都可能在此付諸流水。懷抱著這樣的不安來寫真的好嗎？即便我已經開始寫了，過程中還是會感到煩惱不已。

想了一下，其實我對「她」的事情近乎一無所知。這裡所記錄的內容全都是從祖母那裡聽來的傳聞。其實在其他章節裡面也有很多依據傳聞來記述的部分，不過我有去查證了一下。特別是跟戰爭相關的記述。如果是當事人已經過世的場合，就去向他周遭的人們打聽。也有去採訪相關人士和專家的例子。相關的參考文獻我也研讀過了。總之，就是留心不要出現錯誤。關於那些在我的人生中所發生的事件，它們的正確年月日、場所和關係人，以及包含來龍去脈在內的部分，我都會竭盡所能、詳細地記下來。在本章之後預計要撰寫的章節當然也都是採用相同的方式。

然而，唯獨「她」的事例算是例外了。因為如果當事人的家族現在還居住在那個地方的話，恐怕會造成莫大的困擾，因此我這邊就以明治跨到大正、再到昭和初期的這數十年間、位於中國地方某村中權傾一方的某家來表示。接著還能再補充的，就是那戶人家算是祖母的遠親這個事實吧。話雖如此，就筆者知道的部分來說，祖母家和那戶人家似乎從以前就疏於往來。我完全沒有從祖父母和父母那裡聽到某家話題的記憶。因此即便說是祖母的遠親，但究竟是什麼樣的關係，其實我完全都不知道。

儘管如此，祖母還是偶爾會在回憶過往時提起「她」的話題。順帶一提，姑且不論那個人的孩提時代，每當祖母在談到「她」的事情時，都會用「Kuruime」（くるいめ）來稱呼，漢字應該可以寫成「狂女」吧。謹慎起見，我還去查了好幾種《歧視用語辭典》，可是都沒有找到符合的詞彙。因此本章會使用這個詞。

祖母很喜歡民間傳承，也經常說給我聽。其中有很多既可怕又很不可思議的奇特內容。筆者從孩提時代就很喜歡怪談，我覺得祖母的影響大概不可忽視吧。加上我是備受寵愛的老么，所以真的聽了許許多多的恐怖民間故事。對祖母來說，狂女的故事應該也只是其中的一部分而已。

然而就筆者的感受來說，那就是個非常令人不快的故事。雖說是幾乎沒有任何往來的遠房親戚，即便很淡薄，但彼此有血緣關係也是事實。把體內流著跟自己相同血脈的人稱為「狂女」。那個人惹了這樣的麻煩、說出那樣的話、又做了什麼事情，光是聽到這些就讓人不禁感到害怕。

聽著聽著，自己會不會也跟著精神失常、做出同樣的事情呢？

聽祖母說故事的過程中，那些讓人厭惡的想像經常會圍繞著我。如果是民間故事，即便再怎麼恐怖，終究都只是跟自己無關的事罷了。但狂女的情況可就不同了，真要說的話，那就是切身的戰慄。明明根本就是從未接觸過的事情，但是對當時的筆者而言就是最貼近自己的恐怖。而且祖母還不管聽眾是個孩子，就稀鬆平常地說出沉重又不適切的故事。不用說，筆者當時沒辦法理解那些內容，可是不祥的感受卻已經完完整整地傳達給我了。足以讓我打從心底感到畏懼不已。

根據祖母的說法，狂女自誕生之際就是件帶有緣由的事。我不曉得明明是關係疏遠的遠房親戚家務事，為什麼她會知道得那麼詳盡。接下來我會翻找最深層的記憶，試著努力聚焦在祖母告訴我的內容。

某日，某家的家主那年紀相差十三歲的妹妹龜代子下落不明。在那個地區，自古以來就會頻繁地發生神隱事件。其中大多是年紀很小的孩子，而且幾乎都沒有再回來。

不過龜代子在失蹤的一週後就被發現了。玩試膽遊戲的孩子群裡面的一人，在被村民稱為「御山神大人」的古祠堂前面發現她倒在那裡。那個地方是個像是瘤那樣隆起的小山，只蓋了一間小屋大小的祠堂，平時是個杳無人煙的寂寥場所。關於祠堂裡面祭祀的是什麼，就連村裡的那群長輩也都不曉得。即便如此，到了氏神大人的例大祭時，人們也會在祠堂前供上分送過來的御神酒。這就是那個祠堂唯一會舉行的神事。

龜代子的身心都很健康，完全沒有問題。不過她對於失蹤期間的事卻毫無記憶，什麼也記不得了。七天前的傍晚，她從御山半崩塌的石階梯旁邊經過時，突然感到一陣暈眩，眼前也隨之暗了下來。等到恢復意識的時候，自己已經倒在祠堂前面了。不知不覺間，時間已經過了一週。事情的經過好像是這樣。

村民們都說什麼「被狐狸迷惑了」、「御山神大人的作為」，傳得甚囂塵上。可是龜代子都平安無事地回來了，所以那些傳聞也逐漸消失。遭遇神隱的孩子即使最後被找到了，通常都會變得很奇怪。就算肢體沒有異樣，但精神可能會出問題。和那些小孩相比，她的情況真的可說是相當罕見。再加上某家是村內的有力人士，奇怪的傳聞也未能流傳得太久。

就在龜代子碰上神隱的話題在村民之間失去熱度的時候，突然就看不到她的身影了。雖然不清楚理由，不過好像是被關在某家宅邸的樣子。「莫非是病了」這樣的擔憂，突然轉變為「肯定是御山神大人的影響現在才顯現出來」這種毫無根據的流言，傳遍了村子裡的每個角落。但不久之後，又開始傳出讓村民們難以置信的新傳聞。

「某家的小姐好像是懷孕了。」

轉眼間，整個村子都開始了討論「父親到底是誰」的找犯人行動。只不過無論怎麼調查，都完全沒有發現有嫌疑的人。雖然也有出現「不是村子裡的男人，會不會是外來者呢」這種意見，但無論怎麼想，都覺得是外來人士的可能性很低。到後來，又有人不經意地流傳起奇特的傳言。

「父親肯定是御山神大人，不會錯的。」

龜代子失去意識的地方是御山的山麓，被發現的地方是御山上的祠堂前面。這個事實就是比什麼都還關鍵的鐵證。村子裡的人好像是這麼思考的。

某家對此保持沉默，既沒有否定、也沒有肯定。然而僕役們都被下了超乎以往的封口令。但很遺憾，龜代子的生活情況還是從某個地方被不小心流出來了。然後，新的流言又開始在村子裡面蔓延開來。

「肚子大起來後，腦袋也變得怪怪的。好可憐啊，所以她最後就被關進了一間倉庫。」

龜代子後來在倉庫裡生下了孩子，是個女孩。等到產後恢復之後，她就被送進了瘋癲病院[36]。至於在那之後又怎麼樣了？祖母好像也不知情。

小嬰兒沒有取名字，就直接讓年長的女中[37]在倉庫裡養育她。除了出生時曾哭過一次之外，這孩子完全不哭，而且也不笑，所以負責照顧的女中都覺得很詭異，於是便紛紛請辭了。因為孩子到了四歲都還不會走路、也沒有開口說話，因此大家都認為她的身心方面存在嚴重的障礙。

然而就在某一天的黃昏時刻，小孩冷不防消失了。她和母親同樣遭遇了神隱的說法頓時傳得沸沸揚揚，但是在某家的僕役們全員出動搜尋後，人就在御山的祠堂前面被找到了。明明就連一步都沒有辦法走，而且她還必須爬上對幼兒來說絕對不算短的御山石階梯。但即使是這樣，她似乎還是摔了一跤，在額頭上留下了一道傷口。然而不可思議的是，這孩子竟然連一滴血都沒有流。據說那道傷口即便好了也沒有癒合。

讓僕役們大感吃驚的還不只這件事。從這個時候開始，這孩子竟然就會開口說話了。

「有東西在某某家的屋頂上跳舞。」

這是第一句話。這裡的「某某」指的是村子裡的某戶人家，當天夜裡，那一家的主人就發了高燒，差點就要病危。聽過小孩這句話的人都覺得相當詭異。但那個時候，他們還只是把這件事視為一種偶然罷了。

可是，小孩在那之後也繼續說著類似預言、意味深長的「自言自語」。而且全都是些令人毛骨悚然的內容。

「有東西在爬某某岳。」

結果因為發生落石，有村民在懸崖下受傷了。

「有東西在村子的祭典上吃蟲子。」

結果祭典結束後，有好幾個村民肚子很痛，然後就臥床不起了。感覺很像是集體食物中毒。

「有東西沉入了某某池。」

36 日本於明治時代到昭和時代的二次大戰前對精神科醫院的稱呼，也有「瘋狂院」這個說法。

37 在這裡的意思是對從事幫佣工作女性的稱謂。

結果村子裡有孩子溺死在那個池子裡面。
「有東西拜訪了鄰近的某某地區。」
結果該地域的人家一間間照著順序出現了過世的老人，接連辦起葬禮。
「有東西垂掛在某某松底下。」
有行商的賣藥郎在村子裡知名的松樹下上吊，完全不曉得自盡的動機。
從擔任孩子奶媽的女中開始，某家所有的僕役們全部都感到不寒而慄。起初大家都還有留意不要讓這些話傳到外面去，但最後還是不小心洩露了。小孩那宛如神諭的自言自語也逐漸在村子裡面流傳開來。最後就演變成唯獨某家家主對此毫不知情這種甚為糟糕的狀況。
心想沒辦法再繼續隱瞞下去了，所以僕役們才戰戰兢兢地向家主報告。好像也是覺得只要這麼做的話，大家就能從這個詭異的孩子身邊被解放了。然而，家主的反應卻出乎眾人意料。他將一間主屋的房間給了這個在此之前都還在倉庫裡生活的孩子，而且不管是給她的衣物還是飲食都極其奢華，並且親自將她命名為「世智」。還有一件就連家主自己都備感訝異的事，就是他開始每天前往房間拜謁。
家主的目的是想讓世智為某家經手的多項事業進行各式各樣的吉凶預測。據說經常能看到家主帶著形形色色的文件到房間裡向那個孩子說明的奇特情景。家主還為這種行為取名為「世智參拜」。

只不過，從世智的口中說出來的依舊盡是些駭人驚恐的內容。除了家主以外，其他的家人和僕役們都很害怕這個孩子。他們認為要預測事業的未來走向是絕對不可能的，但沒有一個人去向家主陳述這個事實。因為大家心裡都明白，要是提了這件事肯定就會得罪家主、讓自己惹上無謂的麻煩。

因為家主沒有限制她，所以世智從五歲開始，每隔幾個月就會外出一、兩次，在村子裡的每個地方走動。不用說，旁邊當然有陪伴的隨從跟著。可是每個人都討厭這份照顧孩子的工作。因為是某家之人這樣的立場，所以村民們表面上也都會對世智表現出恭敬的態度。但另一方面，身為一個會說出詭異預言的小孩，她也幾乎被所有的村民們排斥。擔任隨從的人當然也很清楚村民們的這種兩面性。但即便明白對方的情緒絕對不是衝著自己來，心裡還是會感到不悅的。光是和世智一起散步就會讓心情變得很鬱悶，所以大家會對這個照顧孩子的任務敬而遠之，倒也不難理解。

而且如果對方不是大人、而是同村孩子的場合，也經常會引發一些騷動。村子裡的孩子大概也都從父母那邊聽過相關的事情。話雖如此，畢竟還是孩子，只要當事人出現在自己面前的話，就會想嘲諷個幾句。在那些孩子裡面要是有先前預言中「被害者」家族的人或是熟人的話，那就更不可避免了。

「在倉庫裡出生的倉庫小孩。」

「沒爹的孩子。魔物的孩子。Satoru（さとる）的孩子。」
「母親住瘋人院。你以後也會進去的。」
無論父母親怎麼囑咐，一旦到了那種場合，就算是小孩子也是嘴上不饒人的。我個人覺得「沒爹的孩子」可是超越歧視用語、相當殘酷的侮辱性字眼，但考量到時代性的問題，我還是在這裡使用了。「瘋人」的情況也是一樣，還望各位讀者能夠理解。
「Satoru」會讓人想到妖怪的名字。過去從祖母那裡聽來的其他故事裡面就曾經出現「化物Satoru」，所以應該沒錯吧。
在入夜後的深山中，有個樵夫正在燒起焚火，這時只有一隻眼睛的化物Satoru突然出現，然後就坐在他的對面。樵夫在心裡叨唸著「討厭的傢伙出現啦」，結果化物就說道：「你現在正想著『討厭的傢伙出現啦』是吧？」樵夫嚇了一跳，心想「哇，為什麼會知道？」，接著化物又說：「你現在正想著『哇，為什麼會知道？』是吧？」害怕的樵夫又想著「這傢伙是什麼呀，真可怕」，化物接著回道：「你現在正想著『這傢伙是什麼呀，真可怕』是吧？」樵夫內心浮現「不行，要趕快逃走」的念頭並準備起身，結果化物竟然又對他說：「你現在正想著『不行，要趕快逃走』是吧？」於是樵夫錯失了逃跑的機會。這種化物會讀取人類的想法，接著突然說出你心中所想何事。這個狀態會一再地重複，然後當事人就會腦袋一片空白、最後漸漸變成一個廢人。化物Satoru就是這麼可怕的存在。

無計可施的樵夫只能目瞪口呆地傻在那裡。就在這個時候，燒著焚火的薪柴突然爆了一下，有一塊彈起的木片就這麼剛好飛向了Satoru的那隻獨眼，結果把這個化物嚇得驚慌失措。然後化物拋下一句「人類真的是種會突然做出未經思考舉動的生物啊」，然後就逃走了。最後樵夫也因此得救。

「化物Satoru」如果用漢字來表現，應該可以寫成「化物悟」或是「化物覺」。村子裡的小孩們會使用這個稱呼，想必是在揶揄某家的世智所擁有的預知能力吧。讀心術和預知是截然不同的兩種現象，不過當時村裡的孩子應該是沒有區分得那麼清楚。

即使遭受辱罵嘲諷，世智也只是不發一語地走過去。這種時候，隨從就會訓斥那些村裡的孩子。原本只是想要耍嘴皮子，並不是出於本意，其實就連孩子們自己心裡也都很清楚。但嬉鬧愈演愈烈，逐漸成為了常態。

即使被這樣嫌棄，世智還是繼續她的散步活動。過程中遇上說她壞話的那些村內小孩也是不可避免的。大致上都是同一個四人組埋伏起來，躲在樹木或岩石的後面說閒話。雖然有時也會扔扔小石頭或樹枝什麼的，但都會刻意失準、不會真的丟中。萬一有什麼意外，擔任隨從的人就會成為盾牌，相信村裡的孩子們還是知道這一點的吧。

某一天的散步歸途中，因為世智從平常幾乎不會走的村子中心通過，所以隨從也嚇了一跳。當然，就算是這樣，他們也非得陪伴在一旁不可。結果，她來到一戶人家的前面，口中喃喃自語。

「有東西從天空落下。」

那天夜裡，那戶人家就因為在深夜聽到奇怪的聲音而醒了過來。好像是有什麼東西打在屋頂上，啪啦啪啦作響。起初還以為是下雨，但似乎又覺得不太一樣。看看外頭，也沒有下雨的感覺。內心覺得詫異的村民來到外面，就看到屋頂上有許多小石頭滾落下來。

天空降下了小石頭雨。

感到難以置信的村民抬頭看向天空，只見小石頭開始變成拳頭大小的石頭、接著甚至開始落下大岩石，於是他們全家連忙逃到外面來。雙手環抱大小的岩石接連撞破屋頂，望著這副惡夢般的光景，眾人眼睜睜地看著自己的家在黎明到來之前半毀了。當某家的僕役們得知遭遇這種前所未聞的怪異現象的人家，其實就是先前那個四人組某個孩子的家，已經是其中第二個人家裡遭逢災難以後的事了。

發生這起事件的數個月以後，世智又在散步回家的途中走進了村子。然後又停在一戶人家的家門前，再次開口低語。

「有東西在地底下蠢動。」

當天晚上，那戶人家突然感覺到地震，全部從床上跳了起來。但是跑到外面一看，附近一帶都完全沒有搖晃。持續震動個不停的，就只有自己家的屋子而已。才剛看到屋子往右邊傾斜、就立刻又往左邊倒過去，後來屋子有超過一半的部分都沉入地下。如果只看這個現象的話，大概會認定是地層下陷。可是陷入地下的剛剛好就只有這家人屋子的部分，怎麼想都太詭異了。而且這一家的孩子，就是四人組裡頭的第二人。

接著又過了幾個月，散步歸途中的世智又朝著村子走去。這個時候，四人組的事情已經傳遍了整個村子。換言之，大家都很清楚世智現在要去制裁第三個人了。所以很快就有幾個村民開始圍觀世智的動態。話是這麼說，因為不想遭受池魚之殃，所以沒有一個人靠得很近。

最後，世智站到了第三個人的家前面。那家小孩的父母立刻就從屋子裡跑出來，「噗通」一聲就在這個小女孩的腳邊伏地。

「求求您原諒我們。我們家的孩子做了無禮之事，在此向您致歉。還請您務必高抬貴手、請您大發慈悲。」

兩個人額頭叩地之後，這家的祖父祖母也跟著跪了下來。但是世智的視線完全沒有看向面前的四個人，就只是目不轉睛地凝視著他們家的門。

這家的父親察覺到世智的舉動，立刻回頭大聲叫喊。

「混帳東西！你也趕快滾出來，好好地磕頭謝罪！」

門後面出現了一個男孩。臉上的表情看似半帶恐懼、半帶惱火。被父親怒斥之後，他才心不甘情不願地走了出來。結果，他突然在中途停下腳步、對世智扔出了一顆石頭。

「啊！」

父親、村民們、還有隨從，幾乎所有的人都發出了一聲短暫的驚呼。一臉訝異地把頭抬起的母親和祖父母，在知道當下究竟發生了什麼事的瞬間，臉上的血色也立刻褪去。

男孩丟出的石頭直接砸中了世智的額頭。鮮血滴滴答答地從中央一道縱向的傷痕流出。即便如此，她還是一聲都沒有吭。明明血都已經流到眼睛周遭了，世智的雙眼依然眨也不眨一下，持續凝視著男孩不放。

「哇啊啊啊啊啊！」

男孩放聲大哭，同時也失禁了。接著他身子前傾、「砰」地一聲倒在地上。

這家的父母和祖父母趕緊跑過去，但世智看都不看，直接轉身邁步離開。只不過她在離開前，嘴裡冒出了一句只有隨從那個位置才能勉強聽到的話。

「有又紅又熱、正在蠢動的東西。」

當天晚上，第三個孩子的家完全燒毀了。慶幸的是一家人全都平安無事。一度意識不清的男孩也在隔天早上恢復了。

火災發生的一週之後，第四個孩子全家像是連夜逃走似地離開了村子。而世智來到已經空無一人的屋子前面，也是幾個月以後的事了。

「有又黑又臭、發黑的東西。」

隨從聽見了她這句低語。到了第二天早上，這戶人家附近的居民們都被嚇了一大跳。因為這家的屋子在一個晚上就化為了廢屋。確實，沒有人居住的房子會壞得很快，可是那是經過好多年的建物才會碰到的情況。再怎麼說，在一夕之間就直接老朽化根本是毫無可能的。

因為四人組的事件，村民們對某家世智的態度也出現了大幅的變化。到目前為止，他們都認為這個女孩肯定擁有預知的能力沒錯。但實際上，會不會是從她口中說出來的話最後變成了現實呢？這麼一來，這孩子不就是為村子帶來災禍的魔物嗎？

村民們的不安和批判當然也有傳到某家的家主那裡。負責隨行照料世智的僕役們也為村子裡發生的一連串怪異現象做出了佐證。這件事在某家家族內部也成了大問題。每個人都很擔憂，覺得不能再繼續放任這個孩子的作為。

然而，就只有家主的看法不同。這當然是因為他還在盤算著要讓世智預測事業的走向。所以他欣喜地認為要是從這個女孩口中說出來的夢魘都會成為現實，反倒是個好機會不是嗎？於是家主又開始經常出入世智生活的房間。據說他為了讓自己規劃的事業計劃能順利進行，還強迫世智說出自己想要的內容。

他在實踐這種異常企圖的時候都是完全屏除其他人的，所以從來都沒有人真的看過現場的情況。另外也沒有人會去積極確認其中的效果。平時就是暴君形象的家主心情好的日子變得愈來愈多，某家的事業也變得愈來愈繁盛了。大家也就只能從這兩點推測家主的盤算應該是成功了吧。

世智即使到了要上學的年紀也沒有去上小學。雖然當事人也不喜歡，不過這其中肯定也有即便去了學校，這孩子也沒辦法過上群體生活的因素吧。家主為了她雇用了住進家裡的家庭教師，可是那些老師們後來也都接連辭退了。

「我和那個孩子完全沒有辦法理解溝通。這樣的話，在教授課業之前就已經先出現一個很大的問題了。」

每一個人都以相同的理由離開了某家。家主很捨得花錢，總是聘用優秀的教師，但是結果一直都沒有改變。最後，這種毫無意義的嘗試持續了四年之久，然而能承擔這個職務的人卻一個都找不著。

「世智她不需要什麼教育。」

家主一邊大笑一邊這麼說道。只要她的特殊能力能夠在自己的事業方面派上用場，他應該就覺得很滿意了吧。

等到完全沒有雇用家庭教師的時候，世智外出的機會也跟著變多了。而且伴隨她的行為，在村子還有周遭地區發生的奇怪現象也隨之增加。雖然不管到什麼地方去，身邊都一定會有人隨行，可是每個人都無計可施，就只能陪在她的身邊看著而已。

某戶人家的池塘會有大量的青蛙出沒。

有很多魚的屍體會漂到河岸邊。

類似鎌鼬[38]的現象會頻繁地出現在村內的十字路口。

會有幾十隻鳥突然死亡，從天空落下。

日落前的昏暗環境中會碰上真面目不明的人影。

到了深夜，會有「汪——」這樣的恐怖鳴叫聲響徹村子。

不管發生什麼怪事都會認定是世智的作為。這樣的人在村子裡也變多了。當然，任誰也沒有那個膽子跑去跟某家興師問罪。要是真的這麼做的話，肯定會觸怒家主，然後被冷酷無情地轟出門。

「你們有這些事情都是世智做的證據嗎！」

如果被這麼怒吼的話，也完全無法反駁。此時的世智已經不會再口出先前那種令人不舒服的喃喃自語了。只要被隨從聽到一句，之後不管怎樣肯定都會傳到村裡某個人的耳裡吧。但是這種事情從未發生過。

如此不安穩的氣氛就在村子裡蓄積。雖然沒有哪個人真的明著把矛頭指向某家，但無論是誰內心都懷抱著不滿和不安。對某家家主和世智的害怕與恐懼結合在一起，讓如今的村子充斥著隨時都可能爆發的危險氛圍。

事情就發生在這個時候。在村裡氏神大人的例大祭那一夜，跑到御山祠堂那邊舉行試膽大

38 日本傳說中的妖怪或怪異現象。會乘著旋風割傷人類，形成被刀刃劃出的傷口。但據說當事人不會感受到痛楚，也不會流血。

會的孩子們裡頭，有一個人碰上神隱了。

完全沒有這起事件與世智有關的證據。但真要這麼說的話，其他的怪異現象也是一樣的。不過，至少發生怪異現象的場所全都是她在事發之前剛好經過的地方。某個人家的池塘也是、河床、十字路口也是，就連死鳥掉下來的場所都是一樣的。可是，世智在例大祭那一天根本沒有出門，一整天都待在某家。即使是這樣，村民們卻還是把孩子消失的事件歸咎於世智所為，原因應該是發生神隱的地方是在御山的祠堂那邊吧。

村裡的大人物們都聚集在某家。雖然與其說是對家主提出抗議，實際上還更像是與其商討的態度，不過眾人的真心話都是「請務必約束一下世智」。就算某家在這個村子裡握有絕對的權力，但應該也不會希望因為放任不管，招來群情激憤的村民們蜂擁而至的事態。在局面演變成那樣之前，得先安撫一下眾人才行。為此就只能讓世智安分一點了。眾人小心翼翼地兜著圈子表達以上的意見。

原本以為會暴跳如雷的家主竟然意外地冷靜。因為恰好就在這個時候，世智的能力在事業方面的發揮也開始減弱了。家主似乎是認為那些發生在村子裡的怪異現象就是原因所在。因為在那些事情上浪費力量，所以對自己重要事業的貢獻度才會因此下滑。他似乎是這麼判斷的。

從這個時候開始，世智就被嚴格限制外出。與此同時，家主去她的房間也去得更勤了。拜此所賜，事業又稍微開始有了起色。不過，因為仍是處於時好時壞的狀態，於是家主對於「世智參拜」又變得更加熱心。

因為世智散步的機會減少了，所以幾乎也不必再費心陪伴她，僕役們都覺得很開心。話雖如此，這也不過就維持了幾個月而已。某家的宅邸內，開始陸陸續續發生了奇怪的事情。

走在走廊上的時候，突然感覺到後面有某種氣息。可是回過頭去卻一個人也沒有。心裡覺得奇怪、繼續往前走的時候，一張漆黑的顛倒臉孔就這麼從天花板降下來看著自己；在庭院裡把洗好的衣服曬到竹竿上的時候，就發現有某種東西躲在好幾塊曝曬的被單後面、正朝著這邊靠過來，嚇得人落荒而逃；廚房的灶上有個大鍋正在燒熱水，有人看到鍋蓋自己移開、正感到吃驚的同時，一條白皙的手臂突然就從裡面伸了出來、朝著這邊招手；因為被喊了名字所以回應對方，但現場卻沒有其他人。結果仔細想了一下，才發現聲音是從地板下傳出來的；聽到有人「咚咚咚」地敲著後門，打開卻不見人影；洗澡時進去浴池泡澡，明明自己完全沒動，浴池裡面的熱水卻捲起了漩渦；走進廁所蹲下方便時，從正下方傳來了淒厲的女性尖叫聲；擦拭走廊地板的時候，看到地面映照出人影，抬起頭後卻沒有看到人；睡覺時，到了深夜時分就聽見有東西在榻榻米上往這邊爬過來的聲響。因為實在太害怕了，所以身體僵住不動、雙眼閉得緊緊的。就在這個時候，突然有人在耳際說道：「要我打開嗎？」

隨著日子一天天過去，奇怪的現象也跟著在增加。與其呼應，請辭的僕役也隨之愈變愈多了。每個人都異口同聲地表示「太恐怖了，我實在受不了」。最後這個村子裡根本就沒有人想去某家工作，只好到鄰近的村子去招募新人。

我突然想到，能和這個圍繞著世智所發生的恐怖故事分庭抗禮的，就只有祖母過去曾提過、在梳裂山地自古流傳的「窺目子」了。

就在這些騷動持續不斷的過程中，時光飛逝，世智已經十三歲了。這也是她的母親懷上她的年紀。到了這個時候，她瞞著家人偷偷外出的次數也漸漸多了起來。可是世智幾乎沒有踏進村子裡，所以幾乎沒有人知道她的這種行為。就連村子裡之所以沒有再發生顯著的怪異事件，我認為她暗地散步的行為沒被發現會是很關鍵的一個要因。

所以當那起事件被發現的時候，就在村子裡掀起了很大的騷動。首先是偶然路過的村民在御山的石階梯下面發現了四肢複雜性骨折的青年。接著收到通知趕來的村民們又在御山祠堂的前面找到口吐白沫、神智不清的第二個人。事情到這個階段已經散發著詭異的氛圍了，然而等到大家從祠堂裡面救出倒臥在地、衣衫不整的世智時，現場的氣氛又變得更加異常詭譎。這裡到底發生了什麼事呢？

唯一還能開口說話的第一個青年是這麼說的。他和朋友共三人從御山前面路過時，石階梯上方有人向他們搭話，抬頭一看才發現是世智。因為不想扯上關係，所以他們準備直接走過去，可是對方執拗地喊他們，無可奈何之下只好爬上石階梯。接著，世智就邀這三個人進了祠堂，然後解開了自己身上的和服。據說他記得的部分就只到這裡為止，之後的記憶完全消失了。等到恢復意識，才發現自己倒在石階梯的下方，手腳還像是被灼燒那樣疼痛。至於問他第二個人發生了什麼事、第三個人又到哪裡去了，青年完全都答不上來。

幾乎所有的村民都相信他的說法。因為在這個村子裡把世智視為魔性般存在的人並不在少數。不過，在這之中似乎又能窺得微妙的蹊蹺。何以見得？因為那幾個青年就是過去辱罵世智，還對她扔石頭的四人組裡頭的三人。莫非並不是世智誘惑他們，而是三個人強行染指了她嗎？整個村子的人都懷抱著這樣的懷疑，不過沒有任何一個人說出口。這應該也是對於某家長年累積憤恨的關係吧。

另一方面，某家當然會認為世智遭受了那三人的暴行。他們在孩提時代的所作所為也成了佐證。完全沒有接受過教育、也不諳世事的她，又怎麼會誘惑男人呢？怎麼想都是不可能的事。這是憤怒至極的家主所提出的反論。可是某家對這三個人和他們的家人都沒有採取任何的報復手段。畢竟一個人住院、一個人被送進瘋癲病院、一個人甚至下落不明，無論什麼復仇都沒有必要了。

這起事件過後，世智就開始毫不避諱地外出了。不管事情的真相為何，一般來說都會盡量少出門才對，但是她並沒有這麼做，而且家主好像也允許了。當然，就跟先前的情況一樣，身邊會有人隨行照看。因為要保護她的責任變得更為重大了，所以這項工作多半是由男性僕役來負責。但實際上根本沒有這個必要，因為全部的村民都在躲著世智。即使只是遠遠看到她的身影，就會趕緊逃之夭夭。可能會跑回自己家裡，或者藏在某個地方，甚至是拜託別人先讓自己進去躲一躲，特別是年輕的男性更是拚命。世智現在完完全全就是被村民們畏懼的存在。

也不知道究竟清不清楚外界的這般變化，世智還是一如往常地繼續她的散步。興致一來的時候，她也會往村子裡走，有時候也會在御山的祠堂前駐足。結果大概過了三個月左右，突然就再也沒看到她的身影了。因為她被關在某家的房間裡面。

「該不會是懷孕了吧？」

村裡頓時一片譁然。那三個事件關係人之中的第一個青年和他的家人更是害怕。很擔心某家的家主會不會對他提出「孩子的父親是你吧」或是「就是你們家這個兒子做的」等指控。

在此之前，不管家主如何下達封口令，某家發生的事情遲早都會傳到村民那裡。要是事情還跟世智有關，就更不可避免了。可是關於她疑似懷孕的消息卻沒有任何傳言流出來。跟先前相比，僕役來自其他地方的比例提高應該也是原因之一。但即便如此，也太不可思議了。畢竟一點消息都沒有洩露出來實在不太可能。這個時候，有不少村民多次嘗試接觸某家的僕役，可是大家的說法都一樣。

「他們好像怕得不得了，一句話也沒說。簡直就像是剛要開口，就因為毫無來由的影響而嚇得魂飛魄散……」

就在世智突然不見蹤影的七個月後，某個美麗的晴朗月夜，就只有某家的上空猛然有片漆黑的烏雲擴散開來。之後下起了小雨，接著雨勢變強，一道閃電伴隨著轟隆作響的雷鳴打在庭院的大樹上。在那之後就像是騙人的一樣，雨停了、漆黑的雲也跟著散開。村民們都相信世智肯定是在這場突如其來的詭異風雨中生產了。從遠方的村子找來了產婆；產婆從世智的雙腿之間取出了難以置信的東西；產婆因此從家主那邊收到了包含封口費在內的豐厚報酬；回到自己的村子後，產婆就一病不起，接著在一週後死去了。諸如此類的流言傳得煞有其事。

至於最關鍵的小嬰兒怎麼了？或者是那個「難以置信的東西」又到哪裡去了？關於這點實在奇怪，別說是臆測了，什麼傳聞都沒有出現。又或者是沒有人去探求這個問題。只要不去接觸，神靈就不會作祟。應該每個人都是這麼想的。

過了一段時間，世智又開始走出宅邸了。看到她的村民都感受到超乎以往的詭異，因為她的臉上戴了個奇怪的面具。總是面無表情的世智戴上了面具，看起來反而像是有了表情，然而村裡的人卻因此感到恐懼。

世智改變的地方不僅是外貌而已。在此之前她對村民是毫不關心的，通常是對方先做了什麼，她才會開始出現反應。孩提時代的四人組就是很好的例子。從這個角度思考，御山祠堂的那起事件可能是那三個青年設計的也說不定。因為真相從未明朗，就算討論也沒有意義，這裡就先繼續往下說吧。

戴上面具的世智竟然開始和村子裡的人們接觸了。只是她的方式非常旁若無人。突然對著路過的小孩咧嘴一笑；把剛洗好、正在曝曬的衣物隨意弄亂；從保母懷中搶走小嬰兒；擅自闖進別人家、吃他們家的東西；把家裡弄到淹水；邊發出奇怪的聲音、邊從這家跑到另一家。當然，和村民發生小糾紛的情況也並不在少數。即便陪伴的隨從介入協調也無法平息。後來甚至還開始出現因此受傷的人。

現在就連某家的家主都感到棘手了。雖然他增加了隨從的數量來應對，可是世智的恣意橫行愈演愈烈，所以完全沒有效果。於是忍耐終於到達極限的家主便將她住的房間改造成座敷牢[39]。把世智關在裡面、奪走她的自由。與此同時，家主也讓她將能力完全傾注在自己的事業上。完全就是一石二鳥的盤算。

諷刺的是，某家的家主所經手的所有事業從這個時候就開始不順了。以前也有類似的狀況，但是都靠著世智的能力再次興盛起來，所以家主其實並不擔心。然而這次的情況可就不同了。雖然只是漸漸地、一點一點地變化，但事業的收益都明顯下滑。為了起死回生而打出的對策都悉數失敗了，某家就這麼逐步走向沒落。但據說即使背負了龐大的債務，家主卻仍未放棄。或許是因為他無法忘記過去仰賴世智所帶來的成功經驗吧。

但最為詭異的一件事，就是傳出了隨著某家的衰退，世智的容貌也跟著急速衰老的傳聞。世智那令人難以置信的衰老化，直接表現了家族的興衰。明明還是個十多歲的少女，但她的面容看上去卻像個老婦人。

因為聽祖母說這個故事的時候我還是個年幼的孩子，所以即便提到某家的事業，我也不知所以然。只能理解拜世智的特殊能力所賜，某家因此獲得了大量的財富。即便如此，祖母接下來的話也讓我打從心底感到毛骨悚然。

「魔性之物啊，會讓當事人嚐到一、兩次的甜頭，然後把你捧得高高的，再一次讓你摔落谷底。愈是邪惡的東西，就會花上個好幾年來布局。那是連當事人都無法察覺的程度。」

世智應該在座敷牢裡面待了有二十多年。這段時間，關於她的事情也漸漸在村子裡被視為禁忌，她本身的存在也逐步走向要被人們遺忘的局面。這對某家來說似乎也是如此。當世智開始在座敷牢內生活以後，竟然立刻就有學者前來拜訪了。掛著東京帝國大學醫科・大學精神病學教室的醫學士和文學士頭銜的視察者，是為了進行針對私宅監置的實地調查而來。不過某家立刻就拒絕了。或許是因為他們連座敷牢的存在都想否認吧。

世智就這麼與世間完全隔絕了，而世間也因此忘了她。所以偶爾有人看到她逃出了某家、在附近一帶茫然徘徊時，都會引發騷動。可是村子裡知道事情內幕的老一輩全部都閉口不言，於是最後大多是用被狐狸迷惑之類的理由讓議論平息下來。即便如此，還是會出現幾個無法接受的人，最後世智就跟民間故事裡出現的化物被視為相同的存在。

因此，當某家日後歸於他人所有、進行拆除的時候，即使發現了空無一人的座敷牢也沒有

39 設置在屋宅內、因個人原因囚禁他人、剝奪其自由的自宅監禁型房間。除了建物內的房間，也存在運用偏屋或倉庫來設置等形式。在精神醫學尚未發達、視精神異常為詛咒並引以為恥的傳統年代，人們常用這種方式祕密收容自家的精神異常者。

造成什麼問題。至於村子裡那幾位耆老應該也只是皺皺眉頭而已吧。

開始撰寫本章的時候，為求謹慎，筆者還向散居全國各地的親朋好友詢問了關於狂女的事情。但是東北、北陸、東海、近畿、九州，各處的親戚都表示自己不曉得。從祖母口中聽聞她的故事，而且現在還活在這個世界上的，應該就只剩下筆者一個人了。

一想到這個事實，我就再一次覺得還是得留下紀錄才行。就只有這一章寫了相當異常的內容，還望諸位能夠諒解與包涵。

終章

一

為了和三間坂秋藏碰面，我預約了新宿某間割烹[40]的包廂。

或許是因為覺得咖啡廳或啤酒吧那種喧囂的地方並不是適合討論怪談的場所吧。位處隆冬的高原、鄰近一帶都被萬籟無聲的寂靜給包圍的別墅等地當然很有氣氛，是不錯的地方。可是周遭有跟我們毫無關聯的人在、吵雜度也恰到好處的店內空間也有與眾不同的感覺。和周圍歡樂溫暖的氛圍相反，就只有我們這一桌飄蕩著冷冰冰的空氣。這無法形容的差異，就是怪談帶來的恐怖感被增幅後所導致的吧。

不過，這一天的頭三會並不只是怪談討論會。雖然自從〈從另一邊過來了〉和〈異次元宅邸〉這種故事出現後，就已經不是普通的怪談聚會了，但這次還是不太一樣。此時此刻，即將要迎來最後的階段，所以才會想要準備一個與其相襯的場所吧

一段時間沒見的三間坂，態度顯得有些奇怪。我不禁想像他是不是又碰上了新的怪事。可是他在點完餐之後說出口的話，讓我差點從椅子上摔了下來。

「這裡不是很貴嗎？」

40　以吧檯席和桌席為主的日本料理店。師傅因應客人的需求安排餐點，客人也能邊享受美食邊欣賞整個調理過程。

他好像因為店裡面的裝潢和包廂的等級開始擔心起價錢了。

「是比先前常去的啤酒吧貴啦，不過我會報公關費，沒問題的。」

「那就讓敝社來——」

「你沒有核銷費用的名目吧。」

「我會想辦法的。」

「欸，那太困難了啦。」

「可是——」

我們就像是大阪的大嬸那樣持續你來我往地爭論到底要由誰來買單，這時仲居[41]就端著啤酒過來了。之後到料理備齊之前，我們兩個都像是什麼事也沒發生過那樣閒聊。

「先開動吧。」

在三間坂重提買單的話題之前，我立刻就先跟他乾杯，然後把手伸向筷子。事實上，考慮到接下來要談的內容，眼下就沒有比先吃飯還更要緊的事了。他應該也了解這一點，所以老老實實地吃了起來。

用餐過程中的話題主要都跟小說和電影有關。雖然只是為了互動，但都是我們兩個喜歡的話題，聊得非常起勁。拜此所賜，用完餐的飽足感剛剛好，甚至還感受到奇特的滿足感。如果還能喝個盡興的話，可能就會像個愉快的飲酒聚會了。不過我們兩個對喝酒都有所節制，這可以說是獵奇之人的榜樣嗎？

「那麼——」

等到加點的飲料都送上來之後，我緩緩開口。

「差不多要進入正題了吧。」

「好，麻煩您了。」

三間坂鄭重其事地回應後，就從包包裡拿出資料夾和五篇故事的稿件。稿子有筆記本、列印文件、整疊的影本、個人出版品等各種類型。因為有必要把這些原稿全都擺出來，所以就這層意義來說，選擇包廂果然是正確的。

「明明就是完全不同的兩個故事，可是總讓人覺得存在某些奇特的相似之處……曾有過被這種詭異的不快感受給束縛的經驗嗎？——你問我這個問題的時候，已經是將近一年半以前的事了吧。」

「在那之後已經過了這麼久啦。」

「一開始只有兩個事例，現在已經變成五個了。所以經過了這麼一段時間或許也是理所當然的吧。」

「說得也是呢。那個時候根本沒想過事情竟然會發展到現在這種情況。」

他像是半帶深刻的感慨、半帶後悔，臉上的表情有點複雜。

41 於旅館或料亭等處負責接待客人的女性工作人員。

「會不會是你在那個時候就已經意識到兩篇故事那詭異的相似度，但實際上卻沒有覺得有這麼重要呢？」

「這話怎麼說？」

「因為我覺得第二篇的〈異次元宅邸〉好像很可疑。」

這個瞬間，三間坂的表情僵住了，但隨即又露出了苦笑。

「所以您才會察覺到嗎。」

「雖然這不過就是我的想像罷了——」

「不，因為是老師的看法，我想肯定沒錯。」

看著比自己還更有自信的三間坂，我也不由得笑了出來。

「但不知道能不能符合你的期待。」

「沒問題的。話說，說到隱藏在〈異次元宅邸〉這篇故事裡面……應該說是我刻意隱藏的祕密，您覺得會是什麼呢？」

三間坂說出這句話的語氣帶有挑戰的意思。但如果不是這樣的話，我也不會覺得有趣了。

「最讓我在意的地方就是完全沒有提到少年後續的發展。就算他在訪談的最後陷入恐慌到已經無法問話的情況，記錄者再怎麼樣都應該還是能做到補充說明的程度才對。可是他並沒有這麼做。」

「這是為什麼呢？」

「因為他在聽那段故事的時間點，少年已經死掉了……」

「……」

「少年死去的時間，就是他逃進去那個倉庫、躲進長持裡面，最後被裂縫女找到之後……」

「……」

「所以他才能毫無阻礙地進入晨雞宅邸。仔細去讀的話，就會發現打開圍牆木戶門踏進宅邸腹地內的時候，還有逃進倉庫的時候，都確實描述了當時的情況。可是對於進入宅邸內的部分就完全沒有重要的描寫。雖然他是從廚房後門進去的沒錯，但是也太簡潔了，這實在很奇怪。同樣的情況也發生在進入每個房間的片段。」

「……」

「這都是因為少年已經不是這個世界的人了……所以他可以輕易闖進任何地方……也是因為這個原因，晨雞宅邸的住戶才沒有看見他……」

「……」

「也就是說，這篇原稿應該是已經往生的少年在降靈會之類的場合藉由靈媒師之口把話說出來，旁人再將其內容記錄下來的速記稿吧——我是這麼想的。」

「真虧老師能從沒有提到少年後續的情況就推理到這種程度呢。」

一直靜靜聽我說話的三間坂終於開了口。

「當然光靠這一點是不可能辦到的。而且即便說是推理，也不是完全合理。」

「因為您是恐怖推理作家嘛。不過，還有其他的線索嗎？」

「首先是你的祖父基於興趣的關係，所以曾去探訪全國各地鬧鬼的房子或進行降靈術；再來是夾著速記手稿抄本的外文書，書名是《*The spiritualism of Haunted Houses*》；要從少年那裡問出他的體驗，必須花費可觀的時間；這篇原稿經過相當程度的修飾；還有就是你特地提起速記手稿本身的構成已經改變很多。」

「原來如此。」

「為這篇速記手稿的抄本加上〈異次元宅邸〉這個標題時，你並沒有特別表示反對。這也是提示之一吧。」

「對於已經不在人世的少年來說，現實世界的宅邸就像是異次元空間那樣的存在吧。」

雖然能夠接受，但是他立刻就搖了搖腦袋。

「話是這麼說，我覺得還是沒辦法靠這些推論到靈媒師的口述紀錄這點。」

「因為我是恐怖推理作家嘛。」

雖然我這麼回應，但也覺得玩笑就開到這裡吧，接著換上認真的口吻。

「所以最初你也是半信半疑的。才會打算把兩個各自獨立的故事卻擁有類似性的這種詭異的偶然，當成一個怪談來告訴我。可是你無論如何就是很在意。而且在聽到那兩篇故事之前，我的反應明顯就不太尋常。」

「老師您自己在那個時間點還不知道原因嗎？」

「嗯。可是，當時你——不對，包含我在內、我們兩個都被那兩篇故事給附身了。」

「結果，就演變成擁有相似之處的詭異故事竟然集結了五篇這種局面嗎。」

三間坂打開了資料夾，然後遞出一張A4大小的紙。上面將五篇故事的內容彙整如下。

第一個故事　從另一邊過來了　母親的日記

時代　二〇〇〇年（平成十二年）左右。

場所　近畿地方周邊地域的某城鎮（有可能是三重）。新蓋的獨棟屋子。

體驗者　大佐木夫人（主婦）。

怪異的根源　小清。

現象　來自屋頂上或家裡面的陰暗處，還有「柵欄」另一側的聲響或視線。小孩房壁紙上的「柵欄」另一頭的異空間。兩個小孩下落不明。

第二個故事 異次元宅邸 少年的敘述
時代 一九三五年（昭和十年）左右。
場所 關東某處的村子（東京除外）。祈願之森和晨雞宅邸。
體驗者 石部鉋太（十一、二歲的少年）。
怪異的根源 裂縫女。
現象 被裂縫女追趕。晨雞宅邸內的禁閉之間。

第三個故事 幽靈物件 學生的體驗
時代 一九七〇年代末到八〇年代初期（昭和五〇年代）。
場所 本州某處的地方城鎮（關東、東海、關西除外）。門沼Heights的二〇三號室。
體驗者 大學生（十八歲？）。
怪異的根源 二〇四號室的住戶。
現象 屋頂上和隔壁房間的聲響。在屋頂上跳舞的老婆婆。一〇二號室的急症病患。不存在的二〇四號室。二〇四號室中的某種存在。不會危害小孩（房東的說法）。

第四個故事　拜訪光子的家　三女的原稿
時代　一九九一、二年（平成三、四年）左右。
場所　北陸地方某處的城鎮。獨棟屋子（通稱「光子的家」）。
體驗者　生方沙緒梨（十二歲）。
怪異的根源　Koushi大人、那個。
現象　貼在牆上的御言標語成為現實。那個的現身。家人離奇死亡。

第五個故事　關於某個狂女　老人的紀錄
時代　一九〇〇年到四〇年（明治末期到昭和初期）左右。
場所　中國地方某處的村子。村子的有力人士・某家。
體驗者　筆者回想從祖母那裡聽來的故事再寫下來（終究只是傳聞）。
怪異的根源　村子的有力人士・某家的世智。
現象　擁有某種超能力的世智所引發的諸多事件。其中「有東西在某某家的屋頂上跳舞」以及「有東西從天空落下」這兩則預言跟其他的故事存在共通之處。

大概看了一下，我不禁面露苦笑。他對晨雞宅邸現象的記述非常簡潔。實際上這邊應該要寫下「宅邸的住戶消失」吧。之所以沒這麼寫，當然是因為三間坂已經知道少年的真面目了。

話是這麼說，但我也對他井然有序的彙整感到很欽佩。

「或許還能把每一種怪異現象寫得更詳盡一點呢。」

不過他似乎不覺得滿意，一臉嚴肅地看著那張紙。於是我馬上安慰他。

「這樣已經很足夠了。因為我們要面對的並不是如同本格推理那樣的謎團。在那種場合就必須對每一篇進行仔細的比較，但現在的情況不同。話雖如此，當然也不是要挑戰恐怖作品裡的恐懼存在。雖然每篇稿子裡面所記述的怪異現象完全都能說是貨真價實的恐怖，但是我完全沒有要聚焦在那種解釋上的打算，所以基礎之類的東西是沒有意義的。」

「跟屬於推理還是恐怖之類的領域差異無關，而是更龐大的謎團對吧。至於說到這五篇故事為什麼會讓人感到相似……」

「我認為將你的彙整用來作為挑戰這個議題的資料，會非常有幫助。」

「能讓老師這麼說，整理這些就有價值了。」

三間坂誠懇地行了一禮，然後又突然換了個難以言喻的表情。

「話說，在那之後……」

「並沒有發生什麼特別的狀況。即使真的發生過什麼，至少我是沒有察覺的。是因為我埋首在五篇故事之中的緣故嗎。」

「那實在太好了。」

「你那邊的情況呢？」

「我想起來老家有格子圖案的被套，所以立刻請家人寄過來了。也不知道是不是因此奏效的關係，到目前為止什麼也沒發生……」

原本應該是會令人發笑的內容，雖然這當然一點都不好笑。倒不如說實際感受到「格子」的威力，讓我有些驚訝。

不知道是不是我的心情瞬間傳達過去了，他帶著些許興奮的神情探出了身子。

「先前在啤酒吧討論前三篇故事的時候，老師您就指出了共通關鍵字『格子』的存在。然後到了第四篇故事，『Koushi大人』這個謎般的信仰對象就登場了。當時我認為『格子』應該就是失落的環節。啊，我知道這裡使用失落的環節的是不對的。真要說的話就是四篇故事的共通點吧，我相信就是『格子』沒錯。可是這和第五篇故事完全沒有關聯，這又是怎麼一回事？」

「是這樣嗎？不如說第五篇的『關於某個狂女』才是所有『格子』的開端吧。」

二

「所以到底是哪裡有出現那個東西啊？」

三間坂秋藏一臉訝異，而我這麼回答他。

「就是用來幽禁世智的那個座敷牢啊。因為都用牢來稱呼了，所以那個房間應該是裝設了格柵沒錯。」

「座敷牢的格子……」

「這不過就是姑且能用推測來形容的想像而已，也許那個格子並不只是剝奪她的自由行動，說不定還能發揮封鎖特殊能力的效果。」

「為什麼會這麼判斷？」

「過去她被家主禁止外出的時候，某家內部就頻繁出現了怪事。可是在她被關入座敷牢之後，就完全沒有出現過那些怪異再次發生的記述了。」

「家主一開始就是要打造出擁有展開結界功能的座敷牢格子嗎？」

「這個部分就不清楚了。我只是偶然想到格子這種東西能發揮那樣的功能。可是，當我往這個方向推測之後，位在『格子』另一邊那個真相不明的存在……這個共通點也隨之冒出來了。」

三間坂像是稍微想了一下，接著開口。

「這種情況下，您心中會不自覺地浮現第二篇〈異次元宅邸〉的內容嗎？因為說到這篇的『格子』，就是那首奇特的歌與和服的圖案吧。」

「那個東西應該就在宅邸裡頭、禁閉之間其實就是座敷牢。如果這麼解釋的話，這一篇就同樣出現了格子。」

「禁閉之間就是座敷牢？有什麼根據嗎？」

「晨雞宅邸的『晨雞』，會不會就是意味著『神經異常』的『神經[42]』呢？我是從這一點來推測的。」

「裂縫女也是……狂女嗎……」

「明治維新所帶來的影響相當多樣化。在那之中極為重要的就是文明開化[43]。世人把日本過往的習俗、信仰以及迷信等都視為不合理的東西。幽靈什麼的根本不存在，如果會看到那種東西，人們就會解釋成你的神經出了問題、一切都是大腦的疾病造成的。三遊亭圓朗的怪談《真景累之淵》的『真景』一詞，也是在指稱『神經』。而圓朗在《真景累之淵》裡就揶揄了那些神經理論者——」

「可是在一般大眾的層級，類似的啟蒙也擴展到地方上。因此少年的村子就開始把那個設有座敷牢以幽禁狂女的宅邸稱為『神經宅邸』。不過直接這麼喊也太不好聽了，所以就把漢字換成讀音相同的『晨雞』。就是這麼回事嗎？」

「應該沒錯。」

雖然是相當跳躍性的推理，不過間接證據都可說是備齊了。

42 晨雞、神經和後續提到的真景的日文讀音都可以讀成「しんけい」（shinkei）。
43 西洋文化在明治時代傳入日本，其影響力導致制度與日常習慣等層面都出現大幅變化的時代潮流與相關現象。

「而且乍看之下與其他四篇故事有所隔閡，但是跟第二篇的〈異次元宅邸〉連結度最強的，就是第五篇的〈關於某個狂女〉。」

「啊，額頭上的傷！」

「裂縫女的額頭有個很大的裂痕。另一方面，世智在年幼的時候額頭上就有一道傷口。然後她在被大家認為生了小孩後，突然戴起了面具。」

「……原來如此。如果某家的世智戴的面具傳給了晨雞宅邸的裂縫女，這麼思考的話，兩個故事就出現交集了呢。而所謂的裂縫女，就是戴上那副面具的姿態……」

「和服跟頭髮都很骯髒，可是就只有臉特別漂亮，從這一點來判斷裂縫女戴了面具，我認為可能性是很高的。也就是說，因為那副面具的關係，怪異就從中國地方某處村子裡的某家，傳播到了關東某處村子裡的晨雞宅邸。」

「為什麼面具的額頭部位會有裂縫呢？」

「我不知道。應該只能認為是在表現世智額頭上的傷了。」

「考量到年代的問題，接下來的第三篇〈幽靈物件〉就一口氣跳躍了很長一段時間呢……不過那篇故事裡面完全沒有出現面具之類的東西。」

我隨即對眉間皺起的他點了點頭。

「怪異現象是如何傳播的呢？起初我也認為只要去探詢其中的軌跡，就能解開圍繞著五篇故事的謎團。但就像我們先前討論過的結論，要在這五篇故事裡面找出共通登場的東西——能成為怪異傳播媒介的東西——是非常困難的。」

「可是，這樣的話——」

三間坂露出了「莫非只能在這裡投降了嗎」的表情。

「碰到這種狀況，最有效率的方法就是回到基礎。」

「話是這麼說沒錯……」

「只不過，這裡所謂的基礎在意義上稍微有點不一樣。」

「您的意思是？」

「到了第五篇故事，我們才終於跟應該是怪異根源的存在碰面。到這個時候我們才了解這些事情是如何誕生的。」

「啊，意思就是可以把這個當成基礎對吧。我是能理解，但想要查明怪異為何會傳播，還是要看媒介——」

「嗯。可是，到這裡就走入死局了。所以我覺得要再研究一下身為元凶的那篇故事。」

「但是，要是完全沒有寫出具體的情報，不就是《刻進我的人生》的作者自己刻意——」

話才剛起了個頭，他臉上的表情也逐漸出現了變化。

「老師該不會和作者敦見勉先生取得聯繫了吧？」

「我照著版權頁上的住址寄了信，可是只收到『查無此地址』的回覆。我又打了電話去經手個人出版品印刷與裝訂的公司，結果也只聽到『您撥的電話已暫停使用』這樣的錄音。因為書中內容詳盡地描述了敦見家的訊息，所以只要花點時間的話應該也是有機會找到本人吧。不過我就沒有繼續動作了。畢竟即使和本人見上一面，我也不覺得對方會那麼爽快就把某家的事情告訴我。」

「這樣啊。」

三間坂的聲音聽起來很失望。但是盯著我的臉看了一會兒之後，他突然又恢復了精神。

「如果不是跟作者有關的話，老師您該不會是發現了什麼新的事實之類的——」

「我自己是這麼認為的。」

「您究竟查到了什麼？」

「明明是五個完全不同的故事，可是卻讓人感受到奇特的相似度……」

「欸？」

「其中的原由可以用一句話來說明。」

「竟然……」

三間坂驚訝得說不出話來，接著我指著敦見勉的《刻進我的人生》。

「這本書第十四章最後的部分，有段記述提到來自東京帝國大學醫科・大學精神病學教室的視察者，為了進行與私宅監置相關的實地調查而拜訪了某家，對吧。」

「對，我記得有讀到……」

雖然嘴裡這麼說，但他的右手也同時翻起了那本書。

「找到了。可是，某家立刻就拒絕了——」

「第一次看到那個段落的時候，很遺憾，我什麼都沒有察覺到。結果在我重讀影本的過程中，突然想起了某一本書。」

我從包包中拿出吳秀三[44]與樫田五郎共著的《精神病患私宅監置之實際情況以及對其統計之觀察》（創造出版），遞給了三間坂。

「這是明治三十四年到大正七年之間針對座敷牢進行田野調查的報告書。其實座敷牢是通稱，正確的名稱是私宅監置室。調查是以私宅監置室、公家和民間雙方的精神病患設施、家中有未監置精神病患的家庭等四個類型為對象。其調查結果在《東京醫學會雜誌》連載，後來吳氏將其彙整成《精神病患私宅監置之實際情況》這本冊子。給你看的書就是那本冊子第一次的復刻版。」

「復刻了好幾次嗎？」

「第一次是一九七三年，第二次是在二〇〇〇年。」

「莫非這本書裡面就有關於某家的……」

44　日本近代精神醫學的先驅，被譽為「日本精神醫學之父」。

他那充滿期待的眼神，立刻就因為我接下來的這句話而變得黯淡。

「沒有，因為他們拒絕接受調查，所以沒有資料。就連那些接受調查的人家，村名或家族名也都以非實際全名的方式處理。」

「所以——」

三間坂失望到語氣中帶著抗議，於是我立刻接著說下去。

「即便如此，第五篇故事裡的某家應該是在中國地方某處的村子沒錯。以這本書為線索的話，首先能確認的就是哪個縣可以列入可能的選項名單。接下來再以調查報告的描寫為基礎，研究看看能不能縮小到一個縣、縣內哪個地區的可能性比較高等問題。雖然費時，但是只要能耐著性子查下去，也許就能追查到候選名單。從這個階段開始，要找到符合的家，應該就只能運用其他的方式。總之我認為除了這份資料以外，其他還能當成線索的，在現在這個時間點就只有〈關於某個狂女〉了。」

「冒昧請問一下，您有什麼收穫嗎？」

迅速恢復精神的他立刻就直擊重點。

「雖然調查地涵蓋了一府十四縣，不過在那之中，位於中國地方的就只有一個縣。」

「馬上就命中了啊。那麼是在哪裡？」

「在廣島。」

「以那份調查報告的內容來縮減縣內的地域——」

我舉起一隻手，制止了被激發興致的三間坂。

「這裡感覺能當成新線索的，就是視察者的頭銜。」

「我看看——」

他的視線落在書上，然後讀出了那個部分。

「是這裡吧。『掛著醫學士和文學士頭銜的視察者』這段。」

「姑且不論醫學士，文學士在這方面的調查陣容裡就顯得很稀奇吧。」

「確實如此。」

「關於每一項調查的視察者都記載了頭銜和名字。所以如果出現了擁有兩種頭銜的人物，這個人拜訪某家的可能性就非常高。」

「原來如此，是這個意思啊。」

可是我對再次振作起來的三間坂搖搖頭。

「只不過，這個負責廣島縣的視察者，他的頭銜只寫了醫學士。」

「所以視察者應該是不同的人吧？畢竟都被某家拒絕拜訪了，所以也沒辦法寫報告書——」

「這個說法只適用某家的場合吧。在同一個地區應該還存在其他成為調查候補對象、最後配合視察的家。就算同一個地區沒有，會判斷廣島縣內有複數的候補對象也是很自然的。」

「也就是說，擁有兩個頭銜的視察者應該真的留下了報告書……」

「而且每個縣只分配一個視察者。其中也有一個人要跑到三個縣的例子，可是並沒有同一個縣卻安排複數視察者的情況。明明是這樣，但不知是什麼原因，廣島縣的視察者卻沒有寫上文學士的頭銜。」

「因為跟調查的內容不相符，所以才沒有特地寫出來之類的嗎？」

「當然無法否定這個可能性，不過機率應該非常低吧。因為學者這種人，就是會對經歷和頭銜格外地計較。」

「啊，您說得沒錯。」

或許是因為工作的關係接觸了很多相關人士吧，所以他立刻表示認同。

「那究竟是什麼緣故呢？」

「首先我能想到的，就是把雜誌內容編纂成冊的時候遺漏了。」

「感覺很合理呢。」

「於是我就去查了《東京醫學會雜誌》的那一期，可是那個視察者的頭銜在雜誌裡面也只列了醫學士。」

「這條線也不行嗎？」

「雖然覺得很失望，但保險起見……說是這樣說，其實這時才想到這件事也有些晚了。我去確認了雜誌裡面刊載的其他視察者，結果有了有趣的發現。」

「是什麼？」

三間坂的神色在不知不覺間閃閃發光，而我則是盡可能用冷靜的語氣說道：

「視察者裡面有一個人，同時擁有醫學士和文學士兩種頭銜。」

「欸？可是……」

「嗯，這個人負責的當然不是廣島縣。」

「是哪裡呢？」

「是千葉縣喔。」

「……」

我又盡量用沉穩的語氣跟一頭霧水的他解釋。

「如果場所是第二篇故事裡已經知道是位於關東某處村子的『晨雞宅邸』，這個視察者是符合的。假定晨雞宅邸那個禁閉之間真的就是座敷牢的話，就正好匹配。因為不知道裂縫女的年紀，所以無法說得很肯定，但如果是在她更年輕或是孩提時代進行調查的話也不是不可能的。然而實際上，那個視察者拜訪的是第五篇故事〈關於某個狂女〉中的某家。考量到當時的交通網路並不像現在這麼發達，實在很難想像負責千葉的人會跑到廣島那邊去視察。而且從廣島的負責人另有其人這點來看，感覺也不太可能。」
「到底是怎麼回事啊？」
三間坂頻頻側首。
「擁有兩個頭銜的視察者造訪了在第五篇故事裡出現、被我們認為位於廣島縣內的某家。然而，符合這個條件的人負責的地方卻是千葉縣。以這個矛盾為前提，我才終於發現了一個極其單純的解釋。」
「單純……嗎？」
「真的是恍然大悟呢。」
「所以那個解釋到底是什麼？」
看著滿心期待的三間坂，我這麼回答。
「這個解釋就是，大佐木家、晨雞宅邸、門沼Heights、光子的家，還有某家，它們全部都是蓋在同一個地方。」

三

「……再怎麼說，這都不太可能吧？」

三間坂秋藏的臉色立刻沉了下來。

「而且說是同樣的地方——」

「當然，是位於千葉縣的某個地方。」

「那麼，到第五篇故事裡的某家來視察的是……」

「就是那個擁有兩個頭銜、負責千葉縣的視察者。只不過他被某家拒絕了，所以不管是《東京醫學會雜誌》還是《精神病患私宅監置之實際情況》這本冊子都沒有收錄。」

「可、可是，作者清清楚楚地寫了某家是在中國地方，沒錯吧。」

為了讓思緒混亂的他冷靜下來，我說話時刻意用了非常緩慢的語速。

「我們必須要更貼近作者敦見勉的立場才行。他在《刻進我的人生》的第十四章中曾強調這一章和其他章節有很大的差異。這完全都是基於不能把某家的事情說得太過詳細這個理由。就算已經是非常久遠的事情了，但是這個家有一個狂女家累，要是被人知道了，就會帶來許多的麻煩。而且繼承某家血脈的人，現在或許還有人住在那塊土地上。於是作者在這個地方相當謹慎，刻意使用了毫無關係的地域名稱來記錄。」

「他說是中國地方，結果完全就是煙霧彈嗎？」

「用了假的地點。不過，關於他為什麼會選擇那個地方，有個雖然非常薄弱、但並不是毫無根據的線索。」

「是什麼呢？」

「他提到自己的親戚朋友分散在全國各地。有具體列出地名的是東北、北陸、東海、近畿、九州。因此要決定假地點的時候，他就在無意識之間、或者是刻意避開了這些地方。」

「結果就在剩下的地域之中偶然選到了中國地方。」

「嗯。關於最後的篩選是基於何種理由、還是根本沒有理由，我們就完全不得而知了。或許是只要不是自己的親戚朋友居住的地區，選擇哪裡都可以吧。」

「生方沙緒梨小姐的《光子的家是怎麼回事》也可以套用同樣的說法嗎？因為她好像也很害怕把光子的家所在的場所給明確地指出來。」

「應該是吧。不過在決定要作為煙霧彈的假地點時，她在無意識之間做了跟敦見勉完全相反的舉動。」

「相反的舉動？」

「只要是遠離實際區域的地方，無論哪邊都好。但是選項很多的話反而就很難下決定了。嗯，人類就是如此。所以她下意識地選了包含阿姨居住的金澤所在的北陸地方。」

「……反倒沒有避開親戚的居住地嗎？」

三間坂看似有些疑惑。

「一般來說會避開沒錯。可是，她有寫到這位阿姨和生方家沒有什麼往來。即便如此，有個阿姨住在北陸的事情還是存在於她記憶中的一隅。因此到了要選出一個假地點的時候，突然就在腦海內浮現了。你想想，如果光子的家真的位在北陸某處的話，她肯定再怎麼樣都能從這個事實回想起這位阿姨的存在吧。這麼一來，她應該就絕對不會挑出北陸這個地方了。因為阿姨就住在那裡的關係。」

「她選出了這個地點，結果成了光子的家不在北陸的證據嗎？」

「如果那篇原稿最後要製作成書的話，我認為她肯定會在校對的階段就意識到假地點跟阿姨之間那不太適切的關聯性。接著應該就會變更成其他沒有破綻的地方。」

聽到這裡，三間坂的雙眼凝視著他自己整理出來的那張A4資料。

「第五篇的某家和第二篇的晨雞宅邸，還有第四篇的光子的家其實都是位在相同的場所，然後那個地方就在千葉縣的某處。我覺得這樣的解釋確實沒有問題——不過，〈從另一邊過來了〉的大佐木家跟〈幽靈物件〉的門沼Heights又是什麼情況呢？認為這兩間也是蓋在同一處土地上的想法，再怎麼說也太勉強了吧？」

「從帝國大學的私宅監置相關實地調查，再連結到你所說的那三間屋子，其實並沒有花太多工夫。問題確實就在於最後剩下的兩間。但是我們同樣用『屋子是不是全都蓋在相同的場所』這個解釋作為基礎，再去重新閱讀稿子的話，就能明確了解到我們到底是怎麼誤解某些訊息的。」

「……誤解？」

「第一間的大佐木家，町內會的會長黑田曾說過『這裡要說是近畿，其實也算是近畿啦』。這句話先引起了我的注意。這時我毫不遲疑就做出故事舞台就是關西一帶的結論。」

「這就是誤解的地方嗎？」

「如果沒有黑田的這句話，然後直接看大佐木夫人說的這段『我先生是大阪人，我自己是奈良出身，搬來這裡之前是住在京都。因為有很多不了解的地方，所以或許會給各位添麻煩』，你會有什麼感覺？」

三間坂露出了稍稍思考的樣子。

「聽起來像是……從關西、至少是差不多那麼遠的地方剛來到這裡的感覺。可、可是町內會會長確實說出了『近畿』這個詞——」

「對，他說了。可是黑田這個人好像有點奇怪。大佐木夫人自己就這麼說過了，那個在小孩房消失的野村悠斗的母親也有同樣的感想。那麼，是哪個地方顯得奇怪呢？」

「突然針對公園開始說明嗎？」

「原本是英國國王的領地，對市民開放後成為公園的開端。他對帶著孩子去公園玩的野村夫人提起這個知識。黑田會不會是那種對詞彙原本的意義非常講究的個性呢？如果大佐木夫人積極跟他交談的話，或許日記裡就會記下好幾個類似的事例。」

「意思就是，『近畿』這個詞彙所擁有的原本意義——」

「這該不會就是關鍵所在？我是這麼思考的。而且近畿的『畿』原本就是指古代的都城。過去奈良、大阪、京都都曾設置過都城，於是從距離『畿』這個地方較『近』這層意義來看，把現今的三重、滋賀、和歌山、兵庫等縣都加進去的區域就被人們稱為近畿地方。」

「所以黑田口中『近畿』的『畿』，就是指宛如現今都城的東京都。而且這個千葉縣的某處距離東京算近，所以他才會說『這裡要說是近畿，其實也算是近畿啦』。是這樣嗎？」

「當然並沒有足以斷定的線索。但我們能理解這個解釋也是有可能的。從這一點來思考，就要幫已經連結起來的三個家再多加一個成員。」

「第三間的門沼Heights又是如何？」

「跟大佐木家相反喔。」

「又相反啦。」

他的震驚中帶有錯愕，但似乎立刻就意識到我會怎麼解釋了。

「對耶，那個學生有提到『離都』吧。我以為那肯定是在哀怨大學入學考沒考好，落得要從東京去到偏遠鄉下地方的下場——」

「雖然文章裡面沒寫到，不過那個學生報考大學的志願科系或許是人文學院的史學系吧。他從老家帶過去的書籍中有很多歷史相關的作品，學姊介紹給他的舊書店也是歷史書籍品項齊全的店家。對這種人而言，提到所謂的『都』，就很有可能是在指稱奈良、大阪、京都的其中之一。」

「原來如此。」

「假使大佐木家跟門沼Heights是在同一個地方，它們兩邊都出現了令人有些在意的描寫。大佐木夫人寫到附近會看到『一部分原本應該是工廠的廢棄建築物』。但是在住宅區附近一帶，一般來說會出現這樣的工廠嗎？打從第一次讀到這段，我心裡就一直覺得不太對勁。不過，當我回想起門沼Heights的附近有澡堂的這件事，兩者就連結起來了。大佐木夫人她看到的，有沒有可能就是廢棄澡堂的煙囪呢？」

「唔嗯——」

三間坂嘴裡悶哼著，然後雙手環抱，擺出了思考的樣子。

「恕我冒昧，老師您的推理給人一種物證薄弱的印象。不過我們的目的並不是要證明這五個家全部都蓋在同一個場所這個事實，而是要去進逼『為什麼五個各自獨立的故事中會出現類似的怪異現象』這個謎團。也就是說，要是『無法完全否定五個家都位於相同的地方』這個解釋能成立的話，我們的目的就達成一半了。」

「能聽你這麼說，我覺得很開心，不過你說的一半是指？」

我這麼回問。總覺得感受到一股討厭的預感。

「每個家裡面的怪異根源——也就是大佐木家的小清、晨雞宅邸的裂縫女、門沼Heights的二〇四號室住戶、光子的家的Koushi大人以及那個、某家的世智，都留下了無法完全建立連結的問題。只有裂縫女和世智勉強還能用面具來連結，但除此之外的關係不都顯得支離破碎嗎？」

「想要一一解釋每個怪異現象的想法，有點欠缺周詳了。」

雖然回應時刻意規避了問題點，但對方當然不是靠這種小動作就可以打發的人。三間坂開始採取正面突破。

「這個我明白。要檢討怪異整合性的細節是完全沒有意義的，都是空談。可是，怪異的元凶不就另當別論了嗎？因為一直都在同樣的場所蓋起屋子，所以自古在那塊土地上發生的怪異現象，就這麼接連不斷地持續蔓延……如果這個解釋是正確的，那最根本的怪異根源沒有共通性的話也太奇怪了。」

「……」

「隨著時代演進，怪異的根源也有逐步變化的可能。但是，不管時代再怎麼跨越，若是根本的元凶轉變為五種迥異的存在……這樣的想法好像有點牽強吧。如果類似這樣的大變化會隨著時代推進而持續發生，那麼就應該存在相當於其中緣由的事件才對。」

「……」

「然而，這五篇故事無論哪一個都找不到類似那樣的事件。其實至少只要有一個人提出來就可以了。」

「……」

「關於這點，老師怎麼看？」

原本我是打算保持沉默的，但三間坂終究還是展開追問了。這麼一來，光是他如此認真就令人感到相當棘手。

「老師您該不會已經知道所有的真相了，但是卻故意要模稜兩可地繞過去呢？」

他指出問題的能力還是相當犀利，這讓我不由得嘆了一口氣。

「為什麼要這麼做？該不會……」

「沒錯，因為如果再繼續牽扯進去的話，或許就會出事的。」

「為什麼——」

「我並沒有什麼根據。五個家其實就蓋在相同的場所，所以怪異現象也具有類似性。我們一路追尋到這個階段，我覺得還在能容許的範圍之內。只不過，關於探究怪異根源的這件事，就在這裡打住會不會比較好呢？」

三間坂有一小段時間都低著頭。接著他抬起了臉，以讓人害怕的純粹眼神看了過來。

「關於圍繞著怪異根源的異常感，您心裡已經有某種解釋了。我說得沒錯吧？」

在那個瞬間我很想裝傻，但還是辦不到。被他這麼直勾勾地盯著瞧，最後我也敗給自己想把話說出來的欲求了。

「不管發生什麼事，我都沒辦法負責喔。」

「我有老家寄來的格子圖案被套。」

雖然用玩笑話來回應，可是他的表情十分認真。

「請告訴我吧。」

「這個嘛，其實並不是什麼了不起的內容。因為在我推理到這五個家的所在地會不會全都一樣的時候，就幾乎同時想到了這個解釋。」

「所以是——」

「嗯，五個怪異的根源，全都是相同的存在。」

四

「……果然是這樣啊。」

三間坂果真也思考到同一個真相了。只不過，這其中還是存在各種無法解決的問題，所以才讓他依舊覺得半信半疑吧。

「不過，那種解釋不是有些矛盾嗎？」

如我所料，立刻就切入重點了。

「大佐木家的小清是七、八歲的女孩；晨雞宅邸的裂縫女是成年女性；門沼Heights的二〇四號室住戶是老婆婆；光子的家的Koushi大人還有『那個』則是細節不明；最後是被視為怪異元凶的某家的世智，她的年代從幼兒跨到二十多歲。情況真的是各有不同。啊，還是說不同年代的世智，分別在每個家裡面現身了……」

「如果這是真相的話，應該就會存在造成這種情況的理由。」

「……確實沒錯。」

「然而單就看完這五篇故事的結論，完全沒有發現類似事件的跡象。恐怕怪異的根源幾乎都是同樣的樣貌也說不定。」

「可是——」

「首先可以先排除光子的家的Koushi大人和『那個』吧。」

「說起來，這兩個存在……」

「我認為該不會是同樣的東西吧。Koushi大人是信仰的對象，一旦出現必須對信仰不堅定的人施以懲處的時候，或許就會變化成『那個』了。」

「就像是案山子大人那樣的存在嗎。」

他所說的是刀城言耶系列的第一作《如厭魅附身之物》的故事舞台——蒼龍鄉那裡的山神大人。

「稍微離題一下，生方沙緒梨的父母高士和光子，其實名字都可以讀做『Koushi』，有注意到這點嗎？」

「……不，我沒有發現。」

「在其他的故事裡，直接遭遇怪事的都是小孩子，而且還是男孩。光子的家也一樣，最後沙緒梨的弟弟慎也同樣遭逢相同的結局。可是這篇從父母開始，一直到附近的成年人都被捲進去了，這樣的現象並沒有在其他篇故事裡面看到。」

「原因在於父母名字的讀法……」

「當然不只是這樣。母親光子原本就擁有某種力量，然後Koushi大人可能會對此出現激烈的反應。」

「即使看了生方沙緒梨的原稿，也還是搞不清楚這個部分呢。」

「嗯，言歸正傳吧。」

就我個人來說，在五篇故事的怪異現象裡面，最讓人感到嫌惡的就是〈拜訪光子的家〉。

所以我想要盡快脫離這個話題。

「回頭檢視，一開始讀的是〈從另一邊過來了〉、第三篇是〈幽靈物件〉，可以說就是因為這樣才讓我們犯了兩個很大的誤解。」

「第一個誤解是對『近畿』和『離都』的解讀產生了場所的問題，至於第二個的話，是跟怪異的根源有關對嗎？」

「原本在我們之前，大佐木夫人就出現了相同的誤會。不對，應該說就是因為她弄錯了，所以我們也跟著重蹈覆轍。」

「是指小清的事嗎？」

「嗯嗯。小清並不是七、八歲的小孩。她的模樣，恐怕是個老婆婆。」

「欸……」

「而且因為上了歲數的關係，所以身高也變矮了，看上去應該就是個很像小孩子的老婆婆。」

「但是如果對方是老人的話，夏南應該就會這麼形容才對吧？」

「這個地方很重要的一點，就是大佐木家在搬到那裡之前住的地方，有母女兩代都和他們有所往來的武內家與佐伯家的祖母。這兩家都各自和父親或母親那方的祖母同住。跟夏南關係親近的兩家孩子——也就是孫女——與她們祖母之間的關係就像是朋友一樣。夏南很羨慕這一點。」

「提到搬家前訊息的日記確實有出現過這樣的記述。」

「雖然是從什麼時候開始的我就不清楚了，不過聽說跟祖母關係很親密的孫子——特別是年紀很小的女孩——常常不會喊『O Sobo Chan』（お祖母ちゃん），而是直接喊祖母的名字再加上『Chan』（ちゃん[45]），而且時常會玩在一起。」

「這麼說來……」

「大佐木家的夏南非常羨慕那樣的祖孫關係。所以搬到新家之後，才會問大佐木夫人自己的祖母在哪裡。」

三間坂連忙再次確認那本筆記本中的日記。

「門沼Heights的屋頂上出現了跳舞的老婆婆。如果先排除光子的家，關鍵就在於晨雞宅邸的裂縫女和某家的世智——」

這時他把面向筆記本的臉抬了起來，於是我開始講述自己的想法。

「不光是世智，我們是不是也能認為裂縫女其實也是人類呢？換言之，長大後進了座敷牢的世智，有時會戴上面具從禁閉之間逃出來。然後不幸的是，晚年的她就這麼碰上了少年石部鉋太。」

「這樣的話，他看到的應該會是老婆婆……啊！」

三間坂好像也終於理解了。

「沒錯。作者敦見勉有寫到『但最為詭異的一件事，就是傳出了隨著某家的衰退，世智的

45　常接續人名之後，多用於稱呼女性或小孩，帶有親暱感。在翻譯時，多譯為「小〇」的形式。

容貌也跟著急速衰老的傳聞』。而那個少年形容追來的裂縫女時，用了『敞開的長襦袢下襬啪噠作響、露出兩條瘦骨嶙峋雙腿的裂縫女，正赤腳全速奔來』這樣的表現方式。與世智實際的年齡無關，當時已經出現令人難以置信的老化現象了。所以在那張面具和長襦袢的底下，裂縫女也已經變成老婦人的樣貌。」

「那麼，大佐木家的那個小清，名字到底是從哪裡……」

「我認為是從世智母親的名字——龜代子來的[46]。」

「……」

「被夏南問起名字的那個，立刻就說出了母親的名字。世智這個名字，不過就是家主便宜行事之下取的稱呼罷了。在那之前，她應該一直都沒有名字吧，所以她對世智這個名字想必也不會有什麼感情。所以當眼前有個能自報姓名的機會到來時，她會不會就因此不經意地說出了母親的名字呢？」

「從這個方面來思考，總覺得有點可憐……」

「在那之後經過了數十年的時間，蓋在某家原址且毫無關係的屋子住戶，都持續被她作祟。考量到這段受詛咒的歷史，好像也沒辦法同情了。」

「……是這樣沒錯。」

他再次端正了坐姿。

「過去在千葉縣某處村子裡的某家，世智就被幽禁在那裡的座敷牢。一切怪異現象的開端，就在那個地方對吧。」

「現在這個解釋其實絕大部分是我的想像。因為除了那些文本之外就沒有其他的線索了，嗯，這也是沒辦法的事……」

「洗耳恭聽。」

我對著認真回應的三間坂，語氣平靜地開始說明「怪異現象或許就是這麼誕生的」。

「在某處的村子引發神隱事件的犯人，就是裂縫女吧。當然，我認為並非全部都是出自世智之手，在那之中應該也存在真正的神隱。不過裂縫女是怎麼處置擄獲的小孩子呢？」

「關進那些擺在少年躲的倉庫裡面的長持之類的……」

「我也是這麼認為的。不過並不會一直關在那裡。」

「果然……還是被殺掉了嗎？」

「恐怕沒錯。然後丟到倉庫後面那口乾枯的井裡……」

「……少年也提過那口井呢。」

「裂縫女悄悄地溜出座敷牢，持續做出那種恐怖的惡行。可是某家的家主還是發現了，因此勃然大怒，但與此同時他也感到恐懼。於是就把世智禁閉在座敷牢裡面。為了防止她再逃出來，還上了手銬和腳鐐——」

46　龜代子的日文讀音為「きよこ」（Kiyoko），而小清的清字可讀成「きよ」（Kiyo）。

「……」

「大佐木夫人、少年石部鉋太、門沼Heights的學生、生方沙緒梨，這四個人聽到的是手銬和腳鐐的鎖鏈發出的聲音。那個是鎖鏈被拖動時的聲響。」

「用來綁住她的鎖鍊……」

「一年半前碰面的時候，我有提到經常在哥德小說裡面登場、拖著沉重鎖鏈的幽靈故事，或許就是那樣的情景吧。」

他的表情像是心中浮現了世智被監禁起來的樣子，接著開口說道：

「她就這樣被鎖鏈給綁著，在某家的座敷牢裡面直到死去嗎？」

「我想應該是這樣沒錯。然後就留下了怨恨……這股意念再加上世智與生俱來的能力……因此作祟就一直延續到後世……」

「那塊土地肯定易主過很多次吧。換主人以後，就會拆除先前的屋子，蓋起新的住家或是集合式建築。」

「但是怪異還是繼續殘留在那個地方。」

「所以，那個『格子』……」

「應該是她跟這個世界之間的連結、宛如門一般的存在吧。只不過諷刺的是，她沒辦法從那道門裡走出來。」

「光子的家，雖然是用牆上的線條來表現『格子』，但依舊開啟了連結。所以『那個』才有辦法來到沙緒梨的枕邊……」

這個時候，三間坂好像突然想起了什麼。

「在大佐木家的陰暗處出現的那個聲響又是怎麼一回事？」

「座敷牢這種地方，就是一個封閉的空間。因此，大多都是不太衛生、甚至可以說是汙穢的環境，同時也缺乏照明。這就跟廁所、地板下的收納空間等地方很符合了吧。即使有打掃，卻很快就積了一層塵埃，或許也是因為這個緣故。」

他面露一絲遲疑，然後用甚為在意的語氣說道：

「那個地方現在不曉得變成什麼樣子了。」

「誰知道呢。」

「大佐木家被拆除後，又會蓋起新的獨棟房子嗎？還是門沼Heights那種集合式住宅呢？或者是變成公寓大樓了？」

我凝視著三間坂，接著語調緩和地向他確認。

「這是我的猜測，你該不會打算去找出那個地方在千葉縣的哪裡吧？」

「光憑目前手上的線索應該是辦不到吧——」

「有時候我真的覺得自己完全不了解你這個人。才剛認為你會對可能降臨在自己身上的怪異感到畏懼，後來你卻又想找出怪異的根源所在。」

即使感到訝異，我還是用力搖了搖頭。

「到此為止比較好。」

「只要能鎖定地點的話，不光是大佐木家事件的後續，還能查清楚那五篇故事彼此之間的時代又都發生了什麼事件。順利的話，事例就會增加——」

「就能企劃一本實話怪談書籍——你想說的是這個對嗎？但一時不慎，或許就會因此被麻煩的詭異現象給纏上。你可能會落入這種下場喔。」

「會這樣嗎？」

面對一臉不服氣的他，我也換了仔細說明的語氣。

「你想一下，光是像這樣以閱讀文本的形式扯上了關係，我們兩個人就聽見了有東西打到自家屋頂的怪聲。如果一路追查到一切源頭的所在地、造訪蓋在那裡的家，到底又會遭遇——」

「我沒有說要到那個家去。」

強硬地打斷我正在說的話，這樣的說話方式就三間坂而言實在很罕見。

「一旦鎖定了場所，你不可能不去吧？因為必須要去打聽關於那個家的事情，所以就只能到當地走一趟了。」

「我還沒有決定要這麼——」

「今天先到這裡吧。」

「欸？」

「三間坂，我覺得你稍微讓頭腦冷靜一下會比較好。」

「我不覺得自己沖昏頭了。」

「不，請你冷靜冷靜吧。」

「可是——」

「因為你好像被這件事給附身了。」

我指出這一點，三間坂立即陷入了沉默。接下來一直到踏出店外道別時，他一句話都沒有說。就只是安靜地行了一禮，然後靜悄悄地離開了。

在那之後我寄了好幾次電子郵件給他，可是都沒有收到任何回信。即使打他的手機，也一直都沒人接聽。我每次都有留言，但是他依舊沒有回覆。

我就在這種掛心的狀態下度過了三個月左右，終於在時間來到年底的某一天收到了三間坂寄來的信。他在信中對自己先前的失禮行徑表達歉意，也提到自己已經沒有再跟那件事扯上關係了。可是這三個月他到底發生了什麼，這麼重要的事情卻隻字未提。不過我認為只要時機到了，他一定會主動告訴我的。嗯，我很確信。或許有一天，我會以他的體驗為基礎，寫出一篇怪奇短篇故事。當然這也要得到他的允許才行。

邁入新的一年，大概是剛過了正月中旬的時間吧，三間坂邀約「我們來辦個頭三會遲來的新年會吧」。我開心地赴約了，出現在眼前的他還是一如往常，我也因此鬆了一大口氣。不用多說，我們在一年的起始就熱烈地聊起與怪談相關的話題。

我就這樣重啟了跟三間坂的往來。然後過了一年，時間來到今年的新年會，我向他提出了本書《每個家都有駭人之物》的構想，並說明這是要用於中央公論新社邀稿的長篇題材。

只要三間坂面露些許難色的話，我就打算立刻撤回這個想法。結果他舉雙手表態贊成。只不過，他嚴正地約法三章，要我答應「絕對不能進行任何追加的取材，只能用現有的資料來創作」這個奇特的約定。雖然他沒有告訴我是基於什麼理由，不過我大概也心裡有數，所以就接受了。

我之所以會選擇這五篇故事來當成題材，是因為覺得像這樣藉由小說化來把它們做個收尾的話，三間坂就不會再跟這件事扯上關係。我認為他早就沒有那種想法了，不過誰能保證他不會又因為某些情況而再次陷進去呢。危險的芽就要趁早斬草除根才行。

在這裡也誠摯希望讀完這本作品的讀者，請絕對不要試著去找出那個地方，還有蓋在那裡的家……

參考文獻

大佐木某某的日記（筆記本）
石部鉋太自述的紀錄（速記手稿的抄本）
某個學生的體驗紀錄（網路文章。目前該文已無法確認。）
生方沙緒梨《光子的家是什麼樣的地方？》（未發表的原稿）
敦見勉《刻進我的人生》（個人出版品）
吳秀三、樫田五郎《精神病患私宅監置之實際情況以及對其統計之觀察》（創造出版）
《東京醫學會雜誌》第三十二卷・第十號～第十三號（東京醫學會）
《【現代語版】吳秀三、樫田五郎　精神病患私宅監置之實際情況》（醫學書院）

TITLE

異聞之家：每個家都有駭人之物

STAFF

出版　　瑞昇文化事業股份有限公司
作者　　三津田信三
譯者　　卡歐鹿
封面繪師　　Cola Chen

創辦人 / 董事長　駱東墻
CEO / 行銷　　陳冠偉
總編輯　　郭湘齡
責任編輯　　徐承義
文字編輯　　張聿雯
美術編輯　　謝彥如
國際版權　　駱念德 張聿雯

排版　　謝彥如
製版　　明宏彩色照相製版有限公司
印刷　　龍岡數位文化股份有限公司
　　　　紘億彩色印刷有限公司

法律顧問　　立勤國際法律事務所 黃沛聲律師
戶名　　瑞昇文化事業股份有限公司
劃撥帳號　　19598343
地址　　新北市中和區景平路 464 巷 2 弄 1-4 號
電話 / 傳真　　(02)2945-3191 / (02)2945-3190
網址　　www.rising-books.com.tw
Mail　　deepblue@rising-books.com.tw
港澳總經銷　　泛華發行代理有限公司

初版日期　　2025 年 5 月
定價　　NT$520 元 /HK$165

國家圖書館出版品預行編目資料

異聞之家：每個家都有駭人之物 / 三津田信三著；卡歐鹿譯. -- 初版. -- 新北市：瑞昇文化事業股份有限公司, 2025.05
400 面；14.8x21 公分
ISBN 978-986-401-823-9(平裝)

861.57　　114004298

讀小說
Reading Novel